小幡欣治の歳月

矢野誠一

早川書房

小幡欣治の歳月

装幀／ハヤカワ・デザイン

「人間、五〇過ぎたら順不同」という小沢昭一の名言が身にしみる。

実際、五〇歳をこしてはや四半世紀を過ぎたあいだに多くの友人、知己、先輩を失ってきた。俳句仲間の神吉拓郎、三田純市、江國滋、永井啓夫をはじめ、色川武大、結城昌治、戸板康二、吉行淳之介、山口瞳……いずれも私にとって掛け替えのない人たちで、そのつど人なみに人生の無情を感じてもきた。

二〇一一年二月一七日に八二年の一期を終えた小幡欣治からは、これまで別れを告げてきたそれらの人に倍するものを教えられてきた。教えられてきたというのは、彼を失ったいまそう感じていることで、失って初めてその大切さに気がついてる始末だ。悔の残らぬわけがない。

数えてみれば五三年に及ぶ、七つ年上の小幡欣治との交誼のほどのさまざまを、脈絡にたよることなく思いかえしながらつづるに際して、まずはその出会いからはじめたい。一九五八年のことで、私は二三歳だった。

a

いまや死語化しつつあると言われている新劇が、一段と輝いてた時代だったように思う。その輝きの中心にあったのが、文学座、俳優座、劇団民藝の三劇団だった。御三家などと呼ばれていたこの三劇団に、新協劇団、文化座、ぶどうの会などがわずかに雁行していたほかにも、若い小さなグループがたくさんあって、離合集散をくりかえしていたが、そうしたグループは群小劇団と十把一絡げにされていた。群小劇団だなんて、いまならさしずめ差別用語だ。

そんな群小劇団のひとつに、劇団葦というグループがあった。一九五四年五月に田村町の飛行館ホールで、クリフォード・オデッツの『ゴールデンボーイ』を上演した七曜会の分裂によって新しく生まれた劇団で、小栗一也、真木恭介、前沢廸雄、千葉順二、西田昭市、水城蘭子など、ラジオやアテレコと称するテレビ映画の吹き替えで、結構稼ぎのいい役者をそろえていた。まだ声優なんて存在が一人歩きしていなかった時代である。

親しくしていた演出家の久保昭三郎が、劇団葦に招かれたのを縁に、彼について行くかたちで私もこのグループの末端に加えてもらった。彼の助手などつとめながら、いずれは一丁前の演出家になる夢など見ていた、無為徒食の文学青年でありました。同じ頃、NHK大阪のえらいさんの添え状持って、姫路から上京してきた藤岡琢也も葦の一員になっている。

世帯をもったばかりの久保昭三郎は、たしか東横線沿線のアパート暮しをしていたが、実家は北鎌倉の瀟洒な住居で、隣に高見順が住んでいた。緑の鬱蒼とした初夏の頃だったように覚えているが、その北鎌倉の家に誘われて、静岡高校で吉行淳之介といっしょだったという兄君に紹介され、ご馳走にあずかったことがある。その帰りの横須賀線の車内で、読んでおくようにと久保昭三郎から手渡されたのが、三一新書の五味川純平『人間の條件』第一部だった。新書と言えば岩波新書の時代に、三一書房が新書を出していることは知っていたが、『人間の條件』ならアンドレ・マルロオの戯曲で、その翻訳がこれも新書判でどこかの出版社から出ていたのに目を通していたけれど、五味川純平というのは文学青年を気取っていた私も初めて目にする名前だった。なんでも劇団の宮田光（真木恭介の実弟）が、「面白いから芝居にならないか」と持ち込んできたそうで、久保昭三郎も一読して大変に興味をそそられたということだった。いずれ劇団の運営委員会にかけて、上演できるようにはこぶつもりだが、実現すれば脚色は小幡欣治にたのみたいと言った。五味川純平を知らない文学青年も、一九五〇年に悲劇喜劇戯曲研究会に入会し、『蟻部隊』『逆徒』を発表、五六年に第二回新劇戯曲賞（現・岸田國士戯曲賞）を『畸型児』で受け、新進劇作家として高い評価を得ていた小幡欣治の名は、もちろんよく知っていた。

悲劇喜劇戯曲研究会は、演劇雑誌「悲劇喜劇」と演劇書の刊行を目的に、早川書房を創設した早川清が新しい劇作家を育成するために開設したもので、まだ木造だった社屋の一室を会場に熱っぽい議論のくりひろげられたさまを、「特集・創刊700号記念」と銘打たれた、「悲劇喜劇」二〇〇九年二月号に小幡欣治が記している。当時の「悲劇喜劇」に掲載された戯曲の多くは、この研究会から生まれていたはずで、キノトールが本名の木下徹の名で書いた『殺人の技術』や、小幡欣治より一足はやく商業演劇に筆を染めた大阪の土井行夫の『ガード下の讃美歌』などから、強い刺戟を受けたのを覚えている。

デビュー作になる『蟻部隊』を書いた五〇年頃の小幡欣治は、芝居を書いて食っていくなど到底考えられなかった時代とあって、占領軍宿舎のボーイや皿洗い、ときには昼下りの吉原で、無聊をかこつお女郎さんや遣り手婆相手に、安物の羊羹など売り歩いて糊口をしのいでいたという。後年になって、尾崎宏次、倉橋健、清水邦夫などとの酒席で、悲劇喜劇戯曲研究会に提出した『蟻部隊』は、原稿用紙が買えなくて新聞の折込広告の裏面に書いたものを、審査にあたった遠藤慎吾が原稿用紙に清書してくれたと語ったのに、好き嫌いが激しくて遠藤慎吾とはけっして仲良くなかった倉橋健が、疑わしそうな表情で「ほんとう」と訊ねたものである。「ほんとです」ときっぱり答えた小幡欣治は、これ以後倉橋健のいる席では、意識的に遠藤慎吾の話題をさけていた。いかにも東京人らしいたしなみであり、気づかいだと思った。

「悲劇喜劇」一九五六年一月号に掲載され、第二回新劇戯曲賞を受賞した『畸型児』は、その年一〇月大阪毎日会館で、大阪新劇合同公演として岩田直二演出によって上演されたあと、五七年五月東京一ッ橋講堂で、小幡欣治の所属する劇団炎座の第五回公演として作者自身の演出で上演している。炎座は三好十郎の主宰する戯曲座から分かれたグループだった。一九二九年に築地小劇場が分裂して結成された新築地劇団が、劇団名として築地に固執したように、炎座というネーミングにも三好十郎の傑作『炎の人』のかげがはっきり見える。小幡欣治自身は直接戯曲座とのかかわりはなかったが、戯曲座に籍を置いていた石崎一正、小林俊一とは生涯にわたる親交を持つことになる。言うまでもないが、戯曲座も炎座も、新劇界にあっては群小劇団の一端に位置していた。

気分だけは群雄割拠に殉じて、それぞれ拠りどころを求めて演劇を志していた若者たちが、安酒求めて蝟集する場所にも、おのずと縄張りのようなものが形成されていたのだからおかしい。その時分の演劇志望の若者たちの教育機関としては、俳優座養成所と舞台芸術学院が双璧だったが、俳優座養成所に較べると、左翼系の舞台芸術学院はマイナーの印象が強かった。そんな意識がもたらしたものか、俳優座養成所系の若者たちがたむろするのが渋谷、舞台芸術学院系は地元の池袋と色分けされていた。そのどちらにも属さない、それこそ群小劇団に首つっこんだ輩の行き先が新宿だった。代々木八幡の親元ずまいだった私にとって、なんとも都合のいい盛り場である。電車賃までのんでしまっても、歩いて帰れた。

副都心なるこんにちの姿など、想像もつかなかったその時分の新宿西口は、いま小田急百貨店になってる一帯がハモニカ横丁と呼ばれるバラック建てののみ屋街で、いまだ残滓をとどめてる想い出横丁につながり、青梅街道に抜けるのだ。一方、いまは中央口と呼ばれている東口界隈には、中村屋の裏手一帯に和田組のマーケットがあって、ここにも安酒をのませる屋台に毛の生えたような店がひしめいていた。すぐそばに、馬上盃とかととやホテルなんて、もうちょっと高級な店があり、いわゆる中央線沿線文化人が出入りしていて、青野季吉と新庄嘉章が連れだって出てくるのを見かけたりした。私たちには高嶺の花の店だった。聚楽という大食堂地下の酒場では、厚手のコップに入れてくるのがふつうだった焼酎を、フラスコに入れて出すのが洒落ていて、ふところに少し余裕のあるときなど利用したものだ。

そんな西口のハモニカ横丁の一軒で、戯曲座の雨森雅司と知りあった。たしか新制作座にいて梓欣二といっていたあずさ欣平といっしょだったように覚えている。雨森雅司はその後七曜会に転じて、「天才バカボン」のパパ役などで声優として名をなすが、その時分は貧乏で一杯三〇円の梅割焼酎ばかりのんでいた。滅法強くて何杯のんでもくずれることがなかったが、たまたま二〇〇円したビールなどひとに奢られると、たった一本でへべれけになってしまうのがおかしかった。彼の口からきく三好十郎の、あるときは狂気を交えたような指導ぶりには、その作風がそのまま露呈しているように思われた。

下手からとびこんでくる、ただそれだけの芝居に執拗な駄目が出る。何度もくりかえし、それなりに工夫をこらしてみるのだが、そのつど「駄目ッ」とどなるだけで、どこがどう駄目なのかの説明は一切ない。しまいに、

「こんなことができないのかッ。味噌汁で顔洗って出直してこいッ」

しかたなく幼稚園の園舎を借りていた稽古場を出て、夜道で星空などながめながら煙草を吸って時間をつぶし、ふたたび稽古場に戻って、「お願いします」と頭を下げ、同じように下手からとびこむと、三好十郎が叫んだそうだ。

「ようし、ふっきれた」

そんなはなしをきかされると、こうした強烈な個性についていくことができない人たちが、袂を分かって炎座をつくったというのも、なんとなくわかるような気がした。

雨森雅司と日大芸術学部で同期だったという新協劇団の加茂嘉久や、育男だったか育夫なのか、ともかく育坊とよばれて別にどこに所属してるでない藤田傳を紹介され、このふたりのつながりでこれも新協劇団にいた水島晋なども知ることになる。藤田傳とは酒よりも麻雀のつきあいのほうの記憶が強いが、加茂嘉久と水島晋の、左翼劇団というより新劇には珍らしい、破滅型の奔放な生き方には、若干惹かれるところがないではなかった。ふたりからじつにしばしばきかされた新協劇団のカリスマ指導者村山知義の、三好十郎とはまったく異なった、奇妙な性癖をふくめた個性は、ふたりが悪態の限りをつくせばつくすほど、それが畏怖の念の裏がえしであるように見てとれた。

その後、水島晋は五味川純平作、小幡欣治脚本、久保昭三郎演出『人間の條件』の西日本巡演に、安井昌二、杉葉子、内田良平などと参加していたが、いつの頃からか競輪の開催地を追いかけて放浪するうち、福島で斃死したかにきいている。役者をやめた加茂嘉久は、かもよしひさと平仮名でイラストレーターとして手びろく仕事をしていたのに、あっ気なく世を去っている。

新宿西口ハモニカ横丁を根城にしていた演劇人は少なくなかった。酒乱の気味のあった新協劇団のヴェテラン今橋恒は、菜っ葉服に雑嚢かけた姿で、いつも目がすわっているのがこわくて、あまり近づかぬようにしていた。三島雅夫のやっていた泉座の玉川伊佐男や、テアトルエコーの前身で北澤彪が指導していた山びこ会の梶哲也などは、口嘴のまだ黄色かった私たちにも気さくに声かけてくれたものである。

七〇年代に輩出した小劇場運動の担い手たちの深夜の拠点の感のあったゴールデン街は、その時分はまだ青線とよばれた私娼窟だった。おなじ新宿の悪場所でも、れっきとした官許の、かたちだけでも廓だった二丁目よりも一段低い扱いだった。そう言えば、田中小実昌、野坂昭如、吉行淳之介なども顔を出したゴールデン街のまえだのママは、戯曲座の女優だったが、その舞台の記憶は私にない。

こんな余計なことばかし書いているから、肝腎の小幡欣治との初対面まで、まだ行きつかない。

劇団葦の公演で、『人間の條件』を取りあげることがきまり、演出を担当する久保昭三郎と劇団幹部の何人かが、原作者の五味川純平を訪れて上演許可をもらった。原作料は五〇〇〇円ということではなしがついたようにきいている。五〇〇〇円という金額がいか程のものかと言えば、葦の中心メンバーが、NHKの三〇分のラジオドラマに出演して貰うギャランティと、ほぼ同額ではなかったか。当時の新劇団、ましてや群小劇団にあって、ただでさえ乏しい公演予算のなかで、文藝費の占める割合は微微たるものであったから、無名の作家の無名の作品を上演するケースとしては、まあ相応だったかもしれない。上演許可を取ってすぐ、久保昭三郎が小幡欣治に会って脚色を依頼している。公演会場は、青山通りに面した港区役所赤坂支所にあった赤坂公会堂を、たしか一〇月のうち一週間ほどおさえた。この会場予約には、劇団の使い走りをやらされていた私が出向いている。脚色者のほかのスタッフも外部に依頼しなければならないわけだが、装置プランを誰にたのんだかは記憶がない。久保昭三郎は、伊藤熹朔とならぶ新劇舞台美術の第一人者吉田謙吉の門下だったから、演出ともども自分でやるつもりだったのかもしれない。

こんな準備期間中、久保昭三郎に連れられて五味川純平宅を訪問したことがある。代々木上原の戦災を免れた邸宅の離れ一間を借りていた。縁側に洋裁の内職をやっていた夫人用のミシンが置かれており、その夫人が紅茶でもてなしてくれた。そんなことより原作者当人の風姿に圧倒された。眼光鋭く、威風堂堂たる体軀の美丈夫は、『人間の條件』の主人公梶を思わせるものがあり、あの作品に当人の体験が投影されているのを実感させられた。久保昭三郎ともども、何度か打ち合わせにやってきていた小幡欣治が、数日前ひとりで現われたときの様子を伝える口ぶりから、小幡欣治にかなりの好感をいだいていることもうかがわれた。

そんなさなかだった。

「週刊朝日」が見開き二頁を費して、五味川純平の『人間の條件』を取りあげたのである。二年前の一九五六年八月に第一部が出て、全六部が完結したのにあわせた記事で、なんでもその時分盛んだった全国各地の読書サークルで、ふかく静かなブームを起こしている大作という扱いだった。これも二年前の五六年二月に、出版社系週刊誌第一号になる「週刊新潮」が創刊され、週刊誌ブームを出来させていた時期だったが、扇谷正造編集長の「週刊朝日」は戦前派の老舗として、多くの読者を持つ国民雑誌的な存在だったから、そこで紹介された『人間の條件』はたちまちベストセラーとなり、二〇〇万部を売りあげることになる。劇団葦としては、思わぬ宣伝効果をもたらしてくれたこの事態に、援軍到来とばかりに快哉を叫んだのは言うまでもない。『人間の條件』の版元三一書房とは、私自身一九六九年に『古典落語大系』全八巻の責任編集を江國滋、大西信行、永井啓夫、三田純一（市）とともに受持ったことから親しいつきあいができたが、たまたま担当編集者の畠山滋が、『人間の條件』が売れに売れていた時代の組合委員長だったこともあり、いろいろと思い出ばなしなどきかされたものである。『人間の條件』が売れ出す前の三一書房の経営状態は、けっしてよくなかった。よくなかったというより、青息吐息の自転車操業で給料は遅配つづき、ときには一部が自社出版物の現物支給なんてこともあったらしい。組合運動の盛んな時代とあって、どこかで組合大会が開かれているときけば、その会場に給料代りに渡された書籍を持ちこんで、売り上げをみんなで分けあったりしたという。社名の三一書房が、植民地朝鮮の三・一独立運動にちなんでいることがしめすように、社会科学関係の出版物が多く、社員の大半が日本共産党員だった。もっとも私たちが『古典落語大系』の編集にたずさわっていた頃は、例の所感派と国際派の対立から、党をやめたり、除名された反代々木系の社員がほとんどで、「赤旗」から広告の出稿を拒否されたりしていたものだが、まあそんなはなしはどうでもよろしい。

戦後ベストセラー史にも記録された『人間の條件』ブームで、完全に立ち直ったのだから、五味川純平は三一書房の救世主だった。飯田橋にあった小さな事務所には、始業前から、取次を通しての商品到着に要する時間を惜しむ地方の書店主が、リュックサック持参で行列をつくっていたという。増刷につぐ増刷で、紙型が摩滅してしまう始末で、冗談でなく本をつくるというより、お札を刷っている感覚だったらしい。組合のほうでも、歳末手当の要求額の見当がつかず、常識外と思われた二五カ月分を要求したらば、すんなり通ってしまったという。まだ一万円札のない時代で、支給日には一〇〇〇円札で二五カ月分の札束がどれくらいのものか見当がつかず、それこそリュックサックや大風呂敷を持参したそうだ。久保昭三郎が、「五味川さんは、会うたびに身綺麗になっていく」と言っていたのを思い出す。

劇団葦は、西武線の新井薬師にあったバレエ教室を稽古場に借りていたのだが、その前の空地でキャッチボールに興じていたら、見知らぬスーツ姿の中年男二人が、稽古場を訪ねてきた。そう言えばその日、午前中から劇団幹部が集まっていたのは、その客を迎えるためだったようだ。数日置いて開かれた、劇団の臨時総会で伝えられたところによれば、訪れてきた二人は東宝演劇部のプロデューサー太田恒三郎と、前年の一九五七年に開場したばかりの芸術座支配人藤野善臣で、要件というのは『人間の條件』を、東宝・劇団葦合同公演として芸術座で三ヵ月ロングランで上演したいとの申し入れだった。

東宝が、ベストセラーになってブームを起こしている『人間の條件』を、都民劇場との共同企画で、菊田一夫脚色・演出により劇化上演することを立案した段階では、群小劇団の葦の存在などまったくあずかり知らぬことだった。五味川純平のところに上演権をもらうべく出むいて知らされたようなわけで、まさか葦などという無名の劇団がすでに上演権を取得しているとは思ってもみなかったはずである。五〇〇〇円というわずかな、それもまだ支払われていない原作料、おまけに正式の契約書も交してないとあっては、簡単にかたがつくと思ったらしい。ところが五味川純平は「とにかく葦に渡してしまったから」の一点張りで、葦に対する信義を重んじたため、葦から上演権を譲渡してもらう目論見が外れ、窮余の一策として合同公演の提案となったものだ。

葦の劇団総会は紛糾を重ねた。

ジャンルの壁の取り払われた昨今の演劇事情を思えば、信じかねるはなしだが、商業演劇が日本の演劇の健全な発展を阻害していると、新劇に携わる者は大真面目に考えていたのだ。使命感によって成立した、一見純粋な運動であった新劇にその志を置いた者にとって、いかにめしのためとは言え、商業演劇に身を投ずることに、ある種のうしろめたさと、傷みをともなわずにはいられなかった時代が、ついこのあいだまであったことを、みんなもう忘れている。

そんなわけで葦としては、東宝の提案を拒否して、あくまで単独自主公演を強行すべきだという意見が少なくなかった。ましてや東宝がすでに梶に平田昭彦、美千子・司葉子、金東福・三益愛子、渡合軍曹・南道郎といった配役想定のもとに、出演者のスケジュールをおさえている事実をふまえると、合同公演とは名のみで、実質的には東宝ペースでことがはこばれるに相違なく、葦としては傍役、端役を受けもたされるのが、目に見えていた。

そんな曲折がいろいろあったものの、原作・五味川純平、脚本・小幡欣治、演出・菊田一夫・久保昭三郎による、東宝・劇団葦合同公演『人間の條件』が実現したのは、劇団自体は無論のこと、外部のひとである原作者、脚色者に対する経済的な見返りの問題が、まず頭にあったのは間違いない。それにいくら使命感に燃えていると言っても、現実に舞台を踏むことでなにがしかでも出演料が支払われるのに、魅力のないわけがなかった。役者のなかには、商業演劇の舞台を踏むことに魂を売るような思いをいだいたむきも居て、ラジオやテレビの出演で劇団のなかではいちばん名が知られ、若い役者たちの信望きわめて厚かった小栗一也など、その若い役者には舞台に出て金の取れることの有難さを訴え、出演することを勧めておきながら、自

分は辞退したいと申し出た。そんな心情を吐露するなかで、かつて国友昭二とのコンビで漫才をやっていた南道郎を指して、

「あんなちゃっこいのとは、いっしょに芝居できない」

と口にしたのを覚えている。その南道郎の迫真的な演技が、大方の絶讃を浴びるのはもう少し先のはなしになる。

東宝と葦の役割分担の打ちあわせに、久保昭三郎と小幡欣治が東宝本社を訪れたのは六月頃でなかったか。話しあいの終る頃の時間を見はからって、日比谷映画劇場の横手にあった喫茶店でふたりを待ったのだが、初対面の挨拶もそこそこに小幡欣治は、

「いやあ、プロデューサーというより興行師だな、あれは」

とワイシャツの袖をまくりあげながら、久保昭三郎に同意を求めた。

「そうだね」

と、ぼそっと答えた久保昭三郎がすでに出来あがっていた宣伝チラシをテーブルに投げ出したが、脚色・小幡欣治とならんで演出・菊田一夫とある、その演出の上に、あきらかに二文字分が塗りつぶされていた。

要するに、当初東宝としては小幡欣治の単独脚色ではなく、菊田一夫との共同脚色で進行するつもりだったのだろう。結局葦側の主張が通って脚色は小幡欣治ひとりにしぼられることになり、不自然なチラシも刷りなおされたが、菊田一夫という大看板に固執してやまないあたり

が、商業演劇ならではと言うべきか。久保昭三郎の共同演出にしても、この世界のランキングからするならば、菊田一夫の演出助手あたりが相応だとのいや味も言われたらしい。

ところでいまのいままで私は、久保昭三郎に三一新書の『人間の條件』を読んでおくようにと言われたのを、上演が実現して小幡欣治との出会いのあった一九五八年のことと思いこんでいたのだが、じつはその前年であったのがたしかめられたのである。それというのが、芸術座のパンフレットに掲載されている「脚色して」という文章で、小幡欣治ははっきり「五味川さんに最初にお会いしたのは昨年の六月である」と書いたうえ、さらにこうつづけている。

劇化の申し入れと同時に、出来れば僕に脚色させて頂きたいとお願いをした。

多少無暴だとは思ったが、僕の属している小さな劇団で『人間の條件』を上演したいと思ったからだ。所がお話を伺っていくうちに、劇団「葦」が既に劇化を申し入れている事を知らされ、その手廻しの良いのに驚きながらも、希望を絶たれた腹立たしさで、プリプリしながら自分の劇団へ戻ってきたことを覚えている。

ここで小幡が言っている「僕の属している小さな劇団」が炎座なのは言うまでもない。同じ群小劇団である葦に一歩遅れて、炎座が五味川純平に劇化上演を申し入れていたことは、生前の小幡欣治とさんざ『人間の條件』時代のはなしをしていながら、気がつかなかった。パンフレットにも書いていることだし、当然こちらも知っているとの前提ではなしていたのかもしれない。

いずれにしても、劇団葦がというより、久保昭三郎が脚色者に小幡欣治を指名したのは、久保の意向をこえて、そうなるべき必然が秘められていたように、いま思う。若い演劇人ふたりの共通した熱い思いが、こんなかたちで報われたについて、そうしたことを可能にさせた時代背景もあったかもしれない。

「東宝・都民劇場共同公演」「東宝現代劇特別公演」「第十三回芸術祭参加」「東宝・劇団『葦』合同公演」と、つの書ばかりやたら多い、船頭多くしてのたとえのような『人間の條件』だったが、一九五八年九月三日の初日から一一月二三日の千秋楽までのまるまる三ヵ月、生まれて初めて商業演劇というものの実際にふれることができ、それはそれで刺戟のある日日が過ごせたと、なつかしく思い出している。

仮にも東宝との合同公演で、演出者として菊田一夫と葦の久保昭三郎が名を連ねているからには、久保の助手として演出部の一員に加えてもらうこころづもりだったが、果されなかった。天下の東宝演劇部とあって、裏方として働く演出部員がごまんといて、とても葦から喰いこむ余地はないから、おまえは役者をやれと言われた。つけられた役というのが特殊工人の二で、五行ぐらいのものをふくめていくつかの台詞をしゃべらされた。特殊工人の一のほうは藤岡琢也だったとそう覚えていたし、なにかにそう書いたこともある。ところがいま調べてみたら私は特殊工人の四で、藤岡琢也は兵隊一ではないか。記憶なんてあてにならない。

ふだんだったら稽古中は、深川にあった大道具の作業場で棟梁に装置家の注文を伝えたり、京王線の国領にあった小道具屋の倉庫をのぞいたり、スタッフとの打ちあわせに歩きまわるなどしていた身が、薄汚ない畳敷きの稽古場に日参するのだから、いささか勝手ちがいであったものの、それはそれで面白かったし、楽しかった。商業演劇では異例とされた、新劇なみの一ヵ月という稽古期間だったが、実質的な芝居づくりらしい作業の動き出すのは、初日まで残り一週間を切ったあたりからで、実際その頃から日に日に芝居らしい風景に仕あげられていくスピード感に、新劇、それも群小劇団しか知らない身としては、まるで魔法の世界に迷いこんだような思いを味わった。

稽古初日に発表されていた配役で、主人公の梶に心酔している善良な中国の青年陳に抜擢されていた東宝現代劇一期生の横澤祐一が、たった一日の稽古でおなじ一期生の井上孝雄に代えられてしまったことに、商業演劇の酷しい一面を見せつけられた。あとになってきいたはなしでは、井上孝雄の後援者が東宝の上層部にはたらきかけたものらしい。

稽古はもっぱら久保昭三郎の手ですすめられた。司葉子、平田昭彦のようなスター、三益愛子、安部徹といったヴェテラン、異色の南道郎や小幡欣治の推薦でひとり炎座から参加した伊藤亨治などに対してもべつに臆することもなく、真木恭介、水城蘭子、前沢廸雄、千葉順二、西田昭市、小池明義、宮田光といった葦の連中と同じように、淡淡とむきあっていた。もともとあまり自己主張するほうでなく、無論大声あげることなどしないタイプの演出家だったから、腕のある達者な役者のそろった稽古を楽しんでいたふしが見えた。この稽古中、小幡欣治は一度も顔を見せていない。

製作者として太田恒三郎と名を連ねていた小松公男が、葦の若手や東宝現代劇の面面、ということは主要キャスト以外の傍役、端役の連中を片隅にあつめ、偉そうな顔つきで台本をひろげながら、小幡欣治をあげつらい、菊田一夫とのちがいを滔滔と述べたてた。自身多少とも台本を手がけたことがあるらしく、自信過剰の鼻もちならない棚卸しは、きかされていて不愉快だったが、私たちの知らないところで脚本をめぐる製作者側との激しいやりとりがあって、プライドを傷つけられた小幡欣治はあえて稽古に立会おうとしないのではと、勘繰ったりしたものである。

菊田一夫が顔を出したのは、初日前の二日間を費した舞台稽古の当日だった。小柄であまり風采のあがらない、およそ藝術家らしからぬ雰囲気の持ち主でありながら、ぼそぼそっとした口調で出す役者への駄目は、さすが勘所をとらえていて、この人がいるだけで劇場全体に緊張感がみなぎったものである。客席後方で、原作者の五味川純平とならんで舞台稽古を見守る小幡欣治を見かけた。

柿落しの『暖簾』と『まり子自叙伝』を別にして、開場以来一年半あまり閑古鳥の鳴いていた芸術座の客席が、『人間の條件』の蓋があいたとたん連日ほぼ満員の入りをしめしたというのも、やはりベストセラー劇化の効果だろう。それに加えた人気スター司葉子の本格的な舞台初出演（その年二月、芸術座スタジオ劇団公演『海抜三二〇〇米』に出演している）という話題もさることながら、この公演が都民劇場との共同企画でなされたこともちからになっている。都民劇場の一万八〇〇〇人を数える会員が、三カ月ロングランを支えたとも言えるので、商業演劇の団体観客、新劇の労演に見る観客組織に依存した、演劇興行の問題点を指摘した匿名のコラムも目にしている。

舞台の評判はまずまずだった。ずいぶんと多くの新聞、週刊誌の取りあげた批評で、筆をそろえて褒めちぎられたのが、非情冷酷な憲兵軍曹渡合を演じた南道郎だった。漫才師あがりの軽薄な役者というそれまでのイメージを払拭した出色の演技で、その評判に当の本人は舞いあがっていたものだ。貸出しテレビを持ちこんだ、安部徹と同室の楽屋の隅で、通行人で一役買っていた付き人に、好評の記された記事の切り抜きを、スクラップブックに貼りつけさせていた。この付き人がとぼけた男で、新聞を切り抜きながら南道郎のいる前で、「こんなもの、売れてるときはいいですが、売れなくなったらみじめな記録でしかありませんからね」とはなしていたのを思い出す。

商業演劇初登場になる小幡欣治の脚本も好評だった。なによりも膨大きわまる原作を、講談調に陥ることなく、リアルな一晩芝居に仕立ててみせた手腕が高く買われ、新劇的な戯曲と、商業演劇的演技が、奇妙に雑居してるのは否定できないとする大方の指摘のなかでも、唯一の収穫として小幡欣治の商業演劇進出をあげたものが少なくなかった。脚本の好評は、東宝の製作者側にとって思いがけないものであったらしく、太田恒三郎などそれまでの渋面が嘘のよう

な表情ことさえて、小幡欣治を褒めあげたうえ、

「これからもなにか相談ごとがあったら、なんでも乗るから」

と言ったらしい。この言葉を真に受けた小幡が金を借りにいくと、

「金？　金は駄目だよ君」

とにべもなかったあたり、「プロデューサーというより興行師」という第一印象は変わらなかったようだ。


劇作家小幡欣治にとって、『人間の條件』の成功が、のち商業演劇の脚本家として第一人者の地位を確立させるきっかけとなったのは間違いなく、長老阿木翁助をして、「日本で芝居を書くだけでめしの喰えるのは、小幡欣治ただひとり」と言わしむるにいたるのだが、喰えない新劇の劇作家として出発し、商業演劇作家へ移行する道すじが、けっしてスムースだったわけではなく、作家としての内面的葛藤がまったくなかったはずがない。とりわけ彼と同時期に新劇の劇作家としてデビューした、職場作家とよばれる同世代の人たち、具体的にその名を記せば鈴木政男、原源一、堀田清美、大橋喜一などなどのなかには、無論やっかみもあってのことだが、商業演劇に筆をとったことを、志と魂を売ったような目で見たばかりか、面とむかって口にしたのもいたらしい。金になるか、ならないかはともかくとして、面白い芝居が書きたいという一点では、新劇も商業演劇もないとする、書生論と言われかねない姿勢でことにあたっていた小幡欣治にとって、まったくもって片腹痛い次第だったにちがいない。

『人間の條件』の上演によって生じた小幡欣治の個人的なつながりで言えば、沖島という梶に理解をしめす同僚を演じた安部徹とのつきあいは、安部夫人で抜群に台詞のうまい女優だった北原文枝ともども、安部が舞台、映画、テレビの仕事を離れてからもつづき、いささか不本意な晩年を送った安部の葬儀にも出席している。工人慰安所の売れっ妓《こ》娼婦楊春蘭役の葦の水城蘭子が、小幡と同じ浅草の生まれで、新門辰五郎の血筋ときいて、辰五郎のことなどいろいろきき出していたが、仕事の面でのつきあいは『人間の條件』で終った。

そんなことより、小幡が自ら戦友と称し、演劇関係者のなかでいちばん信頼を寄せていた東宝現代劇の面面との師弟関係だが、そうした同志的感情で結ばれるのは、出会いのあった『人間の條件』から、しばらく間を置いてのことになる。

東宝現代劇は、芸術座の開場にあわせて一般から公募された演技者集団で、その一期と二期生男女あわせて三八名が『人間の條件』の舞台を踏んでいる。私にとってほとんどが同世代とあって、すぐに仲よくなった。のちテアトルエコーに参加する納谷悟朗らと、一ツ橋講堂で『蟹工船』を上演した稲の会にいた内山恵司。早稲田の劇研で、真山美保『市川馬五郎一座顚末記』の座長馬五郎役を演った丸山博一。文学座の門をたたいた山田芳夫や横澤祐一など、最初から商業演劇を目指すというより、志は新劇にあった連中の多かったのも、親しくなった原因だろう。

昨今のようにマチネ中心の興行形態ではなく、その時分はまだ一般に通用する言葉でなかったソワレという夜の公演が主体で、マチネは土曜日曜と祭日に限られていた。大きな団体のとれたときなど平日のマチネというのがあって、臨時マチネを略して臨マチなどと称したものだが、いまやまったく使われていない業界用語だ。そんなわけで、堅気の人間が額に汗して働いてる時間を、ただひたすら遊んですごした。野球、麻雀、映画……夜は夜で芝居がはねてから安酒場でおだをあげていたのだから、やはりみんな若かったし、その若さをもて余していた。誰がグラウンドをおさえてきたのかいまとなっては知る由もないが、草野球のメッカ神宮外苑で、劇団葦対東宝現代劇の試合をしたことがある。現代劇の三塁は横澤祐一で、肩が弱く平凡な三塁ゴロを、山なりの送球でやっとこさアウトにする。

「あんたと同じ横澤という名の三塁手がセネタースにいたけど、あれも肩が悪かったな」

と揶揄ったら、祐一は、

「俺が横澤七郎の息子と知ってて、そういうこと言うのか」

ときたものだ。これにはいささかおどろいた。そんなことがあって、横澤祐一はその時分パ・リーグの審判をしていた父親の横澤七郎を、試合のない日、有楽町の酒場に呼び出して紹介してくれた。祐一よりずっと二枚目で、ダンディだった。祐一にむかって、

「君が陳の役おろされたのは、歯のせいだぜ、機会をみて治すといい」

と歯ならびの悪いことに言及していたが、息子を君と呼び、ざっくばらんにこういう会話の交せる親子関係が、生涯ついぞならんで酒くみかわしたことなどなく、私のやっていることをま

ったく理解しようとしなかった自分の父親とくらべて、ちょっぴりまぶしかった。そのときすでに横澤七郎は、祐一の母親ではない別の婦人と棲んでいたらしいのだが、そんな余計なことはここに書くべきではないか。

二〇一一年四月一五日、まるで小幡欣治のあとを追うように、東宝現代劇の片山せつ子（節子）が彼岸に渡った。七四歳だった。『人間の條件』では慰安婦のひとりで、小柄ではあったがなかなかの美形で、藤岡琢也が熱心に口説いていたものだが。

いけない、性懲りもなく余計なことばかり書いている。

もうちょっと『人間の條件』のはなしをつづけるが、勘弁していただきたい。

当時としては異例の三カ月ロングランを、通して出演した主要キャストは、梶の平田昭彦、金東福役の座長格三益愛子に、渡合軍曹の南道郎くらいで、評判のよかった司葉子の美千子はひと月だけで、あとは左幸子に加代キミ子が演って、安部徹の沖島も一〇月は花柳喜章に代っている。

初日があいて一〇日位がたったとき、「東京中日新聞」に、「ボヤク劇団〝葦〟の面々　中途から割込んだ東宝」と見出しにある、「芸術座『人間の条件』の舞台裏」なる六段組のかなり大きな記事が出た。宇佐見宣一が書いたとはあとで知ったが、要するに東宝と葦の合同公演となったいきさつをいろいろ記して、ラジオやテレビ映画の吹き替えで、結構稼ぎのある役者の多い劇団葦の出演料がまとめてひと月五〇万円、これは三益愛子ひとりの出演料に匹敵するというすっぱ抜きだった。あらためて商業演劇の実態を知らされた思いがしたが、それでも芝居でなにがしかのおたからを頂戴するのは、アルバイト気分のラジオのガヤで手にする金よりも、有難味があった。いっしょに舞台を踏んでいた東宝現代劇の一期生より、いくらかは余計にもらったはずである。

芸術座の舞台が二カ月目にはいった頃ではなかったか。栄田清一郎のやっている昭和映画で、翌年一月から二月にかけて、『人間の條件』の西日本巡演をやりたいというはなしが劇団葦に持ちこまれてきた。栄田清一郎はフリーの映画プロデューサーで、評判になった小説などの映画化権を原作者と契約して、映画会社に売り込んだり、役者のマネージメントなどもしていたが、この業界にはかなりの人脈を持っていた。このはなしに、葦は二つ返事でのっている。

巡演用の新たな配役は、梶に日活の反対を押しきって参加する安井昌二、美千子・杉葉子、渡合軍曹・内田良平、三益愛子の演った金東福には水城蘭子がまわり、水城蘭子の楊春蘭は安井昌二夫人の小田切みきがあてられた。芸術座に出ていた葦の全員が参加し、東宝現代劇の人たちのつとめた役どころは、炎座から伊藤亨治以下一〇人が加わることになった。スタッフは演出久保昭三郎、脚色小幡欣治、音楽芥川也寸志、照明穴沢喜美男、効果吉田貢と芸術座のものが踏襲されたが、装置だけが村木忍から伊藤寿一に代っている。移動用セットということと、村木忍が東宝撮影所のひとであることも考慮されたのだろう。公演名も、製作・昭和映画株式会社、劇団葦特別公演　劇団炎座応援出演というところにおさまった。

小幡欣治には、この西日本巡演に託すものが多かった。はなしがきまると、すぐに台本の改訂にかかっている。

自分の劇団炎座で上演したいという願いが、おなじような群小劇団の葦に先をこされ、脚色に関しても商業演劇ということで、なにかと枷のかけられた仕事を余儀なくされた芸術座公演では、充たされぬ思いもあったはずである。応援出演というかたちで、同志である炎座の一〇名が加わったのも、心強かったにちがいない。西日本巡演用公演パンフレットに、原作者五味川純平の「面白く書くということが、通俗的になるかならぬかというのは、面白さのせいではなく、主題の質の問題」という言葉を借りて、「そっくりそのまま『人間の條件』を脚色した僕の姿勢」と書いている。新劇出身の、面白い芝居を書きたいとつねに念じている劇作家として、おのれの矜持をこの西日本巡演で発揮したかったのだと思われる。

芸術座の公演を打ちあげた翌一二月のほとんどを、芝の産別会館を借りた西日本巡業公演の稽古にあてている。すぐ近くに建設された東京タワーの完成一般公開で、世間が湧いていた。西日本巡演用にあつめられた裏方は、新劇のいろんな劇団の旅公演についている、百戦錬磨の勇士ばかりだった。舞台監督の畑守は青年座の演出部に所属していたが、職人肌というより、当りのやわらかい人柄を武器にことをはこんでいた。その下についていた藤田傳も岡崎柾男も既に顔見知りの間柄で、岡崎柾男は前進座や新協劇団の仕事をしていたが、その後青蛙房から

『洲崎遊郭物語』を出している。照明担当で民藝の秤屋和久、文化座の原田進平なども加わっていた。みんな口うるさかったが仕事ははやく、あの時分の新劇は役者よりも裏方のほうにプロフェッショナルが多かった。

発表されたスケジュールでは、出来たばかりの豊島公会堂で一九五九年一月六日、七日の舞台稽古をすませ、八日の沼津を振り出しに、九日名古屋、以下宇部、八幡、飯塚、熊本、佐賀、佐世保、長崎、大牟田、大分ときて、一月二六日の延岡でいったん打ちあげたあと、二月に彦根、大津、奈良、神戸が予定されていた。飯塚の嘉穂劇場はまだ健在だが、熊本の歌舞伎座、佐賀の佐賀劇場と、あの時分の九州にはむかしながらの芝居小屋が残っていた。

一月八日の朝、東京駅丸の内口の一、二等待合室にあつめられ、千秋実の薔薇座にいたという上野卓成公演責任者から、列車の切符がくばられた。客演者である安井昌二、杉葉子、小田切みき、内田良平、それに劇団責任者ということで葦の真木恭介と炎座の伊藤亨治が二等で、残りは全員三等である。この巡業には安井昌二、小田切みき夫妻の長女で、のち女優になる四方正美も同行している。客演者でも水島晋が三等車だったのは、多分久保昭三郎の推輓での特別参加だったからだろう。旅中水島晋は安井昌二や藤田傳らと日夜麻雀の卓をかこみ、寸暇を惜しんでパチンコに興じていた。肝腎の舞台はともかく、乗り日の車中は楽しかった。裏方連中の口からきく、いろいろの劇団の裏事情は多分に刺戟的で、その意味では葦にしろ炎座にしろ、群小劇団にはそれなりのよさのあることを認識させられた。七曜会に客演したりして、その頃舞台への関心を高めていた杉葉子が、しばしば菓子など手にして二等車から私たちのグループに遊びにきていたものである。

順調だった巡演が一頓挫をきたしたのが、一月二一日の佐世保市公会堂での公演だった。会場入口に派手に花輪がならべられる異例の扱いは大盛況が予想されたのに、いざ開場したらばだだっぴろい客席に、目勘定できる客が点在するばかり。主催の「長崎民友新聞」から請負った地元の興行師が、切符も売らずに花輪の手配だけして、仕込みの費用をかかえてとんずらしたらしい。はなしにきく御難に遭遇したわけだ。前日の佐賀でこの事態を察知した製作の上野卓成からの連絡で、栄田清一郎が飛行機でかけつけて、とにかく数人の客を前の舞台を終えてから、公会堂の会議室で緊急会議がひらかれた。安井昌二は今後の保証がなければすぐにも帰京したいと発言し、日払い精算だったらしい裏方連中は、宿泊食事代を現金支給する引雑《ひきぞう》用を要求して、上野卓成を攻めたてた。涙ぐんだ上野が、赤坂の自宅を担保に入れてもと口走る一幕もあったが、結局佐世保の公演分は昭和映画が保証することで、残された長崎、大牟田、大分、延岡をつとめて打ちあげることになった。この日の佐世保の宿は、遊廓の転業した旅館で、川に見立てた廊下から小さな橋を渡って部屋入りするのが趣向で、つわ者どもが夢の跡で過ごし日をしのんだのが、御難のなかでのただひとつのご馳走だった。

一月二六日、延岡の野口記念館で上演された舞台が、『人間の條件』西日本巡演つごう二四ステージの打ちあげになった。全員に東京までの交通費と食事代が現金支給され、現地解散である。折角ここまで来たのだからと、葦の若手何人かと伊藤亨治を誘って、文化学院時代のガールフレンドの実家である別府温泉の鰐地獄をのぞいてから帰京した。

それからもう二〇年以上がたって、銀座の小さな文壇バーまり花で、吉行淳之介や色川武大などと歓談していた際、たまたまマダムの西本依久子が延岡出身であることを知り、『人間の條件』の旅を延岡で打ちあげたのをはなしたところ、

「あらやだ、あのとき私楽屋でみなさんにお茶汲んでさしあげてたのよ」

というではないか。きけば西本依久子はそのときの主催者である「ポケット新聞」のオーナーの娘で、セーラー服姿でお手伝いしていたという。

「そうか、すると君がこのなかで最初に彼女と口をきいた男というわけだ。口でよかったな」

と吉行淳之介に言われたが、世のなかには妙な因縁があるものだ。

二〇〇二年七月五日に表参道のうすけえぼで「炎座を記録する会」が開かれている。会費は六〇〇〇円だった。早川書房社長早川浩、都民劇場理事佐原正秀なども顔を見せていたが、伊藤亨治以外『人間の條件』の西日本巡演に参加した役者は、誰も来ていなかった。この席で小林俊一に紹介されている。初対面だった。

会が終って、小幡欣治に誘われ、「悲劇喜劇」編集部高田正吾、紀伊國屋ホール総支配人金子和一郎などと六本木に流れたのだが、一九五六年に炎座が上演した小幡欣治作・演出『逆徒』の装置は、金子和一郎だったと初めて知った。語らいは思い出ばなしに終始したのだが、

『人間の條件』に関して、

「もう二度と上演されるはずもないけれど、俺のなかでは芸術座でなくて、西日本巡演のものが決定稿」

と、小幡欣治はきっぱり言い切った。

b

安藤鶴夫が『寄席紳士録』に書いた湯浅喜久治を知る人も、落語家で立川談志に三遊亭遊三、芝居関係では吉井澄雄に高田一郎くらいになってしまった。

のちに「若手落語会」「東横落語会」「東横寄席」などを手がけ、稀代の天才プロデューサーとして、芸術祭男と勇名をはせる湯浅喜久治に初めて会ったとき、上布の着物に高価そうな総しぼりの兵児帯巻きつけ、素足に雪駄ばきだったが、ふだんは壱番館で念入りに仕立てたスーツに、ワイシャツは麻布のなにがし、靴はどこそこといったあんばいの、あの時分には珍らしいブランド志向で、銀座のバーでさえ水道の水を使っていたのに、下部温泉から日本エビアン水というのを取り寄せては、ガブガブやっていた。その湯浅喜久治が、三〇になるやならずで、勘平さんよろしく自ら生命を絶ったのは一九五九年のことだった。

商業演劇に作品を提供していた若手劇作家として、小幡欣治は榎本滋民、花登筐と三人で中の会をつくっていたが、ほかに同世代ということで野口達二、津上忠、劇評家の大木豊などとの交誼が知られている。そんな交遊関係のなかで、単なる仕事仲間という枠をこえて、たがいに畏敬しあい、好敵手として一目も二目を置いていたのが榎本滋民だった。二〇〇三年の一月に、不慮の災難で生命を落とした榎本滋民のお別れ会が三月に千日谷会堂で行なわれたとき、別れの挨拶をした小幡欣治の落ちこみようといったらなかった。

同世代の多くの仲間のなかから、小幡がとくに榎本滋民と気のあったつきあいをしたについて、ふたりともに東京っ子という事実には避けて通れぬものがある。小幡欣治の浅草生まれに対し、榎本滋民は四代前まで王子権現の宮司をつとめた家柄で、「俺には徳川さん以前からの江戸っ子の血が流れている」というのが自慢だった。東京人にだけ通じあうものをともにはぐくんでいこうという気持が、ふたりにはたしかにあった。

そんなふたりの結びつきに、湯浅喜久治がかかわっていた事実は、意外と知られていない。一九二八年生まれの小幡欣治のことを、三〇年生まれの榎本滋民は、小幡の兄《あに》さんと呼んでいたのだが、こんにちほど娯楽が多様化していない時代に育てられた、この世代の東京っ子にとって、落語をはじめとする寄席文化は、一種の教養でもあった。戦争に敗けて瓦礫山積の焼跡に、何軒かの寄席がいちはやく復活し、弱視のため兵隊にとられなかった三遊亭歌笑が、「純情詩集」をひっ下げ、時代の寵児として君臨するのにふれながら、平和の到来を実感していたのだ。劇作家として世に出るに及んで、小幡欣治が『真打』や『寿限無の青春』を、榎本滋民が『たぬき』を書くのも、約束されたようなものだった。

ふたりとも最後まで落語への関心を捨てることがなかった。その関心の強さから言うなら、いまでもときに演藝評論家などと呼ばれている、私以上だったかもしれない。

小幡欣治とは、川柳川柳や三遊亭圓龍といったマイナーな落語家をきくために、浅草木馬亭まで同行したことが何回かあったし、落語関係の新刊書の多くに目を通し、私の未読のものの感想を求められたり、ＣＤできいた立川談志の藝について、卓見にふれたこともある。

生前の榎本滋民の著作のほとんどは、落語に関するものである。このことは、戯曲、なかんずく商業演劇のそれの刊行されにくい、この国の出版事情をふまえてなお、このひとにとって落語について書いたり、しゃべったりすることが、芝居を書いたり演出することとまったく同様の天職であったことをしめしている。ＴＢＳの落語研究会の解説者を最後までつとめていたが、持てる豊富な知識にもとづいた、単なる蘊蓄をこえる確固たる落語観を、歯切れのいい東京言葉で披瀝していたのを、なつかしく思い出す。

天才プロデューサー湯浅喜久治が自ら生命を絶ったのは、一九五九年のことだが、ひときわユニークなその生き方を醒めた目で見つめていた小幡欣治は、湯浅死後の六一年に書いた『真打』を、翌六二年に『寿限無の青春』と改題、いずれも芸術座で上演されている。その時分朝太を名乗っていた古今亭志ん朝と湯浅喜久治の交遊から受けた刺戟が、この二作に実ったのは間違いない。

小幡欣治に湯浅喜久治を紹介したのは榎本滋民で、三笑亭夢樂や先代金原亭馬の助を加えた酒席や、湯浅がプロデュースしていた若手落語會を通じての、つきあいそのものは淡白につきたものだった。

湯浅喜久治との交遊で言えば、榎本滋民のばあい小幡欣治ほど単純なものではなかった。榎本が湯浅と知りあったのは四谷の安藤鶴夫邸で、ふたりともその時分安藤鶴夫に心酔していた。そしてそのことが、ふたりの人生に大きな影響を与え、結果として振回されることにもなる。安藤鶴夫ほど個性的で毀誉褒貶の激しかったひとを、ほかに知らない。没後四〇年を優にこえてなお、その思いはますます強い。

無為徒食を気取る文学青年だった頃、私のまわりには、「あんつる嫌い」を公言してはばからない作家、評論家、ジャーナリスト、プロデューサーが大勢いて、彼の文章や発言の枝葉末節を取りあげては口汚なくののしっていたものだが、べつに疎んじられた覚えのない身には、正直言ってあまり気持のいいものじゃなかった。こうした非難は、多分に安藤鶴夫に対するやっかみの感情から発したもののように思われたが、安藤の畏友をもって任じていた河上英一の世話で、「讀賣新聞」夕刊娯楽面に連載した『巷談本牧亭』が桃源社から上梓され、前進座の手で劇化、新橋演舞場で上演された翌一九六三年度下期、第五〇回の直木賞を受賞するに及んで、一段とその激しさを増したように思う。

『巷談本牧亭』は、その頃東京と言わずこの国で唯一の釈場、つまりは講談の専門席だった上野の本牧亭を舞台に展開されるこれも一種の藝人小説だが、物珍らしい世界が描かれていることもあって大方の評判はたしかによかった。ただ、受けた大学全部落ちて、もて余していた昼間の時間を、もっぱらこの本牧亭に通いつめることで費していた私には、勝手知ったる世界だったたけに、読んでいてなんとはなしの違和感がないではなかった。このことは、本牧亭の女席亭で自身も小説に登場する石井英子も感じていたらしく、安藤鶴夫が本牧亭に顔を出したことはほとんどなく、取材も通り一遍だったことを明かし、作者にも作品にもけっして好意的とは言えなかった。すでに世を去っていた湯浅喜久治と、竹本朝重がモデルと思われる娘義太夫とのあれこれも、推測まじりの筆にされ、実名こそ出されなかったものの朝重も迷惑を蒙ったはずで、湯浅を知る者の多くにも釈然としない思いが残された。

新橋の雑居ビルの一室に事務所をかまえていた湯浅喜久治は、一九五八年に榎本滋民と語らって、「こんぺゐる」というグループをこしらえている。いままでどおり寄席藝人とのつきあいはつづけるが、若い詩人、ジャズマン、演出家、作曲家、画家、照明家などを集めて斬新な仕事で世に問いたいという願いのこめられたものだった。金森馨、岡島茂夫、武市好古、吉井澄雄、高田一郎などがあつめられ、舞台装置家にとって原稿用紙にあたる、一尺単位の縮刷方眼紙を特注している。劇団四季にあって金森馨は、湯浅の没後もこの「こんぺゐる」の方眼紙に装置プランを描いていた。「こんぺゐる」をつくった年の暮、産経ホールで「日本のジャズ」をプロデュース、八木正生などが出演しているが、ただでさえ痩せ細っていた身体のほうががたがたになっていたと、新橋の銭湯で同浴した榎本滋民が言っていた。睡眠薬パラミンののみ過ぎによる事故死として処理された湯浅喜久治だが、自殺で遺書もあった。三笑亭夢樂が渋谷署から持ちかえったその遺書には、乱れた字で「四谷は頼りにならねえ」とあったという。

言わずもがなだが、四谷は安藤鶴夫の住居だ。

榎本滋民の劇壇的デビューで言えば、一九六一年「オール讀物」の一幕物戯曲に入選し、その年新派で上演された『花の吉原百人斬り』ということになる。この時期すでに安藤鶴夫の随筆に「若い友人」として登場しており、息がかかっていると目されていたから、このデビューには安藤鶴夫の推輓があったかもしれない。師である久保田万太郎にならうところがあったのか、安藤鶴夫も慕ってくる若い者を、周囲にあつめるのがきらいじゃなかった。ただ、持てる強烈な個性を気づかって、あまり深入りするのを避けていたむきが多かったように思う。そんななかにあって、ひとり榎本滋民だけは偏愛に近い遇され方をしていたと言われている。安藤自身、一の門弟と認めてはばかるところがなかった。

そんな二人の仲が、ある日突然疎遠になるのだ。いや疎遠なんて生易しいものではない。断絶である。

安藤鶴夫の書いた身辺雑記の一節に、親しくしていた若者が、帰りがけ「どうも、どうも」と口にしたことに、世のなかに「どうも、どうも」なんて挨拶はないと腹を立て、以後彼を出入り禁止にしたとあり、それが榎本のことを指していると推察されたが、理由としてはいくらなんでも薄弱である。芸術祭の審査がらみで二人のあいだに対立があったとか、いろいろの臆測がとび交い、むろん当人に問い質したむきも少なくなかったが、当人は口を噤んだままだった。いずれにせよ、安藤鶴夫の前で榎本滋民のことを、榎本の前で安藤のことを口にするのはタブーとなった。

安藤鶴夫が糖尿性昏睡のため六一年の一期を終えたのは一九六九年九月九日のことだが、その三年前引退披露、西国巡礼を終え瀬戸内海に入水した歌舞伎俳優八代目市川團蔵を描いた戸板康二『團蔵入水』の生みの親である「小説現代」編集長だった大村彦次郎は、洗足の自宅に戸板康二を訪ね、「小説　安藤鶴夫」をお書きになりませんかと依頼して、断られている。断りながら、

「ほんとは榎本君がいちばん適任なんだけど、書かないだろうね」

と口にした口ぶりが、二人のあいだの確執に興味津津だったことをうかがわせたという。私自身、師だった戸板康二との酒席で、じつにしばしば二人の相剋について言及したものだが、「まあ永遠の謎かな、と言ってそれほど大袈裟なものじゃないけれど」という結論に達するのだった。榎本滋民がこの件に関しては、小幡欣治をはじめとするかなり親しいひとに対しても、一切黙したまま逝ってしまったことで、ほんとうに永遠の謎になってしまった。

安藤鶴夫の死後、安藤鶴夫様とある著者署名本が何冊か古本屋に出まわった。私もカッパブックスの尾崎宏次『新聞社』と、東京美術刊の戸板康二『舞台歳時記』を所持している。『新聞社』は神保町で私自身が買い求めたもので、『舞台歳時記』は編集プロダクションをやっている友人から、「君が持っていたほうが」とゆずられた。たまたま紀伊國屋ホールで尾崎宏次に会ったとき、『新聞社』を手に入れたはなしをしたのだが、

「いいときに教えてくれた。じつはきょう『安藤鶴夫作品集』の書評を書いて渡したところなんだ」

と言ったものである。知っていたら、感情的に筆がすべったかもしれないというのだ。戸板康二にきいたはなしでは、安藤鶴夫には浅草あたりに自分の浴衣など置いてあるくつろぎの場所があり、たまたまそこに持ちこんでいた本が出てしまったのだろう、ということだった。一九九四年に論創社から須貝正義による『私説　安藤鶴夫伝』が出ているが、この本は最初青蛙房に持ちこまれ、あまりに膨大な量なので「うちでは見あわせた」ということだが、原稿を読んだ青蛙房主人岡本経一のはなしでは、安藤鶴夫の女性問題にも筆が及んでいたそうだ。削除の上論創社から刊行されたについては、遺族の意向が反映されたようにきいている。

「まさか、榎本君とのトラブルは、その御婦人がらみじゃないだろうね」

と戸板康二との酒席で笑いあった。

炎座時代に茨木憲や遠藤慎吾と何度かはなしあったことがあるけれど、世に出た頃の小幡欣治は演劇評論家や新聞社の演劇担当記者と、必要以上に深くつきあうのを避けていたように見えた。演劇人のたまり場の感のあった四谷の酒場Fに、東宝の演劇宣伝担当だった大河内豪にともなわれ、「朝日新聞」の本地盈輝、共同通信社の和田秀夫などと顔を出したときでも、自分のほうからはほとんど口を開くことがなく、ひとのはなしに素っ気なくうなずくばかりだったのを思い出す。榎本滋民と安藤鶴夫の反目義絶を目のあたりにして、できることならそうしたことに巻きこまれたくないとする気持がはたらいて、自分の仕事の成果に多少なりとも影響を与えるひとたちとのつきあいには、慎重な態度でのぞむほかなかったのだろう。

小幡欣治がゴルフを通じてつきあいのできた尾崎宏次や倉橋健など、言うところの評論家やジャーナリストと、積極的にはなしあう機会を持つようになったとき、安藤鶴夫はすでに亡かった。というよりも、考えてみれば瑣事、末梢に過ぎない雑事に耳をかす必要などないほどに、小幡欣治の劇作家としての地位は確立されていた。

安藤鶴夫の死を知った大木豊は、小幡欣治への電話で、

「やっとこれで、われわれの時代が来たよ」

と言ったそうだ。

安藤鶴夫『寄席紳士録』が刊行されたのは一九六〇年七月で、奥付に「著者安藤鶴夫　發行者車谷弘　發行所文藝春秋新社東京都中央區銀座西八」とあり、「定價二七〇圓」となっている。四六判函入りである。

「第1話　下から讀んでも一柳齋柳一」に始まり、春本助治郎、おでこのシャッポ、春風亭梅枝、立花家扇遊、都々逸坊扇歌、江戸家猫八、柳家小半治、三笑亭可樂、松林圓盛、古今亭志ん生とつづき、「第XII話　實ァですねの湯淺喜久治」と、寄席演藝界を個性的に生き抜いた一二人を描いた読物になっている。当時文藝春秋が発行していたユニークな雑誌「漫画讀本」に、五九年四月号から翌年三月号まで一年間連載されたものが、七月に刊行されたわけだが、「あ

とがき」に前年生命を絶ってから知った、根岸で文房具問屋をやっている湯浅喜久治の父親に、風鈴の短冊をとどけてもらったはなしを書いている。最終話の主人公湯浅喜久治の存在が、まだ生生しく記憶に残されてるのを、うかがわせてくれる「あとがき」だ。

湯浅喜久治の不幸な死から一〇年たった一九六九年に安藤鶴夫は世を去るのだが、一年後の七〇年八月から、大佛次郎、川口松太郎、福原麟太郎監修による『安藤鶴夫作品集』全六巻が、朝日新聞社から刊行開始され七一年一月に完結している。その第Ⅴ巻に『寄席紳士録』が収載されているのだが、文藝春秋新社版の「第Ⅻ話　實ァですねの湯浅喜久治」だけが全篇削除されている。末尾に、編集委員江國滋、奥田敬次郎、槌田満文とある「後記」によれば、

　昭和四十四年二月、角川文庫に収められた際、「漫画読本《ママ》」昭和三十六年四月号掲載の「隼の七といわれて桂三木助」が加えられて十三話となった。本作品集では、「実ァ《ママ》すねえ《ママ》の湯浅喜久治」は「巷談本牧亭」（第四巻所収）との、「隼の七といわれて桂三木助」は「三木助歳時記」（本巻所収）との重複を避けて除いてある。

としている。それでいながらこの巻には『寄席紳士録』の「第Ⅸ話　年の瀬や三笑亭可樂」と、「第Ⅺ話　赤貧洗う古今亭志ん生」と内容的にほとんど同一の短篇「佳楽」「なめくじ勢ん生」の二篇が、「それぞれ独立の作品と考え」て収録されているのだ。それでなくても毀誉褒貶激しい安藤鶴夫だったが、急死した一九六九年頃には、一〇年前の湯浅喜久治の死の真相もかなりのひととの知るところとなっていた。当然安藤鶴夫がらみのトラブルも噂ばなしとしてひ

とり歩きしていた気味もあった。そのあたりを慮った、安藤鶴夫直系と言われておかしくなかった編集委員の恣意的な判断が、「實ァですねの湯淺喜久治」を『安藤鶴夫作品集』に収録するのをためらったと考えられなくもない。編集委員に名を連ねている江國滋とはすでに昵懇の間柄だったが、『安藤鶴夫作品集』の刊行された時点では収められていないことに気づかなかった。奥田敬次郎は未知の人だし、槌田満文も不帰の人となってしまったいまでは、勝手な想像をめぐらすほかにない。

最近恵贈された中村哲郎の『花とフォルムと』（朝日新聞出版）を、礼状も認《したた》めぬままひろい読みしていて、「私見・三島由紀夫と戦後歌舞伎の周辺」の項の、著者がタクシーの車中で耳にした三島由紀夫による「当代劇界の人物月旦」が目にとまった。それによると、戸板康二を「欲求不満の塊」と切り捨て、安藤鶴夫を「汚れた荒《すさ》んだ奴」と痛罵したそうだ。戸板康二はともかくとして、安藤鶴夫をそうした目で見ていたひとが、三島由紀夫以外にも少なからずいたことは否定できない。

小幡欣治の『真打』と『寿限無の青春』の二作品のことを書くため、湯浅喜久治との関連から安藤鶴夫にちょっと寄り道し過ぎたようだ。本題に戻りたい。

三益愛子、榎本健一、有島一郎、八千草薫などが出演した、東宝現代劇・芸術座公演、菊田一夫作・演出『お鹿婆さん東京へ行く』（続がめつい奴）の初日があいてすぐというから、一九六一年六月のことだ。占師の神田先生役で出演していた東宝現代劇一期生の山田芳夫は、プロデューサーの太田恒三郎から舞台事務所に呼び出されている。

はなしは、三年前おなじ芸術座で、「東宝・劇団『葦』合同公演」として上演した『人間の條件』の脚本を書いた小幡欣治に、「あくまで試演用という前提、ということは出来がよくなければ上演しない」の条件で脚本を依嘱したのだが、あがってきたというのだ。試演用が前提というのは、発足いらい四年がたって、劇団員も三〇名から七〇名をこす大世帯になっていた東宝現代劇の自主公演として板にかけ、合格点が出れば本公演としても取りあげようという意図からだった。それは同時に芸術座を利用した新人作家の育成につながることでもある。

小幡欣治が書き上げたこの脚本は、『真打』なる題の、寄席の世界での若い落語家の苦悩と喜びが描かれた青春ものだった。とりあえず八月一、二日の二日間、「第一回新作ロードショウ公演」と銘打った上演がきまり、演出はすでに増見利清に依頼ずみだった。俳優座演出部に所属していた増見は、二年前になる五九年、「名作鑑賞会」の名目でこれも二日間だけ上演された、森本薫『怒濤』を演出している。山田芳夫がひとり事前にプロデューサーによばれたのは、この『真打』の主役である若い落語家金柳亭円芝を演らないかという打診だった。主役とあってはふたつ返事で引き受けるところだが、太田恒三郎によると、劇中、小石川観山荘で行なわれる真打昇進披露宴で、古典落語の名作『鰻の幇間《たいこ》』を一席まるまる演じなければならないという。たまたま一年ほど前人形町末廣で開かれた、三遊亭圓生、三代目桂三木助、八代目桂文樂による「名人会」で、文樂の『鰻の幇間』の至藝にふれて感嘆した記憶の新しい山田芳夫にとって、これはきわめて高いハードルだった。到底かなわぬことだが、「出来ません」と断われば、現代劇のほかの誰かが演ることになるわけで、それも口惜しい。とりあえず「すみません、一両日考えさせて下さい」と答え、印刷された台本を受け取って舞台事務所をあとにしたが、楽屋に戻って大勢の仲間の顔を見たとき、「絶対に演ってやろう」と決意した。

上演中の『お鹿婆さん東京へ行く』に並行して、東宝現代劇の連中は『真打』の稽古にはいった。はいってすぐ、山田芳夫はプロデューサー太田恒三郎、演出部で東宝現代劇担当だった津村健二にともなわれ、上野黒門町に八代目桂文樂を訪れている。落語界最高峰の名人から、まったくの素人と言っていい若い舞台俳優に、劇中で演じる『鰻の幇間』の稽古をつけてもらおうというのだから、思えば贅沢につきるはなしだし、もっと言えば畏れを知らぬ行ないだった。はなしがあったとき文樂は機嫌よく応じたというが、いかにも社交家文樂の人柄を感じさせてくれる。山田芳夫のほうは、ただただ緊張するばかりだったというが無理もない。

かたどおりの挨拶をすますと、文樂は山田芳夫だけ稽古に使っている二階の六畳間に通すと、正座する山田を前に、『鰻の幇間』を、

相変わらず、おなじみのお笑いを申しあげます。なになりましてもひとつの営業となりますと、これがやさしいという商売はございません。

のまくらから、

「あ、ははっはあ、あらあお供さんがはいてまいりました」

のサゲまで、まったくちからを抜くことなく、高座同様に熱演してくれた。生来不器用なひとだった八代目の桂文樂は、時と場合に応じて演じ方を変えることができず、弟子を相手の稽古でも完璧な演じ方をしてみせた。橘家圓蔵が升蔵といって二つ目の時代、桂文樂に『寝床』の稽古をつけてもらったとき、「これが弟子の前でなくて、座敷だったらゴマンと取れるのにと思うと、勿体なくて」と感想をもらしていたのを思い出す。

『真打』の稽古にはいった日、山田芳夫は演出の増見利清に、「一〇キロ痩せろ」と命令されている。役の金柳亭円芝は、南方から復員してきて、ふとした縁でなった落語家で、復員姿で登場する序幕では痩せ細っていなくてはというのだ。痩せろもなにも、『鰻の幇間』のことで頭が一杯で、文樂家訪問後一週間かけてテープをたよりに丸暗記した。ふたたび黒門町を訪れて、例の二階で文樂を前に、冷汗ものでとにもかくにも一席演じた。きき終えた文樂からは、「酒をのむ場面で、徳利のはかまの位置をしっかり覚えるように」という駄目が出ただけだった。ひとまずほっとして、それから折を見て、楽屋や稽古場でほかの出演者やスタッフの前で何度か演じて自信をつけていった。

『真打』の出演者の多くは、山田芳夫と同様、稽古中も芸術座で上演している『お鹿婆さん東京へ行く』にも出演していたのだが、そんなある日、山田の『鰻の幇間』をきいた『お鹿婆さん東京へ行く』で示談屋の稲さん役を演っていた八代目林家正蔵（彦六）から、寄席に出ることをすすめられた。八代目の正蔵というひとは、蝶花樓馬樂といった若手の時分からの新劇ファンで、三島雅夫や永田靖、松尾哲次、川尻泰司などとも交遊があったが、落語も芝居と同じで、金を払った客の前で演じなければ意味がないと言うのだ。お説はまことにごもっともだが、芝居の劇中劇ならいざ知らず、百戦錬磨の本職にまじって、素人風情が寄席の高座をつとめるなどとはと固く辞退したのだが、正蔵は自分がトリ席をつとめている新宿末廣亭の席亭にはなしをつけて、中入後のくいつきと称する出番をつくってしまった。フランキー堺が、映画で落語家を演るに際し、やはり八代目桂文樂から稽古をつけてもらい、桂文昇の名で上野鈴本演芸場に出演した例があったが、仮にもフランキー堺はスターだが、こちらは無名の舞台俳優、おじけつかないわけがない。それでもはなしをきめた林家正蔵は、「大丈夫、私が高座のそでで待機して、もしなにかあったらすぐに代るから、安心しなさい」と、自分の胸をぽんとたたいてみせた。

なんとか無事に一席終えて楽屋に戻ると、そでで待機していたはずの林家正蔵の姿がない。口ではああ言ってみたものの心配で見るにしのびず二階へ逃げてしまっていたのだ。桂文樂は文樂で、あんたは筋がいいから落語家になる気があるのなら、二つ目付け出しということではなしてあげる、と言ってくれたそうだ。

小幡欣治だが、自分の作品でありながら通し稽古に顔を出しただけで、『真打』本番の舞台にふれている。山田芳夫の『鰻の幇間』に関しては、「もう少しめりはりをつけて」とひとつてに注文したそうだ。

　東宝が最初から本公演ではなく、東宝現代劇によるロードショウ公演として脚本を依頼してきた段階で、小幡欣治には自分の力量が測られているのがわかっていた。それだけに自分の関心の強い世界を描くことで、なんとか成功させたい気持も強かったはずである。その意味では湯浅喜久治を知ったことで、垣間見ることのできた若い落語家たちの生き方は、格好の材料だった。あきらかに湯浅を思わせる、というよりはっきり彼がモデルの湯川清という学生を登場させ、三上直也が扮している。死を目前にした湯浅が、狂ったように熱を入れていた若き藝術家たちのグループ「こんぺゐる」の事務所を思わせる、「新橋ブレンネル事務所」なる場面も、「第三幕第一場」に用意されているのだ。

　小幡欣治作『真打』は、一年おいた翌一九六二年七月四日から二九日まで、『寿限無の青春』と改題のうえ「東宝現代劇納涼公演」と銘打たれた本公演として、演出菊田一夫・増見利清によって芸術座で上演された。パンフレットの「御挨拶」に、菊田一夫は東宝株式会社常務取締役の肩書で、こう書いている。

　「寿限無の青春」は去る昭和三十六年八月一日、二日の両日「真打」という題名でロードショウ公演を行った作品で、この試みのための作品は何本か用意されましたが、お客様方が双手をあげて採用のお許し下さった作品は、これ一本でございました。つまり、これは、お客様方と当社演劇部企画者との合作企画による「寿限無の青春」でございます。

要するにこれは、東宝が、というよりもここははっきり菊田一夫が小幡欣治に、御黒付を与えたということだろう。さらにつづけて菊田一夫は言っている。

この理想的な企画方針による「寿限無の青春」……出演者は作品の内容に従って配役された人々でございます。悪かろう筈がございません。

『真打』は、「東宝現代劇第一回新作ロードショウ公演」とうたわれていたとおり、出演者全員が東宝現代劇の劇団員で占められていた。改題された『寿限無の青春』が、一ヵ月上演の本公演となると、配役のほうも一新されるのは当然だった。八千草薫、浜木綿子、中村芝鶴らに加えて、落語指導にあたった三遊亭圓生も、新しく書き足された三遊亭円京なる落語家役で出演している。そして『真打』で桂文樂指導による『鰻の幇間』を劇中で演じ好評を博した山田芳夫の扮した主役の金柳亭円芝には、古今亭志ん朝が起用されている。NHK「若い季節」のほかテレビが五本にラジオ三本のレギュラーを持って、売り出し真っ最中の時期とあって、東宝としては志ん朝出演を宣伝の目玉として使いたい思惑があったのは、間違いない。

古今亭志ん生の次男美濃部強次が、父の前座名朝太を名乗って落語家になったのは一九五七年で、一九歳だった。志ん生の次男が落語家になったときいた私は、出番を調べて新宿末廣亭にかけつけている。前座の高座をきくのが目的で、寄席の木戸をくぐったなどは、後にも先にもこのとき限りだ。あどけなさの残るくりくり坊主の高座姿が、すっかり落語家のそれになっていることに、まず度肝を抜かれた。その時分の寄席で、サラとよばれる最初の高座をつとめる前座のなかには、たどたどしいどころか、はなしの態をなしてなく、途中で立往生のあげく頭を下げて、逃げるように高座を去るのも珍らしくなかったから、そこらの二つ目よりずっとうまい前座は、ひとを驚かせるのに充分だったのである。俗に言う親の七光りなんて他人に言わせないだけの貫目を、最初から身につけていたわけで、長きにわたる私の落語鑑賞史にも、こんな例はない。

まだ木造二階だった上野本牧亭で、隔月ひらかれた「古今亭朝太の会」に通いつめたものである。前座の分際で定期的に自分の勉強会をひらいた落語家なんか、それまでにいなかったし、その前座の会が毎回超満員の客で埋まったなどもこれまた破天荒なことだった。そんなことよりこの会で次次と大ネタを披露してみせた、若さゆえの勢いに圧倒された。ある程度の年輪を必要とする藝をこんな若い身が、こんなハイペースで身につけてしまうことに、同じ世代の人間としてただ呆然と溜息ばかりついていた。才能のある若い落語家が、二カ月間一生懸命に稽古をすれば、これだけ上手くなるのかという驚きを、この会に足をはこぶたびに与えてくれた。だから、この会に応援出演する先輩格の落語家たちが気の毒だった。キャリアのちがいをはっきり高座にあらわさなければならぬのに、それができないのである。しかたなく軽いはなしでお茶をにごして、そそくさと高座をおりるのだ。

入門して二年目に二つ目になって、六二年三月に落語家になって五年という異例のはやさで、志ん朝を継ぎ真打に昇進している。『寿限無の青春』が幕をあける四カ月前のことだ。『寿限無の青春』に出演がきまった古今亭志ん朝は、五月明治座の森繁劇団公演に出演中の、『真打』で同じ金柳亭円芝を演った山田芳夫の楽屋を訪ね挨拶している。ついでに書くと、『寿限無の青春』の劇中で古今亭志ん朝は、『真打』の山田芳夫と同様に『鰻の幇間』を一席演じてみせたが、本牧亭の「古今亭朝太の会」時代から手塩にかけていた演目で、絶品だった。それが信心の関係から、大好物だった鰻を断ってしまったのを機に、この『鰻の幇間』や『鰻屋』『後生鰻』のような鰻の出てくる演目までお蔵入りさせてしまったのである。たしか一九八〇年頃のことで、爾後世を去るまで演じようとしなかったから、志ん朝の『鰻の幇間』は幻の名演化している。

『真打』で山田芳夫が演った金柳亭円芝が古今亭志ん朝になったほかにも、丸山博一の金柳亭正円を中村芝鶴、藤巻紀子の大矢ひろみが八千草薫、西章子の松永京子が浜木綿子に代り、三上直也の演った湯浅喜久治がモデルの湯川清は、『真打』で柳屋歌丸だった井上孝雄が演っている。無論『真打』に出演していた東宝現代劇の劇団員は、ほとんど全員が横すべりして『寿限無の青春』にも出演している。

Ｂ４判見開きのパンフレットというにはいささか貧弱な『真打』の筋書には、作品に関してコメントしていなかった小幡欣治は、『寿限無の青春』のパンフレットに「作者のことば」として、

（『真打』の）上演期間は、わずか二日間ではあったが、劇団東宝現代劇の若い諸君が、

猛暑の中で、熱演し、良い舞台を見せて下さったのを、つい昨日のことのように覚えている。結果如何によっては、本公演の舞台にかけるというお話であったが、作者の僕は、ロード・ショウ公演の舞台だけでも、充分満足していただけに、今回の公演は、思いがけぬ喜びであった。

として、

ともあれ、芸術座の舞台に、初めて書いたオリジナル作品が、再演されるのは、大変嬉しいことであり、この作品は、しあわせな作品だと、正直にそう思っている。

と書いているが、これは本音だろう。『人間の條件』のように脚色でなく、オリジナル作品が芸術座の舞台にかかったことに、劇作家として立っていくうえでたしかな手ごたえを感じとったはずである。

『寿限無の青春』の稽古にも、小幡欣治は顔を出していない。自分の劇団である炎座とちがって、多少とも余所者という意識がはたらいて、ただでさえシャイなところのある小幡欣治の足を、稽古場にむかわせなかったのかもしれない。ただ、打ちあわせで東宝本社に出入りすることのなにかと多くなった身が、有楽町で劇団東宝現代劇の役者たちと出くわすことがままあって、そんな流れで安居酒屋で酒くみかわす機会も、ぼつぼつできはじめていたようだ。井上孝雄、丸山博一、内山恵司など一期生が多かったが、後年の小幡がしばしば口にした「戦友」という関係にはまだほど遠かったが、現代劇の連中はすでに「先生」という敬称で接していたはずである。

とにあれ『寿限無の青春』の成功が、劇作家小幡欣治に転換のきっかけをもたらしたのは間違いない。二年前に炎座が解散して、自らの拠点を失っていた小幡は、駒込のアパートにひとり住いしながら、戯曲座をやめてフジテレビに入局していた小林俊一の斡旋などで、気にそまぬテレビのホームドラマを書くことで糊口をしのいでいた。『寿限無の青春』が芸術座の本公演に取りあげられたことで、商業演劇の作家として評価されたわけだが、商業演劇、新劇にかかわらず、芝居を書いていくのが、自分に与えられた使命のような気がしていた。「芝居に対する夢だけは捨てきれないでいた」と、その時分のことを記している。書きたいこと、芝居になりそうなことを思いつくと、大学ノートにメモしていって、メモはどんどんふくれあがっていった。


一九六三年のはじめだった。

『寿限無の青春』のプロデューサー太田恒三郎から、劇団東宝現代劇による芸術座のロードショウ公演に、また一本書かないかという打診があった。発足いらい七年になる東宝現代劇の劇団員もその数一〇〇人をこす大世帯になって、本拠地芸術座ばかりでなく、東宝系の各劇場や東宝製作による名古屋、京都、大阪、福岡公演などに引っ張り凧のありさまで、おなじ現代劇の仲間でも半年くらい顔をあわさないなど、ざらになっていた。自主公演をやりたくてもなかなか機会がない状態で、そんな欲求不満を解消するためにも、できるだけ大勢の出演できる芝居をという注文だった。

炎座が解散したことで、いや応なく新劇から離れるかたちになっていたその頃の小幡欣治は、半歩前進主義を唱えて新國劇を創立した澤田正二郎への関心が強くあって、テレビの仕事をほうり出し、あちこちから借金して、資料あつめに奔走していた。澤田正二郎を書くことで、新劇の世界から訣別したい思いもあった、ちょうどそんな時期に持ちこまれた東宝現代劇のロードショウ公演のはなしだった。二つ返事で澤田正二郎を書きたい旨太田恒三郎に告げると、集めた文献資料の裏打ちに、現存していた関係者をかたっぱしから訪ねまくった。

一九一七年に松井須磨子と対立して藝術座を脱退した澤田正二郎は、新しい国劇の創造を目指した劇団「新國劇」を結成する。『月形半平太』『國定忠治』など大衆受けした剣劇から「右に藝術、左に大衆」を合言葉に演劇半歩前進主義を唱えて、真山青果や長谷川伸の作品を上演するが、志なかばの二九年に三七歳の若いいのちを散らしている。

集めた資料を検索し、関係者からの取材をつづけてなお、苦難つづきだった新國劇結成当時の事情がなかなかつかめずに困り果てていた小幡欣治が、太田恒三郎と同道で新國劇総務の俵藤丈夫を訪ね、澤田正二郎の片腕として新國劇の結成に尽力した倉橋仙太郎が、大阪河内登美丘で余生を送っていることを知る。

「失礼ですよ、手紙を差しあげて御都合を伺ってからになさい」

という太田の忠告を無視して、小幡欣治はその足で大阪行夜行列車にとび乗った。

翌日、倉橋仙太郎宅の玄関先で、

「澤田正二郎のお話を伺いに来ました」

と伝える小幡欣治の顔を、落ちくぼんだ眼でじっと見つめた倉橋仙太郎は、そのまま長いこと立ちすくんでいたという。

その夜一時過ぎまで、澤田正二郎や新國劇のはなしばかりか、明治末の近代劇運動の側面史など貴重なはなしをきき出した小幡欣治は書いている。

が、こと「沢正」のことになると、ガ然、倉橋翁の眼が輝やき出し、すさまじい気迫で、とう〳〵と語り始めるのだった。「沢正」に対する尽きせぬ愛情と、自己の青春のすべてを賭けた新国劇への追憶が、美しい挽歌となって、聞き手にまわった、この青二才の胸に、感動的に響いたものだった。もうすっかり夜がふけて、流石に僕もつかれが出てきたので、「宿へ帰ります」と立ちあがったら、倉橋翁は、なにかモグ〳〵と口の中でつぶやいていたが、やがて黙って両手をあわせ、胸のあたりで合掌された。

かくして小幡欣治の書きあげた『風雲児』四幕一〇場は、増見利清演出、劇中劇『月形半兵太』の演技指導をかねた浜田右二郎の美術・衣裳で、劇団東宝現代劇第二回新作ロードショウ公演として、一九六四年八月二一日から二三日まで芸術座で上演された。

東宝本社五階にあった冷房のない稽古場で、暑いさなかの約二ヵ月を稽古にあてた、東宝現代劇としてもいつになく意欲に充ちた公演だった。毎日きちんとネクタイ結んであらわれる演出の増見利清をよそに、例によってまったく稽古場に顔を出さない小幡欣治だったが、有楽町ガード下あたりの焼鳥屋のコップ酒で、東宝現代劇の役者相手の芝居談義は数重ねていたらしく、『風雲児』の澤正の殺陣じみたしぐさを、徳利使って丸山博一相手にやって見せたりしている。

澤田正二郎の目指した、新しい国劇による演劇半歩前進主義は、新劇に訣別を告げ、商業演劇の世界に一歩踏み出そうとしていた小幡欣治の思いに通じるところもあり、そんなおのれの信念を澤田正二郎に仮託した『風雲児』は、まさに渾身の作であることを、世代的にも小幡に近い東宝現代劇の役者連中も体感していた。

沢正こと沢田正二郎の情熱が、私たちが、している劇団造りという点と似ており共通の情熱をかりたてるものがあります。

と、劇団東宝現代劇劇団員一同による『風雲児』プログラムの「御挨拶」にある。

史実に即したドラマだけに登場人物のほとんどが実在の人物で、澤田正二郎はじめ、倉橋仙太郎、旭堂南陵、上山草人、中江隆一、渡瀬淳子、衣川孔雀、行友季風、久松喜代子が顔を出し、それぞれ井上孝雄、横澤祐一、山田芳夫、内山恵司、山口勝美、赤岡都、西章子、児玉利和、清水郁子が扮しているが、同じ道を往った先達を演じたことで、東宝現代劇の役者のみんながみんな、おのれの演劇観、俳優観に点検を迫られたはずである。爾来四七年、何人かの物故者を出しこそすれ、のち小幡欣治が戦友とよぶことになる『風雲児』に連なった面面が、いまだ現役をつづけ、年に一度の自主公演を欠かさない情熱のよってきたるところを、『風雲児』に求めても間違いではあるまい。

一九七五年一一月に、小幡欣治は最初の戯曲集を上梓している。『小幡欣治戯曲集1』で、版元は大学書房だ。商業演劇の舞台美術の第一人者織田音也の装幀による、四六判函入り四三四頁の立派な造本だ。たまたま銀座で森繁久彌と一献した折、「あんたはどうして戯曲集を出さないの？」ときかれ、商業劇場の作家の作品は活字にしても売れないから本屋さんが出してくれないと答えたところ、森繁が医学書専門の大学書房にはなしをつけてくれ、二年がかりで実現したものだった。東京會舘で出版記念会がひらかれて、この席で初めて紀久子夫人を紹介されている。東宝現代劇の出身で、『風雲児』で藝妓ぽんたを演った佐藤紀久子というのは、あとになって誰かにきいた。

そんなことより、この『小幡欣治戯曲集1』の収録作品である。『横浜どんたく』『あかさたな』『風雲児』『道化師の唄』『三婆』と傑作ぞろいだが、おなじ傑作のなかで『風雲児』だけが異色だ。それというのが『風雲児』以外はいずれも一カ月の本公演で、芸術座の『三婆』は二カ月だ。出演者も森繁久彌、山田五十鈴、有馬稲子、三木のり平、森光子、水谷良重（八重子）、上月晃、市川翠扇、有島一郎、宮城まり子とスターをならべ、いかにも商業演劇らしい装いの作品だ。異色であることを百も承知で最初の戯曲集に『風雲児』を入れた小幡欣治の心情が、いまあらためて理解されるのだ。巻末の「あとがき」で、淡淡と各作品の解説を記している著者が、『風雲児』ばかりは熱い思いをこめている。結びの部分を引用する。

昭和三十九年の夏の暑い盛りに、この作品は、「東宝現代劇新作ロード・ショウ公演」と銘うって芸術座の舞台で陽の目を見た。名前だけは仰々しいが、公演期間は三日間だった。

東宝現代劇の諸君の熱演で素晴しい舞台になったが、しかし僅か三日の公演である。残念で仕方がない。

c

小幡欣治が、自分の演劇人生の出発点となったと言っている劇団炎座は、一九五三年一〇月に結成された。

母体となったのは、三好十郎氏が主宰していた戯曲座だったが、新しい創作運動を推進したいという理念から同座を離れ、炎座の結成に踏み切った。創立に参加したのは、石崎一正をはじめとして、池田生二、織賀邦江など二十名である。

二〇〇二年三月三〇日の日付で、「劇団炎座を記録する会」が発刊した『劇団炎座の歩んだ道　一九五三―一九六〇』は記している。ちなみにこのA5判一六〇頁の冊子の発行者は小幡欣治で、奥付に住所とともにその名が記載されている。

結成当時からつきあいのあった小幡欣治が、文芸演出部員として正式に炎座に入団したのは、一九五六年の四月だと、「テアトロ」五七年二月号の「小劇団白書―炎座の場合―」に書いている。

この文章によれば、結成いらい四年目になる炎座の演劇活動は、「本公演四回と勉強会が五回、それも大体二日から五日ぐらいの短期間の公演で」、「三年間で三十日しか芝居を打てなかった」ことになり、小幡はこれを「悲しい数字」と言っている。こうした「悲しい数字」の公演を通して、「劇団の職業化を目指し、専門演劇人たらんと」する若き男女が、それぞれ小さなグループに結集し、群雄割拠と言えば格好もつくが、まあ、たむろして、前にも書いた群小劇団という十把一絡げの扱いを受けていた。そんな有象無象とか張三李四と、一種蔑みの目で見られ、小幡欣治の言葉を借りれば、「戦後の演劇史から抹殺されてしまってはいるが」、志だけは高くかかげて明日を夢見ていた若きグループの名を、いまなつかしさにふけりながら、思い出すまま順序不同で列記してみる。

テレビの普及していない時代とあって、若い新劇俳優の格好のアルバイトだった独立プロ系の映画、ＮＨＫや民間放送のラジオ、アテレコと称する外国映画の吹き替えなどの売れっ子を多数かかえていた青俳、七曜会、葦などは除外して、戯曲座、炎座のほかに、納谷悟朗や東宝現代劇に行った内山恵司がいて、一ッ橋講堂で『蟹工船』を上演した稲の会。三島雅夫の指導していた泉座。北澤彪のもとに集まっていた山びこ会は、テアトルエコーに発展する。演技座、現代派、創造座、舞台芸術学院出身者の舞芸座。変身、生活劇場、人間座。山王という妙な名の劇団には、服部哲治やまだ石井伊吉だった毒蝮三太夫がいた。この山王から出て行動をつくり、その後大映の時代劇で活躍する小林勝彦は、三代目市川段四郎の庶子だときいた。東京小劇場というのもあった。ふじたあさやの仮面劇場。現代座、新劇場。高円寺でモリエールなどやっていた松村達雄の創造劇場。まだある。一ッ橋講堂で『楡の木陰の欲情』をやったフェニックス・プレイハウス。宇野重吉に、「あいつは目つきが悪いからきらいだ」と言われた下村正夫の主宰していたスタニスラフスキー・システムの新演劇研究所からは、先日逝った杉浦直樹のほかにも、内田良平や小松方正が出ている。点の会をやっていた老川比呂志もここの出身だ。八田元夫の演出研究所が母体の高文研には、丸瀬なんとかいう名前だったマルセ太郎がいて、薄田研二、古川ロッパ、北村昌子などで読売ホールで上演された、阿木翁助作のノンキ節の石田一松一代記である劇団中芸公演「演歌有情」に出ていた。

こうした一連の群小劇団は、俳優座養成所の出身者たちが、千田是也の衛星劇団構想に呼応して、俳優座スタジオ劇団を標榜する、青年座、新人会、仲間、三期会、同人会にそれぞれ結集し、新劇第二世代の集団として存在感を発揮し出したのをきっかけに、だんだんと淘汰されていくのだ。一九五〇年代後半のことである。

唐十郎の状況劇場、寺山修司の天井桟敷を旗手として六〇年代後半から七〇年代に、はなばなしい小劇場運動の花ひらかせる萌芽であったか、単なる潜伏期の徒花にすぎなかったか、いずれにせよこんなにも沢山の芝居があまりにも簡単につくられて、劇場を駆け抜けるように消え去って行く、こんにちただいまの演劇状況を目の前にして、劇団に所属していなければ芝居の出来なかったあの時代、群小劇団に結集された、漲るばかりのエネルギーと志の高さ、真摯な姿勢を忘れてはならないと思うのは、安っぽい回顧趣味だろうか。

多分に六〇年安保をめぐる政治状況に左右された、群小劇団の変遷浮沈図とまったく無縁のところで、いまなおユニークな活動をつづけている未来劇場の存在も、ここに付記しておいていいだろう。

さて、小幡欣治と炎座である。

正式に入団したのは一九五六年九月だが、五五年六月、一ッ橋講堂の第二回公演、武田泰淳作『ひかりごけ』の脚色・演出を客員のかたちで担当している。客員という、責任のない、居心地の悪くない立場に甘えていたについては、生活上の問題もあった。前にも書いたが、その当時の小幡はある製菓会社に雇われていて、まりも羊羹なる毬藻をかたどった羊羹を売り歩いていた。劇団のプロ化を目指すといっても、芝居で喰っていくなど到底不可能な時代で、炎座の最高齢役者で戦前の新築地劇団出身の池田生二も、自転車の荷台に靴墨を積んで、街頭の靴磨き屋に卸して歩いていたという。

その時分、新劇を目指す若者のアルバイトといえば、男はサンドイッチマンやまだオートメ化されてなかったパチンコ屋の裏方、女は喫茶店のウェイトレスかカウンターバーのホステスと相場がきまっていた。カウンターバーの新劇女優のアルバイトは、店のほうでも売り物になるのか結構重宝がられていたようだが、当の女優の卵としてはノルマの公演チケットを客に捌けるのが利点だった。ただ、店では客相手に青臭い演劇論をぶつことしかしないそんな女優の卵が、劇団の稽古場では店の情報交換と客の品定めばかりしてると、演出部員がにが虫嚙みつぶすようなケースも少なくなかったようだ。劇作家の長老阿木翁助が、ある年の紀伊國屋演劇賞の授賞式で、「一年のうち三〇〇日をバーで働き、四〇日は故郷の田植と稲刈りの手伝い、あとの二〇日芝居する……こんなひとを女優と呼べますか」とスピーチして、爆笑を誘ったのを思い出す。

いけない。はなしがまた横道にそれている。

客員という居心地のいい立場を捨てて、小幡欣治が正式に炎座の一員に加わったについては、炎座創立メンバーの石崎一正がらみの事情が介在していた。一九五六年九月一ッ橋講堂での、劇団炎座創立三周年記念・第四回公演の上演作品『逆徒（教祖小伝）』の執筆を依頼されていた小幡欣治は、脱稿寸前（この作品は「悲劇喜劇」五六年九月号に掲載されている）になって、演出するはずだった石崎一正がある問題をめぐって劇団と対立、休座宣言をして劇団に顔を出さなくなってしまったとの報告を受ける。演出者不在で『逆徒（教祖小伝）』を上演するわけにはいかず、やむなく作者自身が演出を引き受ける羽目になったのを機に、炎座正式入団となるわけだが、生涯畏友として遇してきた石崎一正とのあいだに、「一時期不協和音が流れたのは止むを得ないことであった」と小幡は書いている。

一九二三年東京とされている石崎一正の出生には、いろいろの事情が潜んでいたようで、実際の生家といわれ、晩年の石崎も訪ねてきたという新潟県岩室温泉の旅館綿屋に、俳句仲間の一行と投宿したことがあった。一九四三年に三好十郎の門をたたいたのが劇作家としての出発だから、同門の秋元松代の先輩格にあたるわけだ。敗戦後の一時期、多忙だった三好十郎のラジオの連続ドラマの代筆などもしたらしい。三好十郎主宰の戯曲座を退いて、炎座結成にいたるいきさつは、喧嘩別れとも、破門されたのだとも伝えられていたのだが、石崎の遺品のなかに退いていく身を案じた三好十郎の書簡があって、「一部の人間の策動に君は乗せられているのかも知れないのだから、もし戻る気があれば、自分は快く迎え入れる」という主旨の、情理をつくした内容が記されていたという。このあたりのいきさつについて石崎一正は生涯口を閉ざしていたようで、小幡欣治は「炎座結成の真相（とは大袈裟だが）が、未だにはっきりしないのはその辺にも原因があるようだ」としている。

七二年に一七年間連れそった夫人の女優織賀邦江を失ってからの石崎一正は、不遇だった。多くの映画やテレビに母親役で出演する夫人の収入によってまかなわれていた生活の面での支えがなくなったことも影響してか、創作意欲ばかり先走りして、八七年劇団仲間が上演した『トスキナア』以降、ほとんど筆をとっていない。私が石崎一正と酒席をともにするようになったのはこんな不遇の晩年で、引きあわせてくれたのは無論小幡欣治だ。小幡欣治が戦友と称していた東宝現代劇の役者、演劇ジャーナリスト、小幡の幼馴染みで炎座の演出部員だった中村誠次郎などなどと、小幡の生まれ育った浅草でのむ機会がしばしばあって、そんなとき必ずと言っていいくらい誘われていた石崎一正も同席していた。不遇のはずの石崎だったが、そんな風情は微塵もなかった。孤高を持した古武士の風格があって、この席の勘定はすべて小幡持ちというきまりに、多少とも面目ない思いを表に出す私たちとちがって、石崎一正はしごく当然のようにそれを受け入れていた。媚びるところがまったくなく、「喰えないときは喰わない」姿勢を貫いているようにうつった。そんな石崎を、小幡欣治は人一倍あたたかい目で見ていた。

石崎一正が、肺胞上皮癌のため七三歳で世を去ったのは、一九九七年一〇月一二日の早暁だが、その前年一一月、手術をしても好転の見込みはないという医師の説明に、小幡欣治は石崎の面倒を見ていた木口和夫とともに、友人として立会っている。長年一人暮しの石崎には、身寄がなかった。すでに死を覚悟していた石崎は、美人の医師の説明を表情を変えることなく淡淡ときいていたが、病室に戻ると「如何にして、何処で石崎を死なすか」という鉛筆書きされた一枚の便箋を手渡したそうだ。「友人四、五人による密葬」「焼き場」「寺と墓」とこれだけのことが箇条書きされており、その通り執り行なわれたようにきいた。

彼の作品は何時も正攻法だった。とくに人間を描くという点については彫心鏤骨で、丹念、かつ執拗だった。

と小幡欣治は追悼文に書いている。「悲劇喜劇」九七年三月号に載ったその追悼文によると、「貞心尼という女性が書きたいと言って、死ぬ三日まえに病床で熱っぽく語っていた」そうだ。石崎一正が演出を辞退したことから、炎座に正式入団させられるかたちになった小幡欣治の『逆徒（教祖小伝）』だが、一九二一年、三五年の二度にわたった大本教弾圧事件が題材になっている。劇中では大仁教学会として扱われているこの事件に対する関心の高さは相当のもので、小幡欣治作品に共通している綿密な資料蒐集と、執拗な取材のつみ重ねという戯曲作法の、はやくも確立された作品と言っていい。

『逆徒（教祖小伝）』執筆にあたって、その身を偽って、某宗教団体に信者としてもぐりこんでいるのだ。宗教団体なる組織特有の一種異様な雰囲気が、作品中リアルに描出されているのはそのためだ。酒席で、この体験談をきいたことがあったが、このひとのなみでない好奇心と、それを作品に結びつける技法の秘密を垣間見た気がした。文献資料に直接記されていない、行間に身を潜めてる空気のようなものを、身をもっての取材で嗅ぎ出す術に、これほどたけた作家はそういるものじゃない。

　上演された『逆徒（教祖小伝）』は好評で、「朝日新聞」本地盈輝、「東京中日新聞」宇佐見宜一、「日刊スポーツ」千野幸一、「アカハタ」森二郎、「新劇」日下令光、「悲劇喜劇」遠藤慎吾・茨木憲と、多くの新聞、雑誌が劇評を掲載している。群小劇団にしては異例の扱いで、創立三周年記念をうたった効果もあったにせよ、ここははっきり作品がそれだけの評価を受けたということで、劇作家小幡欣治の名が認知されたのは間違いない。取りあげた劇評の書き手は、イニシアルで記されてるがそれぞれの新聞の現役演劇記者で、「新劇」に「不十分な努力作『逆徒』」を寄せている日下令光は毎日新聞の学芸部記者だった。「アカハタ」の森二郎は不知の人だが、演劇評論家として独立していた「悲劇喜劇」の「正反批判」を担当している遠藤慎吾と茨木憲をふくめて、みんな彼岸の人である。

これも前に書いたことだが、小幡欣治はゴルフを通じて尾崎宏次、倉橋健、日下令光、川本雄三、河地四郎などとふれあうまで、評論家や演劇記者と積極的につきあうことをしなかった。そんな小幡のわずかな例外が、大木豊と遠藤愼吾に茨木憲だった。悲劇喜劇戯曲研究会で、遠藤愼吾にいろいろ世話になったはなしも前に書いたが、茨木憲との交誼は『逆徒(教祖小伝)』いらいで、一度ならず練馬の家を訪問し、「劇評家はどうやって喰っているんですか」など、歯に衣着せない質問を呈したりしている。すでに見事な白髪で、酒好きで人の良い茨木の気質が、小幡は嫌いでなかったはずである。この二人の「悲劇喜劇」の正反批判での『逆徒(教祖小伝)』の対立評価には、二人の評論家としての資質がよくあらわれているように思う。遠藤愼吾が、

現代の新興宗教がどうあるべきかという事になると、これは一種の政治問題ですが、それに対する作家の明確な解答は必要としないと思うが……

と言っているのに対し、茨木憲は、

僕は逆だな。それを作品の中で追求することがないなら意味がないと思う。今の観客に訴える為には、今日の現実の批判なり、そういう出し方がないと……

としている。

この両者の見解を大胆に色分けしてみれば、作品の「情緒的理解優先」と「主題的理解優先」ということだろう。情緒的理解が藝術性尊重に、主題的理解が政治性優位といった、演劇

に限らず当時の重要課題だった、文学、映像などの作品評価基準に安易に結びついてしまう危険性もあるのだが、そのあたりも考慮されての上での二人の発言だったかもしれない。

そんなことも含めて、私が面白いと感じたのは、『逆徒（教祖小伝）』の劇評のなかに、そういう言葉は使ってないものの、当時の新劇が不健全と見ていた、商業演劇の持つ大衆性に言及しているのを見受けることだ。「東京中日新聞」の「二、三の俳優の演技に、妙な新派臭がちらつくのが気になる」や、「日刊スポーツ」の「ある程度商業演劇のレパートリーに入る種の作品」、さらに「新劇」の「恐らく新派だったら、余分なものをみな切り捨ててしまって筋だけを追うだろう」といった指摘は、これまでの新劇戯曲が意識的に目をそむけてきた大衆性が、小幡作品に内包されていることを逆に語っていはしないか。

新劇だろうと、商業演劇であろうと、芝居は面白くなければならないという自明の理は、小幡欣治の戯曲作法の根幹で、この根幹を見失った作品は一本たりとない。炎座正式入団第一作となった『逆徒（教祖小伝）』には、やがて小幡が商業演劇の道にすすむであろうことを暗示するものが、かげのように見えかくれしている。

だが、それに気づいた者はいなかった。

文芸演出部員として、一九五六年四月、正式に炎座に入団した小幡欣治は、その八月に座内で第一回戯曲委員会を開いている。この会を発足させるにあたって、のちに「劇作が、とうとう一生の仕事になってしまった」と「柄にもなく感傷に浸」らせるきっかけとなった、「悲劇喜劇戯曲研究会」が頭にあったのは間違いない。炎座の戯曲委員会の「話合いの大半」の記録が、「座談会　第一回戯曲委員会」として、第四回公演『逆徒（教祖小伝）』の公演パンフレットに掲載され、『劇団炎座の歩んだ道　一九五三―一九六〇』にも再録されている。

司会を小幡欣治と池田生二がつとめているこの座談会の出席者は、武田泰淳、村上兵衛、新藤兼人、遠藤愼吾で、こんにちの目から見れば錚錚たる顔ぶれだが、座談会の開かれた時点では、当時流行した惹句にならえば「期待される群像」のひとたちだった。ちなみに武田泰淳と新藤兼人が四四歳、村上兵衛三三歳、小幡との悲劇喜劇戯曲研究会いらいのつながりで招かれたのだと思う遠藤愼吾は四九歳だった。いちばん若かった小幡欣治は二八歳である。

炎座とは一面識もなかった村上兵衛と新藤兼人が参加してるのは、武田泰淳の口ぞえによるものだ。武田から村上兵衛を紹介された池田生二は、「中央公論」による「戦中派はこう考える」や「地獄からの使者」など村上の仕事にふれ、「天皇の政治責任追及」の問題に、自分たちの芝居が直面している共通のものを感じていた。また、劇団民藝が菅原卓演出で上演した新藤兼人作『女の声』からも多大の刺戟を受けていたようだ。この戯曲委員会が、その後回を重ねたものかどうかの資料はないのだが、第一回の、

遠藤　この戯曲委員会は、やはりみなさんに書いて頂くの？

池田　ええ、それが大きい目的です。

小幡　それもそうですが、劇団上演台本を事前に読んで頂いて、いろいろそれを批評して

頂ければ、我々も、演技者もプラスになると思うのです。

といったくだりを読むと、炎座の創作活動に提携するかたちでの協力を、これらのひとたちからあおぎたいとする意図があったようだ。

実際に炎座の上演演目は、まず劇団総会で劇団員から提出された候補作品を、運営委員会が一括審議して何本かにしぼりこみ、それを戯曲委員会にかけるかたちをとっていた。戯曲委員会全員（緊急のばあいは代表委員）で検討された結果を、ふたたび劇団総会にかけて決定するシステムで、

慎重だがこの選び方は実に時間がかかる。しかし考えてみると、作品の良し悪しは直接公演の成果に（芸術的にも経済的にも、また劇団員の精神面にも）強い影響をもたらすのでむしろ当然のことだと言える。一年に二回か精々三回しか打てない公演の中の貴重な一回である。勢い慎重にならざるを得ない。

と小幡欣治は書いている。

戯曲委員会もさることながら、この時期の武田泰淳と炎座とのかかわり方が興味ぶかい。村上兵衛と新藤兼人のふたりを紹介したばかりか、戯曲委員会の会場に、僧籍にある武田の住んでいた中目黒の長泉院を提供し、余興なども交えた座員との懇談の場とするなど、劇団ぐるみのつきあいのあったことがうかがわれる。

一九三五年、竹内好、岡崎俊夫などと「中國文學月報」を創刊、召集され三七年から三九年

にかけて中国戦線を体験し、除隊後の四四年には上海にあった日中文化協会に就職、その地で敗戦をむかえた武田泰淳は、戦後、埴谷雄高、梅崎春生、椎名麟三などと、「あさって会」を結成していた。『蝮のすゑ』『審判』『未来の淫女』『風媒花』などにつづいて、『流人島にて・ひかりごけ』を発表したのは一九五五年だ。発表後すぐに、『ひかりごけ』が劇団四季の手で浅利慶太演出により、国鉄労働会館ホールで上演されている。四季の上演した『ひかりごけ』を私は観ていない。

一九五四年一月、東京が記録的な豪雪に見舞われ交通機関の麻痺したなか、中労委会館で上演された劇団四季の旗揚公演『アルデールまたは聖女』を観ている。年上の女友達に無理矢理買わされた一〇〇円の切符を無駄にしたくないばかりに出かけたのだが、住んでいた代々木八幡から芝公園までどうやって行ったのだろう。がらがらの客席に置かれたルンペンストーブの火が、あかあかと燃えていた。あとからきいたはなしでは、藤野節子の知りあいのお客さんが、大量の石炭を差し入れてくれたのだそうだ。四季という劇団を強烈に印象づけられたのは、その年の暮田村町の飛行館ホールで上演した、ジャン・ジロドウ『間奏曲』だった。ジャン・ジロドウの名を、私は中学・高校を通じて同級だった倉本聰に教えられて知ったのだが、ひと足はやく『間奏曲』を観た倉本聰が感激を記した葉書をよこし、それに刺戟されてかけつけたのだ。あの時分、速達は都内だったら二時間で着いた。

社会主義リアリズムを標榜し、スタニスラフスキー・システム研究を課題とすることが、その時分の新劇界の趨勢で、群小劇団と雖もその例に漏れなかった。そんななか、アヌイやジロドゥ劇の紹介という、もうけっして流行《はやり》でなかった藝術至上主義の旗をかかげて、潮流に逆らいながら既成の権威に立ちはだかって行く姿勢を、わずか創立二年で鮮明に打ち出した劇団四季の存在は、注目をあつめるに充分なものがあった。その四季が初めて創作劇、それも既成の劇作家のものではなく、小説家武田泰淳の『ひかりごけ』を上演したのだから、評判にならぬわけがなかった。新聞や雑誌の取りあげ方から見ても、氾濫していた群小劇団のなかから一歩抜きん出た印象を与えたのはたしかだった。その『ひかりごけ』を見損なった理由はまったく覚えていないが、評判にふれて「見ておけばよかった」と、後悔したことはよく覚えている。それだけに、二〇〇九年四月自由劇場で、四季が『ひかりごけ』を、初演と同じ日下武史の船長役で再演したとき、いささか食指が動いたのだが、行かなかった。まさかいま、こうして『小幡欣治の歳月』を書くことになろうとは、思ってもみなかっただけに、観なかったことに複雑な気持をいだいている。

じつを申すと、一九五五年に劇団四季が『ひかりごけ』を上演した頃、炎座も小幡欣治脚色・演出で『ひかりごけ』を取りあげていたことを、かなりながいあいだ知らないでいた。小幡欣治と親しいつきあいができて、炎座時代のはなしを何度となくきかされていながら、『ひかりごけ』が話題にのぼったことはなかったような気がする。そんなわけで、この項を書くための資料にあたっていておどろいたのだが、武田泰淳『ひかりごけ』の上演は、炎座のほうが劇団四季に先んじていたのだ。

具体的に記せば、

○炎座『ひかりごけ』

一九五五年六月一七日―二〇日

神田　一ッ橋講堂

原作　武田泰淳、脚色・演出　小幡欣治、装置　福元章、照明　原英一、作曲・音楽　森敏

○四季『ひかりごけ』

一九五五年七月一六、一七日

八重洲口　国鉄労働会館ホール

脚本　武田泰淳、演出　浅利慶太、美術　金森馨、照明　吉井澄雄、音楽　鈴木博義

と、炎座のほうがちょうどひと月はやい上演で、上演日数も二日多い。ちなみに炎座の上演回数は手もとの資料からは不明だが、四季は合計四回とある。公演日で先んじ、上演回数でも勝った炎座だが、上演後の評価に関してはいろいろと話題にのぼった四季にくらべて、ほとんど無視されたように上演されたことすら知らなかったむきも多かったのではあるまいか。私のように思う。『劇団炎座の歩んだ道　一九五三―一九六〇』の公演記録でも、『ひかりごけ』に関しては、スタッフ、キャスト、梗概の公演データが記されているだけで、劇評のたぐいは一切ない。わずかに、「ふりかえると」という文章を寄せている中村誠次郎が、

炎座の「ひかりごけ」公演後、悲劇喜劇戯曲研究会の早坂久子さんが、同世代の若者たちの競演（劇団四季・浅利慶太演出）作品だったにもかかわらず、これ程異ったものになったのに大変驚いたといわれたのを記憶している。

と書いているくらいだ。

「座談会　第一回戯曲委員会」にはなしを戻すが、武田泰淳は小説として書いた『ひかりごけ』が、

芝居にすると、やはり芝居らしくなるものだ、と思ったですね。最後のところなんかは、仲々巧く出来ていると思って僕自身は感心した。一幕あたりはがっかりしたが、段々面白くなってね。僕の友達は炎座で演った方が、四季で演ったのより、わかりよかったと言っていた。丁度炎座に合っていたのでしょう。あれはそんなに難しいものではないですからね。細い芸は入らないのだからね（笑）。僕は満足したんですよ。成程芝居は面白いもんだと思った。

と、演劇として再生したことを喜び、さらに、「あれは暗いものなので、ああいうものを観せたら、お客は憤るだろう、と思ったが、仲々よく出きていた」と発言している。

要するに、武田泰淳『ひかりごけ』は、それでなくても単純な文学表現に馴らされていた当時の読者の多くに、衝撃を与えるような、文学的に難解な部分があって、劇化の成功が危ぶまれていた。期せずして四季と炎座（上演順に言うなら逆）という若いグループによる競演が実

現したわけだが、同一作品であるにもかかわらず、「これ程異ったものになったのに大変驚いた」という早坂久子のコメントのような結果をもたらしたのだろう。武田泰淳が友達の言葉として「炎座で演った方が、四季で演ったのより、わかりよかったと言っていた」と口にしているのは、脚色・演出にたずさわった小幡欣治の資質を、端的に言いあらわしていないか。

あらためて記せば、『ひかりごけ』を、四季版では脚本・武田泰淳、演出・浅利慶太とスタッフ表記しているが、炎座のほうは、(「悲劇喜劇」一九五五年七月号所載)とあり、原作・武田泰淳、脚色・演出・小幡欣治と、上演台本に小幡欣治の手が加わっていることを明記している。「劇作がとうとう一生の仕事になってしまった」と柄にもない感傷にひたった小幡欣治は、その「作品年譜」によれば生涯一五〇本からの戯曲を書いているが、言うところの難解な作品は一本もない。武田泰淳自身「あれはそんなに難しいものではない」と言っている『ひかりごけ』を、「四季で演ったのよりわかりよかった」と言われた評価を紹介し、「僕は満足した」としてるのは、率直に言って小幡欣治のウデを認めたことになる。『ひかりごけ』の脚色ばかりでなく、上演間近だった『逆徒(教祖小伝)』で新興宗教を取りあげた勘の良さをほめ、すでに「悲劇喜劇」に掲載されていた『畸型児』の着想に驚き、映画のプロデューサーになったら成功すると、まんざらお世辞とも思えない発言をしていて、武田泰淳の小幡欣治への入れあげぶりがよく出ている、この「座談会　第一回戯曲委員会」は面白く読める。

ついでにまたひとつ余計なことをつけ加えれば、武田泰淳に映画プロデューサーになれば成功するとおだてられた小幡は、「その節は一つ新藤先生よろしくお願いします（笑）。戯曲は駄目なのかな、僕は……（笑）」

などとてれているが、この当時の小幡欣治は、自分の進むべき道をまだ演劇ひとつに限定したわけではなく、全盛期にあった映画なども視野に入れていたかにもうつる、悩み多き二八歳の貌をのぞかせている。

それにしても、若き才能と情熱だけで、劇団を維持していくことは、武田泰淳をはじめとする外部の高い評価とはまったく別のもので、「群小劇団とひとくくりにされて戦後の演劇史から抹殺されてしまった」炎座七年間の歩みは、なまやさしいものではなかった。

正式に入団いらい、自然炎座のリーダーにまつりあげられた小幡欣治は、一九五七年の五月から、これまでの夜間稽古を昼間に移し替えることを提案、連日開かれた劇団総会は紛糾したが、一応全員一致というかたちで受け入れられる。紛糾したのは、当然のことながら劇団員の生活問題からだった。炎座では、稽古場維持費の名目で、一人月六〇〇円の会費を徴収していた。劇団員、研究生一律である。たまに一〇〇〇円か二〇〇〇円そこそこのラジオ、テレビの出演料を得た劇団員は、その三〇パーセントを劇団に納入していた。これは当時どの劇団もが採用していたシステムだった。昼間の時間を生活費を稼ぐためのアルバイトに費していた多くの劇団員にとって、夜間の稽古を昼に移行するのは、生活費の獲得手段を奪われることである。そのアルバイトも事務員、外交員、新聞配達、モデル、ウェイトレスから、紙芝居屋、後楽園球場のビール売り、ビルの屋上のアドバルーン係といろいろだが、芝居の稽古が夜なればこそつとまる仕事がほとんどだった。

こうした劇団の経済事情は、肝腎の公演レパートリー決定にも影響を与えた。小幡の言う「儲からなくてもいい、ただ赤字さえ出なければ、いや多少の赤字は覚悟しても惚れこんだ作品を上演したい」という願いは、莫大な額にのぼる仕込み費を前に、断念せざるを得なくなる。こうして上演作品がきまると、こんどは劇団員に対する切符の割当、ノルマが課せられる。一人あたり一〇〇枚というところだが、固定観客を持っていないどこの群小劇団にもあてはまった数字だろう。そうした結果が、「三年間で三十日の公演日数」といった、小幡の言葉を借りるなら、「悲しい数字」をもたらしたのである。

そんな思いをしながら、誰にたのまれたわけでもない、ただただ芝居がやりたいという一念で、おのれの才能もかえりみず、炎座のばあいは七年間、そのほかにも大同小異の時間を生き抜いた群小劇団につどった、若き群像の情熱が、残したものはなんだろう。

こんなにも沢山の舞台が、いとも簡単につくられて、劇場を駆け抜けるように消え去っていく、こんにちただいまのような演劇状況に居合わすことになろうとは、夢にも思わなかった。そうして、そんな舞台のいくつかには、いくばくかのお上からの助成金が給付されているときく。その助成金の受皿などと言われている日本劇団協議会の母体だった、安保体制打破新劇人会議の最大唯一のスローガンが、「入場税撤廃」だったのを知る者には、まさに隔世の感がある。ことの是非を問うわけではないが、この国にはまだ一度も劇場に足踏み入れることなく生を終える人のほうがずっと多い事実を考えてみたとき、いまの演劇人に多少の甘えがありはしないか、気になるのだ。敬愛する新劇人中村伸郎の、

「新劇なんて金のあるやつか、金がなくても平気なやつのやるものだ」

という口癖がしきりに思い出される。


さて『畸型児』である。

「世に認められるようになった最初の作品」という『広辞苑』の語義説明どおり、小幡欣治の「出世作」となったばかりか、劇作家として立っていくきっかけを与えたことで、記念碑的作品となった。


戯曲の収録されている早川書房刊『熊楠の家　根岸庵律女　小幡欣治戯曲集』巻末の「上演記録」によれば、『畸型児』五幕六場は、

　掲載　一九五六年（昭和三十一年）「悲劇喜劇」一月号　第二回新劇戯曲賞（現・岸田國士戯曲賞）

とあり、

　上演　大阪新劇合同公演（一九五六年十月　大阪　毎日会館）
　スタッフ　演出＝岩田直二（五）　装置＝田中照三（五）　照明＝小林敏樹　効果＝作本秀

信（放）　合唱指導＝川島孝敏　舞台監督＝しばたたかし（民）

注　（五）―五月座　（制）―制作座　（民）―民衆劇場　（放）―大阪放送劇団　（フ）―フリー

上演　劇団炎座第五回公演（一九五七年五月　東京　一ツ橋講堂）

スタッフ　演出＝小幡欣治　装置＝谷畑美雪　照明＝原英一　効果＝飯田茂彦　衣裳＝北浜理慧　合唱指導＝山崎百世　舞台監督＝大野宏

注　（生）―生活劇場　（稲）―稲の会　（客）―客演

上演　劇団文化座新人公演1（一九六四年九月　東京　一ツ橋講堂）

スタッフ　演出＝貝山武久　装置＝田口勝也　照明＝原田進平　効果＝矢野昭　衣裳＝文化座衣裳部　舞台監督＝高木馨

上演　劇団文化座第五十八回公演（一九七六年三月　東京　都市センターホール）

スタッフ　演出＝貝山武久　装置＝栗谷川洋　照明＝原田進平　音響＝射場重明　舞台監督＝入谷俊一　制作＝坂部訂美・田村錦人

と、その上演記録が列記されている。記載されている記録の「キャスト」の項目にある出演者には、なつかしいばかりか、意外な名前もあって興味ぶかくもあるのだが割愛した。大阪新劇合同公演はともかく、単独公演である炎座第五回公演にも（注）があって、外部協力者の所属劇団名が記されているあたりに、この芝居の登場人物が五〇人に達する、群小劇団には単独でまかないきれない大作であったことをしめしている。

キャストのなかのなつかしい顔もさりながら、炎座第五回公演（第四回公演『逆徒（教祖小伝）』も）の照明を担当している原英一も忘れ難い人である。戦前派歌舞伎照明第一人者篠木佐夫の一番弟子で、戦後は新劇、それももっぱら群小劇団の照明を手がけた。黒足袋に雪駄ばきで、仕事のときは無駄口たたかぬ職人肌のひとだった。歌舞伎ではなかなか使えない色をふんだんに使うので、「悪写実」と新聞評で指摘されたこともある。照明家の地位向上につとめ、全国舞台テレビ照明事業協同組合なんて組織づくりに奔走して、「あいつはアカだから」と、一時期大劇場から敬遠されていた。麻雀が好きで何度か卓を囲んだが、こんなときはぼっそりと駄洒落やジョークを口にしながらの、渋い打ち手だったのを思い出す。数年前、新聞に小さな訃報が出ていて、たしか八三歳とあった。

ところで戯曲『畸型児』が掲載された「悲劇喜劇」は、一九五六年一月号だが、実際の脱稿はこれよりかなり前になる。（千）とある千野幸一による「日刊スポーツ」の、『畸型児』の舞台評に「前公演の『逆徒』よりは前期の作品」と記されているし、小幡欣治が客員として脚色・演出した炎座公演、武田泰淳『ひかりごけ』の上演された一九五五年六月以前に、すでに台本のかたちになっていた事実を知るひとも多数いる。

『畸型児』の上演に、脱稿いらい少なくとも三年以上の時間を要したばかりか、『畸型児』の次作になる『逆徒（教祖小伝）』の上演のほうが先になったについては、わけがある。

劇団民藝から『畸型児』を上演したいむねの打診があったのである。この打診には、悲劇喜劇戯曲研究会いらいなにかと小幡欣治に力添えしていた遠藤愼吾が介在していた。一九四八年の創立いらい、文学座、俳優座と鼎立して新劇御三家の一翼を占めていた劇団民藝は、武者小路実篤『その妹』、木下順二『山脈』、三好十郎『炎の人』『冒した者』、久板栄二郎『巌頭の女』、八住利雄『十三階段』（まったく余計なことだが、私の生涯で観た一番つまらなかった芝居）、久保栄『五稜郭血書』『日本の気象』、福田恆存『幽霊やしき』など、既成の現役第一線の劇作家による創作劇の上演をつづける一方で、『女子寮記』『良縁』の山田時子、『風の吹く一帯』の原源一、『常磐炭田』伊藤貞助、『制輪子物語』鈴木元一、『穀倉地帯』長島しげ子など、職場作家とよばれた新人の作品にも門戸を開いていた。たとえ非公式であっても、新劇界に君臨する大劇団民藝からのお声がかりが、小幡欣治をかなり亢奮させたのは想像に難くない。

小幡欣治に託された『畸型児』（「悲劇喜劇」に掲載される以前の生原稿）を、遠藤愼吾は民藝の演出家菅原卓に手渡している。菅原卓の名が、劇団民藝の上演記録にあらわれた最初は、一九五三年四月に上演されたヘンリック・イプセン作、岡倉士朗演出『民衆の敵』の「訳・編」である。ただ興味深いのは、その前年暮新橋演舞場で上演した久保栄作・演出『五稜郭血書』は、初代水谷八重子の出演を予定して準備した三好十郎『激怒』が完成しなかったための代替公演だったことだ。菅原卓はこの当時水谷八重子と特別な関係にあり、八重子自身それを否定しなかったから、菅原と民藝の結びつきには、このあたりの事情もからんでたかもしれない。以後菅原卓は、五四年アーサー・ミラー『セールスマンの死』の「訳・演出」、五五年六月には小幡欣治が炎座の「第一回戯曲委員会」で同席している新藤兼人の初戯曲『女の声』の演出を担当している。

劇団民藝の劇団史『劇団民藝の記録　1950─2000』（劇団民藝）の「劇団のこよみ」欄、一九五五年「4月」の項にこんな記述が見える。

・若手劇作家との懇談会（第一回）黒川敏郎、大橋喜一、藤田朝也、丹沢弘、原源一、五味川淳、長島しげ子、福田善之、神山恵三、斎藤瑞穂、山田時子、浜崎尋美、椎名龍治、小幡欣治の諸氏を招き、民芸からは菅原卓、滝沢修、宇野重吉、岡倉士朗、松尾哲次、早川昭二、堀田清美が出席して創作劇の創造について話しあう

「4月」とあるだけで、くわしい日時は記されていないが、この会合が小幡欣治にとって菅原、瀧澤、宇野ら劇団民藝の面面との初対面であったはずである。すでに『畸型児』は、遠藤愼吾によって菅原卓経由で民藝の手に渡っており、小幡がこの会合に出席したのは、その後の経過に関していくらかでも知ることができはしないかの思惑もあったと思われる。小幡欣治は、『畸型児』が民藝に「持ち込んだ」作品ではなく、民藝から「依嘱された」作品であると、遠藤愼吾の口ぶりから察していた。「若手劇作家との懇談会」があって何日かして、小幡欣治は宇野重吉に呼び出されている。突然のことで、しかも多忙をきわめているはずの宇野重吉が、

菅原卓をさしおいて直接会ってはなしたいという意図が那辺にあるのか多少の懸念もあったが、一も二もなく従った。ただ、炎座の同僚小林俊一に同行を求めている。ひとりで出かけず、つきそいよろしく小林をともなったのは、やはり宇野重吉の威光をおそれる気持があったのだろう。

宇野重吉は『畸型児』に対していくつかの駄目を出し、書き直しを命じた。作品が上演される過程ではよくあることで、無論小幡欣治もこれに応じている。立会った小林俊一によれば小幡の態度は従順で、ひと言の反論もしなかった。その後どんな経緯をたどったものか判然としないが、宇野の要求はかなり執拗だったらしい。小幡のほうもこれに応えるべくつとめたのだが、ど壺にはまりこみ、しまいには「書き直せば直すほど悪くなる」と当人が口にする始末だった。

結果、遠藤愼吾ともはなしあい、自分の参加している炎座で上演することにきめ、「悲劇喜劇」の掲載にいたったわけである。劇団民藝の機関紙に演出菅原卓と明記された『畸型児』の上演予告まで掲載されながら、宇野重吉は最後まで、「民藝で上演する、しない」に関しては言葉をにごしていたらしい。このことで、小幡欣治が宇野重吉に対する不信感をいだいたのは間違いない。初演を大阪新劇合同公演にゆずり、炎座上演までに必要以上の時間を費したについては、こんな事情がからんでいた。

小幡欣治が東宝演劇部専属の劇作家として、初めて書いたオリジナル作品『あかさたな』が芸術座で上演され好評を博したのは一九六七年だが、この頃からゴルフを始めている。きっかけは、小幡の言う浅草の連中なる飲み仲間の何人かが、オープンしたばかりの鬼怒川カントリークラブに入会したのに、自分も従ったのである。

時を同じくして、東宝演劇部長横山清二、帝国劇場支配人大河内豪、劇作家仲間の花登筐、役者の島田正吾、三木のり平、東野英治郎らの演劇人グループのゴルフにも参加するようになる。そのグループで尾崎宏次や倉橋健、テレビ朝日の田中亮吉らともつながりができ、その縁で宇野重吉ともプレイするようになったのは、一九七〇年代も終りを告げる頃だった。『畸型児』いらい二〇年以上の歳月がたっており、気まずさも、わだかまりも一応解消されていたように見えた。もっとも宇野重吉にとって、『畸型児』の問題は、なんらのこだわりも感じない瑣事にすぎなかったはずである。

とにあれ、宇野重吉と小幡欣治のあいだに存在した、なんとなくすっきりしない感情のこじれは、ゴルフによって修復されたことになる。このおだやかな関係は、一九八八年の宇野の死までくずれることはなかったが、この間、宇野、小幡のあいだに、こと芝居に関する特別な話題が持ち出されたことはついぞなかった。

炎座第五回公演、小幡欣治作・演出『畸型児』は、劇団結成以来の好評をもってむかえられた。五七年五月二七日付「朝日新聞」に掲載された、（輝）とあるから本地盈輝によると思われる劇評の前半部が、要領よくこの芝居の梗概を述べているので、引用したい。

大和鋼圧のバスケット選手三神はチームの花形だったが、条件のいい東京工機へ移籍してしまう。彼の手には十万円という金が渡され、やがては社員という地位も約束されていた。大和鋼圧の親友大沢はバスケットだけにしがみついている三神の態度をなじるが、彼はとりあわない。選手の体力検査の時、彼は大事な左手の神経痛を再発させてしまう。東京工機と大和鋼圧の試合が行なわれた。左手の利かぬ三神は反則を犯しシュートも出来なかった。会社の商品価値を失った彼はその日に解雇を言い渡された。打ちひしがれた彼は会社の四階から投身してしまう……。

この「朝日新聞」劇評の見出しは、「運動選手の悲劇描く」になっていて、ほかに「内面的な苦悩が不足」とある「東京中日新聞」、「〝選手社員〟の悲劇」の「毎日新聞」、「ひろげ過ぎた間口」「東京新聞」、「花形選手転落の悲劇」「日刊スポーツ」、〈新劇あらさがし〉「内外タイムス」などの日刊紙、奥野健男による雑誌「新劇」が取りあげ、それぞれ欠陥をかかえていることを指摘しながらも、全体的に好感を持って多くのジャーナリズムからむかえいれられている。ただ、A遠藤愼吾、B茨木憲による「悲劇喜劇」の「正反批判」でBの言う、ジャーナリズムから取上げられたということで、炎座が一歩前進したことにはならないと思う。今日の劇団経営の骨に絡んだことだけれども、ジャーナリズムに取上げられたからといっても、それが必ずしも劇団の力が大きくなったのではないということ。そのことはこの舞台でも感じられますね。役者がみんな下手ですね。

の指摘が、好感を持たれることと、劇団なり劇作家なりの実力が、必ずしも正批例しないことを率直にしめしている。

この「正反批判」は、Aの遠藤慎吾自身が直接かかわっていただけに、あえて発言をBの茨木憲に譲っているかにもうつるかたちで、民藝の上演予定問題にもふれている。

これは民藝のレパートリーに一応上っていたそうですが、これは、演技力の高い役者が、ちゃんとした舞台装置で演ったら、もっとビシッとしたものが出て来ると思う。そういうことで演って見せないと、作者は自分の作品をほんとに見たことにならないと思う。

民藝が上演しないから自分達の炎座で演ったのでしょうが、結果は、作者にとっては、可哀想な仕儀に立ち到ったものだと思う。

ここでは小幡欣治に対して多分に同情的な態度がしめされているが、当時の状況を知る周囲の大方も、そう見ていたように思う。

『畸型児』がフジテレビでテレビドラマ化されたのは、一九六四年六月のことで、炎座の上演いらい七年がたっていた。フジテレビ「一千万人の劇場」という一時間番組だった。タイトルは『網の中の栄光』で、「畸型児」はサブタイトルだった。演出は小幡欣治と旧知の小林俊一。

小林俊一と小幡欣治の出会いは、一九五三年に石崎一正、織賀邦江、池田生二らが、三好十郎の主宰する戯曲座と袂を分かち、炎座を結成した頃だ。日大芸術学部の学生だった小林俊一は、阿木翁助、中江良夫のやっていた劇団東芸の制作・演出部に籍を置き、演出助手や舞台監督をやっていた。住んでいた世田谷赤堤で利用していた月見湯なる銭湯の二軒先が三好十郎の住居だった。井上正夫の流れをくみ、中間演劇を標榜する劇団東芸に、なんとなく充ち足りないものを感じていた小林に、三好十郎の主宰する戯曲座は、しごく新鮮なものにうつった。その戯曲座の石崎一正と知りあい、石崎から新しくつくった炎座への参加をすすめられて、迷った末に師の阿木翁助のところに行くと、かつて新築地劇団にいた師は、あたたかく送り出してくれたという。そのとき小幡欣治はまだ炎座に正式入団していなかったはずだが、連夜稽古場や三ノ輪の石崎一正宅に現われて、侃侃諤諤やっていた。なにかと三好十郎という師の影響から抜けきれなかった石崎に対し、まったく師なしで独立独歩の小幡欣治は、結局生涯師を持つことなく終る。それにしても金がなかった。まったくのところ、どうやってしのいでいたのか、いま考えても不思議だという。小幡欣治が一〇〇円、小林俊一も一〇〇円、ふたりあわせて二〇〇円きっかり。無論硬貨でなくて紙幣の時代だ。梅割の焼酎一杯半ずつのんで、大盛りの白御飯の天辺から箸で穴をあけ、もつ煮込みの汁だけそそいでもらってすました。

一九五三年にテレビの本放送が始まると、民間テレビの開局が相次いだ。東京では日本テレビ、ラジオ東京テレビはＴＢＳテレビとなり、フジテレビ、現テレビ朝日の日本教育テレビ、東京12チャンネル。どの局も人材不足で、とりわけ製作現場では即戦力がほしかった。これに応えるべく、新劇団の演出部員や舞台美術家や照明家の卵たちが、続続テレビ局入りした。卵ばかりではない。すでに大御所クラスの人たちまで、部長、局長、あるいは顧問の肩書つきで招かれている。固定収入というのは、それだけ魅力だったのだ。喰えないであえいでいた群小劇団はもとより、文学座、俳優座、民藝の演出部員で、この時期テレビ局入りした者は、かなりの数にのぼる。

小林俊一も開局したフジテレビから招かれた。炎座の劇団総会で、フジテレビに就職する旨伝えたところ、総会は紛糾した。裏切者という罵声もとんだらしい。そんな時代だったと、笑ってすませられるのはいまだからで、当人いたく傷ついたのは当然である。そんななかで、

「新しいメディアで頑張ってくれ」

と激励して送り出してくれたのは、小幡欣治ただひとりだった。その後何年かして、年に五本書く約束で、東宝と専属契約を結んだ小幡欣治は、

「やっと、これで下宿代が払えるようになったよ」

と小林俊一に言ったそうだ。

一九六〇年に炎座が解散して、自らの拠点を失った小幡欣治が、駒込のアパートにひとり住いしながら、気にそまぬテレビのホームドラマを書くなどして糊口をしのいでいたことは前に書いた。その気にそまぬテレビのホームドラマのほとんどが、小林俊一の斡旋によるものだった。まだ小林自身、自分で一本の番組を担当するところまでいってなかったから、関係している番組に紹介するかたちだったが、

「芝居を書かせればあんなに上手い小幡欣治が、はっきり言ってテレビは下手だった」

という。

演出者として一本担当できるようになって、局の看板番組でもある「一千万人の劇場」という一時間の放送枠を得たとき、小幡欣治の『畸型児』を取りあげたのは、言ってみれば炎座への恩返しの気持だった。

炎座での芝居づくりは、私の原点だと思っています。……今思えば懐しく、私の青春だったのです。

と『劇団炎座の歩んだ道　一九五三―一九六〇』に、小林俊一は記している。

「一千万人の劇場」の『網の中の栄光　畸型児』だが、番組記録には、「原作小幡欣治、脚本本田英郎」とある。「テレビは下手だった」という小林俊一の評価はまだ変らなかったのだろう。

小林俊一がフジテレビで、原作小幡欣治、脚本本田英郎による『網の中の栄光　畸型児』を演出するにあたって、いちばん腐心したのが局上層部の意向だった。当時の社会情勢下にあって、この企画がなんの問題もなく通るとは考えにくかったのである。

広告塔としての利用価値がなくなればあっさり馘首してしまう、人間性を無視した会社という組織の冷酷非情さが描かれるドラマが、局の上層部からこころよく受け入れられるはずがなかった。それでなくても組合対策に苦慮していた経営陣にとって、組合運動がドラマで扱われること自体が、面白からぬことだったのである。

結果として、拍子抜けするくらい簡単に企画が通ったについて小林俊一は、「正直言って上の人たちには、内容がよく理解できなかったのでは」と、当時をふりかえって苦笑する。それでも撮影にはいって、フジテレビの資料室には「インターナショナル」の音源がなかったり、組合運動関連の小道具の調達など、それなりの苦労があったらしい。放映後、一部社員のなかから、「あれはアカのドラマではないか」などの声があがったりしたが、世間一般から好評でむかえられたことで、すべて帳消しになった。

その「一千万人の劇場」『網の中の栄光　畸型児』のダビングされたDVD（無論モノクロ）を見終えて、ある感慨を覚えずにはいられなかった。

それは美空ひばりの歌声にふれて、その頃己れの演じていた愚行を思い出し、なんとも切ない甘酸っぱさを感ずるのとは、いささかちがったこころの動きで、みんながみんな、時代そのものと真摯にむかいあった時間を過ごしていたことへの、いとおしさとでも言ったらわかってもらえるだろうか。冒頭のCMで紹介されるNECユニット型冷蔵庫四万三〇〇〇円、扇風機九九〇〇円という価格が、この国の高度経済成長にひた走っていた時代に、タイムスリップさせてくれた思いがけない効用もあって、かつて自分も体験したり、させられたりした空気のなかに、自然とはいりこんでいるのに気づくのだ。

さらにこの『網の中の栄光　畸型児』の出演者のなつかしい顔ぶれには、新劇の若手俳優が多くをしめていて、この時期のテレビドラマにあっては、あのひとたちが重要な役割を担っていたことを思い出させてくれた。

主人公三神敬二が新國劇の緒形拳、三神に思いを寄せている三神の上司の娘山本悠子を民藝の吉行和子が演っている。緒形拳はこの翌年NHKテレビの大河ドラマ『太閤記』の秀吉に抜擢されるし、舞台で『アンネの日記』のヒロインだった吉行和子は、すでに日活映画で吉永小百合と共演していた。花沢徳衛、春日俊二、永井柳太郎といったヴェテラン傍役はともかく、三神の同僚や組合員、新聞記者などを、映画畑の渡辺文雄に加え、塚本信夫、本郷淳、笈田勝弘、内田良平、標滋賀子、菅原チネ子、館敬介、市原清彦、鈴木智、浜田東一郎などなど、その頃、三期会、新演劇研究所、文学座、新人会、民藝などに籍を置く若手たちで占め、ぶどうの会、朋の会のグループ名も明記されている。そう言えばスポンサーの一社の東洋ゴム工業の生コマーシャルを担当している石田明子も俳優座養成所出身の女優だった。

テレビにおける社会派ドラマの嚆矢的役割を果した『網の中の栄光　畸型児』が、こうして若い新劇俳優たちの出演でまかなわれた理由を、小林俊一は「製作費が少なかったから」のひと言で片づける。映画やテレビドラマの製作費で、いちばんの割合を占める人件費、なかでも役者のギャラをいかにおさえるかで苦労するのは昔もいまも変ることのない現実である。『網の中の栄光　畸型児』のプロデューサー平岡鯛二にとって、演出の小林俊一が新劇の、それも群小劇団だった炎座出身であることから、同じ新劇でも比較的ギャラの高い役者をそろえた大劇団よりも、若い劇団の面面に顔のひろいことは、大いに助けられたはずである。このドラマで音楽を担当した廣瀬量平も、林光とともにもっぱら小劇団のブレヒト劇など手がけていた。大袈裟な言い方を許してもらえば、『網の中の栄光　晦型児』の成功は、新劇の小劇団とその出身者によってもたらされたものだった。

『網の中の栄光　晦型児』の内外から寄せられた評判は、小林俊一の社内的評価も決定的なものにした。いきおいに乗った小林は、山崎豊子原作『白い巨塔』や『男はつらいよ』シリーズとヒットをとばし、フジテレビの看板演出家として君臨するのだ。フーテンの寅なる車寅次郎というキャラクターを、国民的アイドルに仕立てた『男はつらいよ』の実際の生みの親は小林俊一であることを、世間は忘れていませんか。

独立して彩の会を結成、南青山にオフィスを構え、そろそろ三〇年になろうかという小林俊一のことを、小幡欣治が「親分」ときに「監督」と呼んでいたのは、男気にあふれたその人柄に惹かれていたからだろう。フジテレビを退社し独立した理由も、ある高名なタレントのおこした不祥事を、小林がかぶることで責任を取ったからだとされている。無論当人はこの真相に関しては口をつぐんだままである。

いんたあみっしょん

二〇一一年の秋も深まろうという一〇月なかば過ぎのことである。小幡欣治の長男聡史から電話があって、父が仕事場に使っていた恵比寿の書斎を整理するので、使えそうな本があったら持っていっていただきたいという。二九日の土曜日を予定していて、東宝現代劇七十五人の会からも何人か来るはずで、都合がつくなら是非ということだった。必ずうかがうと答えて電話を切ってすぐ、あれからもう一七年にもなる、ある日のことをごく自然に思い出していた。

一九九四年の三月二七日は日曜日で、朝から晴れあがった春の訪れを感じさせてくれる日だった。その前年一月二三日に急逝した戸板康二家を、当時文藝春秋の編集者だった関根徹と洗足に訪れている。蔵書を整理するので、ほしいものがあったら取りにくるようにとの、当世子夫人からのお招きによるものだった。

戸板康二の蔵書は、生前すでにその一部が戸板女子短大の図書館に寄贈され、「戸板康二文庫」なるコーナーが設置されていた。書籍だけで一万八〇四冊にのぼるという。そのとき寄贈されなかった、つまり最後まで手もとに置かれていた演劇関係の資料がだいぶ残っているので、「使えるものがあったら、そばに置いてほしい」という有難いおはなしだった。戸板康二にはもう四〇年以上前になるが、「これは僕が持っているよりも、君に差しあげたほうが役に立つと思うから」と、一九四六年九月から四九年五月までに一五号出た「新演藝」なる仙花紙使用の寄席演藝専門誌を揃いで頂戴して、大いに活用させていただいている。

二階の書庫におさめられた膨大な書籍のなかから、私がいただいたのは、花柳章太郎の随筆、『きもの』（二見書房）、『紅皿かけ皿』（双雅房）、『役者馬鹿』（三月書房）、『藝談集雪下駄』（開明社）、『女難花火』（雲井書店）、『技道遍路』（二見書房）、『なたねふぐ』（演劇新派社）、『がくや絣』（美和書院）、『わたしのたんす』（三月書房）と『花柳章太郎句抄』（有樂書房）。それに河合武雄『随筆女形』（双雅房）。これは限定五百部のうち「2」と奥付に捺してある。さらに「限定特製本四〇〇冊之内本書ハ第三二六番」とある、喜多村緑郎『わが藝談』（和敬書房）の全部で一二冊だった。

ついでに記せば、関根黙庵は『中村歌右衛門写真集』と、『定本武智歌舞伎　武智鐵二全集』を、関根徹に託した阿部達二は『默阿彌全集』を、それぞれ頂戴に及んでいる。ちょっとほしかった『内田百閒全集』には、すでに先約がいたらしい。

当世子夫人のお手を煩わせた宅配便が到着し、頂戴した蔵書にあらためて目を通していて気がついた。花柳章太郎の著作の扉に、達筆で持句がしたためられているものはともかくとして、『藝談集　雪下駄』には、「戸板兄　傍白者」と読める墨痕が、『女難花火』には、「戸板康二様　恵存　章太郎」とはっきり記されている。さらに『がくや絣』には「呈上　戸板先生章太郎」とあり、「特製四百参拾部の内第著者用番外番本」と「著者用番外」の文字だけ朱で書きこまれている『わたしのたんす』には、文化使節として中国へ行った戸板康二の土産「中国剪紙」を用いた「章太郎自染」の張られた扉に「初刷（二）　戸板兄恵存　花」と、「花」が花押風に描かれている。

いずれ折を見て、この四冊は戸板女子短大図書館の「戸板文庫」におさめなければなるまい。

一七年前の戸板康二の書庫から小幡欣治の仕事場にはなしを戻せば、一〇月二九日、天皇賞の前売馬券を求めた銀座ウインズ前の公衆電話から横澤祐一の携帯に連絡をとった。これもまったく余計なことを加えれば、小幡欣治も競馬がきらいではなかったが、私と同じで見徳買いの気があったから成績のほうはあまり芳しくなかった。横澤祐一に電話したのは、小幡欣治の仕事場を訪ねたことがなかったからである。地下鉄の日比谷線で恵比寿に出ると、横澤のほか東宝現代劇の松川清と菅野園子がいて、歩いて五分ほどの仕事場まで案内してくれた。小幡聡史が、お茶のペットボトルや缶珈琲など用意して待ち受けてくれていた仕事場には、すでに東宝現代劇の下山田ひろのも到着していた。

初めて主のいない小幡欣治の仕事場に足踏みいれたのだが、いわゆる3Kスタイルのマンションの一室を2LKに改装したらしい書斎の両袖机に置かれている電話機が、いまどき珍らしいダイアル式なのが目にとまった。ファクシミリを仕事場に持ちこみたくなかったのだろうか。小幡欣治とはじつにしばしば電話のやりとりをしたが、そのほとんどが仕事場にかけ、仕事場からかかってきたもので、まだ家にいるであろう時間に電話しなければならぬ用事の出来したときなど、わざわざ手帳のメモで番号を確かめたものだった。そんなとき、夫人によって切替えられる気配から察すると、さすが自宅ではプッシュフォンを使用していたようだ。そう言えば戸板康二も生涯ダイアル式の電話機を使用していたし、北林谷栄が「ボタンを押すなんて、電話じゃないわよ」と、かたくなにダイアル式に固執していたのを思い出した。

書棚を一瞥して、思わず笑いをこらえたものである。よく考えてみれば当り前のはなしだが、納められた本に私も所有しているものがすこぶる多いのだ。無論そうでないものも沢山あって、そのそうでないものの大半が、私にはまったく関心外である内容のものなのだ。好奇心がすこぶる旺盛なのは先刻承知していたが、その好奇心が劇作家として張りめぐらしたアンテナに捉えられ、いつの日か一本の芝居に仕あがるべく、書棚のなかで熟成されているように見えてきた。代表作『熊楠の家』を書くために集められた、南方熊楠関係の資料の膨大さに圧倒された。

「とりあえず、これは私が頂戴します」

机の位置近く、すぐ取り出せるところにおさめられていた、東京堂出版の奥山益朗『罵詈雑言辞典』を手にしながら横澤祐一が言った。仕事場を訪れるたびに目について、「小幡先生は、あんなアンチョコ持ってるから駄目出しがきついんだ」と、稽古場で罵倒されるのをぼやいていた横澤祐一は、ひそかにきょうの日を待ち侘びていたらしい。

「横澤さんだって相当きつい言い方するわよ、その本でますます激しくなるわね」

その月はじめ、深川江戸資料館小劇場での東宝現代劇七十五人の会公演『水の行方』の、作・演出にあたった横澤祐一の稽古につきあった菅野園子が口をはさんだ。『罵詈雑言辞典』は、東京堂出版の辞典シリーズでも知る人ぞ知る人気商品で、一九九六年の初版いらいすでに七版を重ねている。この出版社からは、真田信治・友定賢治［編］になる『県別　罵詈雑言辞典』というのも最近刊行されたことを、横澤祐一は知っているかしら。

一九四五年三月九日から一〇日にかけて、死傷者一二万人を数えた、あの東京大空襲で被災した小幡欣治は、この戦災への関心が人一倍強く、沢山の資料を蒐集し、自らの体験を折にふれ人に語っていた。かと言って、そうした調査、研究がある種の政治色を持つことに対しては、鋭い拒否反応をしめしたものである。生まれ育った浅草聖天町が襲撃を受け、家族ばらばらに逃げまどい、一夜明けて煙のくすぶっている待乳山聖天の境内で、一族再会の涙にくれたという、その待乳山聖天にほど近い猿若町の藤浪小道具の一室に、小人数の演劇関係者が集って、小幡欣治の淡淡と語る東京大空襲体験記を、横澤祐一などときいたのは、たしか二〇〇五年の晩夏でなかったか。

こうした東京大空襲被災体験を、人に語りこそすれ、いずれなんらかのかたちで作品化する考えは毛頭なかった。「書かない」のではなく、「書けない」と言いつづけながら、結局自分の出自にかかわる『浅草物語』を書きあげた作家心情とはまったく別の感情を、東京大空襲についで抱きつづけていた。東京大空襲や戦時下の庶民生活について記された資料の並んでいる書棚の一角の前に立ち、二〇一一年三月一一日の東日本大震災と原発事故の惨状を、知ることなしに旅立った小幡欣治のことを考えた。東京大空襲のはなしを何度となくきかされて育った聡史は、

「三月一一日を知らずに逝ったのは、父のためによかったと思う」

と口にしている。

私が小幡欣治の書棚から頂戴したのは、武井武雄『戦中気儘画帳』（筑摩書房）と、講談社刊の『木村荘八全集』全八巻、それと川口松太郎『アッツ玉砕』（非凡閣）だった。

じつを申せば、『木村荘八全集』は、一九八三年の刊行時に全巻購入していた。各巻に挿入されている「月報」に目を通し、最終巻の「書簡・日記」を通読したほか頁をひらくことなく、いつかゆっくり読むのを楽しみにしていた。一〇年ほど前になるか、手元不如意のところにまとまった金子をととのえなくてはならぬはめになり、やむを得ず『荒畑寒村全集』『権田保之助著作集』『久保栄全集』それに『木村荘八全集』を、中学時代からつきあいのある古本屋をよんで処分した。『木村荘八全集』だけは、機会があれば買い戻したかったので、思いもかけぬ贈物をいただいた気分だった。

川口松太郎『アッツ玉砕』に関しても、書くことが少しある。

劇作家として師と仰いだひとが、小幡欣治にはいなかった。

それがいちばん手っとりばやいので、「菊田一夫のお弟子さん」と紹介されることが多く

「初めのうちは、多少の抵抗感があって落ち着かなかったが、近頃はごく自然にそう思うようになった」と、その著『評伝菊田一夫』（岩波書店）の「あとがき」に記しているが、いろいろと薫陶を受けこそすれ、直接師事したという意識はあまりいだいてなかったはずである。作品の上でも影響されたところはそれほど見当らない。

師と仰がぬまでも小幡欣治の芝居づくりに、なんらかのかたちで刺戟を与えた作家となると、菊田一夫は無論のこと、真山青果、長谷川伸、北條秀司などなど指折るのに事欠かないが、なかでその最たる人となると、これが木下順二と川口松太郎なのである。これは当人の口から直接きいたことだが、「戯曲の構成力に関して木下順二をこえる人はいない」というのだ。この伝で言うなら、川口松太郎は、書く芝居の台詞のうまさに惹かれていたのだろう。

敗戦後に新劇の、それも劇作の洗礼を受けた者で、木下順二の影響を受けなかった者はまずいまい。小幡欣治も例外でなかったわけだが、劇作にはまったくかかわりのない私にも、木下順二は颯爽たる存在にうつった。あの六〇年安保闘争で、安保体制打破新劇人会議教宣部の若僧（青年将校だったと言ってくれるひともいる）としてかけずりまわっていた際、しばしば会議の席で顔をあわせたものだが、とても直接口などきけたものではなかった。樺美智子の不幸な死のあった六月一五日、新劇人会議のデモ隊も維新行動隊の襲撃を受け、何人かの負傷者を出したが、木下順二に庇われた山本安英は難を免れている。八木柊一郎が作詞した「忘れまい六・一五」に林光が曲をつけ、木下順二が声明文を起草した。この声明文で「そのよってきたるところを別にして」という言いまわしを覚え、時どき自分でも使っている。

木下順二と親しく口をきけるようになったのは、小幡欣治も私もほとんど同じ時期だった。宇野重吉、尾崎宏次、倉橋健、横山清二らゴルフの仲間が、ゴルフをしない木下順二を交えてよくつきあっていたのに、自然加えてもらったようなわけである。酒席に招かれたり、山本安英主宰の「ことばの勉強会」や、劇場の廊下での立ち話などが多かった。劇場での立ち話といえば、木下順二も小幡欣治も、自分の芝居を観るのはあまり好きじゃなかったようである。山本安英がらみで言うなら、九三年五月の「ことばの勉強会」「戦時下の日記を読む」で、私は『高見順日記』を担当し、小幡欣治は九九年に「第七回　山本安英の会記念基金」を受けている。

だいたい木下順二に対する世間の評価は、歴史と人間の緊張関係を保ちながら、戦争責任や沖縄の問題を追及しつづける硬質な作家で、戦後思潮を代表する進歩的文化人という位置づけで一致していた。少なくない木下順二の研究家も、信奉者も、そうした一面だけでこのひとを見ていた。そうした評価が下されていることに、案外木下順二自身は窮屈な思いをしていたのではあるまいか。作品にも、人柄にも、思いもかけない通俗性が内包されていることに、世間はあまり目をむけなかった。小幡欣治にしても、私にしても、木下順二と年中ざっくばらんなつきあいができたというわけではない。これはなにも小幡や私に限ったことではないが、木下順二のことを意識するとき、いつも宇野重吉、尾崎宏次という、木下と同じ一九一四年甲寅

（しかもこの年は五黄の寅だ）の生まれどうしの、隙を見せない壁のようなものが立ちはだかっていて、はいりこむのを拒んでいるように見えた。気がついてみれば、私たちが気楽に木下順二に近づけるようになったのは、宇野重吉、尾崎宏次が世を去ってからだった。

私があるところに、「うっかり山手線と口に出して、木下順二さんに『君、山の手線だろ』と叱られた」と書いたら、「僕は叱ったりしませんよ」と葉書を頂戴したことがある。もちろんこちらも叱られたつもりは毛頭なかったのだが、言葉にはことのほか敏感だったし、きびしいひとだった。森鷗外の鷗外のアクセントについて言われたこともあった。小沢昭一は鼻濁音について注意されたことがあるらしい。

○四年のことだった。木下順二から蔵書を整理しているのだが、ほしいのがあればと、落語や歌舞伎関係の、かなりの稀覯本までふくまれた一〇冊ばかしを連記した有難い手紙を頂いた。なかにはすでに私の所持しているものもあったのだが、喜んで全冊頂戴するむね返事を出したらすぐに送ってくださった。これが、荷札こそついてなかったがむかしなつかしい郵便小包で、なんだか書生づきあいしているようで嬉しくなった。頂戴した本は、ほとんどが戦前の刊行書とあって、奥付に記されている発行日は当然のことながら、大正、昭和の元号が用いられている。それをいちいち赤インクで木下流にいうグレゴリオ暦の年号に訂正してあったのには驚かされたものである。自分の文章に元号を拒否したばかりでなく、他人の著作物にまで手を入れずにはいられない潔癖さに感心させられたのだ。

結果、形身になってしまった贈られた本のなかに、川口松太郎『アツッ玉砕』があったのである。

『アツッ玉砕』（三幕七場）は、非凡閣を版元に「昭和十九年十一月十日　初版發行（五、〇〇〇部）定價壹圓七拾五錢」とあり、標題作のほか、ガダルカナル島を舞台にした「若林中隊長」二幕四場が併載されている。

アッツ島の、太平洋戦争における孤島守備隊の玉砕は、一九四三年五月二九日のことだ。約一万一〇〇〇の兵力を動員した米軍の奪回作戦に対し、山崎保代大佐指揮の北海守備隊二六三八名が持久戦を展開したが、大本営はアッツ島の放棄をきめ、残存兵約一五〇名で最後の突撃を行ない、捕虜となった二九名を除いて全員戦死した。玉砕という用語が用いられた最初で、以後タラワ、マキン両島など玉砕があいつぎ、日本は敗戦への道をひた走ることになる。アッツ島玉砕のニュースは、国民学校三年生だった私にも衝撃的だった。部隊長山崎大佐を讃える軍事歌謡曲がすぐつられてうたったもので、うろ覚えだが歌詞も記憶にある。

川口松太郎の『アツッ玉砕』は、松竹社長大谷竹次郎の市川猿之助（初代猿翁）一座のために、「びつくりするやうに面白い脚本を書いて欲しい」という依頼にこたえたものだった。『アツッ玉砕』におさめられた「山崎部隊長に就て」という川口の文章によると、

私は國策劇や軍事劇を書くのに不適當な習練を經て來てゐるので、兎角、人にも遅れ勝ちであつたし、書けさうな材料があつたらやつて見たいと思つてゐる矢先

の依頼で、猿之助と猿之助一座総支配人の松尾國三が連立って陸軍省報道部へ出かけ許可をとったうえ、山崎部隊長の高田聯隊長時代の部下後藤少佐を通じ、「海軍部隊の資料や、逓信官吏等非戦闘員の材料」などの提供を受けている。資料蒐集の日から数えてほぼ二ヵ月かけて書きあげた脚本の本読みは、松竹本社五階の社長室で行なわれた。大谷社長、井上専務、京都にいて留守の猿之助にかわって松尾國三、それに後藤少佐が出席している。戯曲は声を出して読んでみると欠点がわかるから、「本読みは自分でやるものだ」とつねづね言っている川口松太郎だが、この日の本読みは感動的に終ったらしい。全員が滂沱として流れる涙で、ただ沈黙が支配してるなか、静かに立ちあがった大谷竹次郎が、「アッツの英霊に黙禱を捧げましょう」と呼びかけたという。

書籍として刊行された『アッツ玉砕』だが、上演された形跡がない。『松竹百年史』の「演劇資料」にも記録がない。「決戦非常措置」にもとづく、高級享楽禁止に関する要綱によって、一九四四年三月五日に、歌舞伎座、東京劇場、新橋演舞場、東京宝塚劇場、有楽座、帝国劇場、明治座、国際劇場、日本劇場の都内九劇場が閉鎖されたことの影響もあったかもしれないが、上演されなかった理由として考えられることがひとつある。

川口松太郎が取材を重ねているうちに、「正確な事實を知りたい欲の方が強くて、客観性を無くしてゐた」という、そのあまりに生生しく、あまりに悲惨な「正確な事實」が、そのまま戯曲には描かれている。「どうかして、好い作品を書いて、アッツ島の英靈に供へ、戰時文學者の任務を果したい」とする作者の心情が、戦意昂揚に結びつかず、むしろ反戦劇と受けとられかねない仕上りとなっていることに、当局が危惧の念をいだいたのではあるまいか。

このあたりを小幡欣治がどう考えるかの興味もさることながら、川口松太郎の著作をあつめまくっていることでもあるし、『アッツ玉砕』は、私よりも小幡欣治が所蔵するべきだと思って、そうした。無論その旨を恵贈してくださった木下順二に伝えたうえ、小幡欣治からも木下順二に手紙を出してくれるよう言いそえた。私に対して木下順二からの連絡はなかったが、小幡欣治には『アッツ玉砕』の読後感を知らせてほしいとの書信があったそうである。「反戦劇としても読める」という、私同様の感想を記して木下順二に送ったようにきいている。

こうしたいきさつのあった川口松太郎『アッツ玉砕』を、小幡欣治の仕事場の、書棚ではなく机のわきのラックのなかに見出して、ふたたび私のものになるのもなにかの縁と、頂戴して帰ったようなわけである。

その『アッツ玉砕』に、紀伊國屋製の二〇〇字詰原稿用紙二枚に記されたメモがはさまっていた。欄外に「矢野誠一氏より借用（矢野氏は木下順二氏より貰う）」と鉛筆書きされていて、万年筆で記された本文を書きうつす。

アッツ玉砕　　作川口松太郎

不思議なことに戦意昂揚劇という感じがあまりしない　作者は主人公の山崎部隊長を市井のごく一般人として書いている。英雄でもなければ型にはまった武張った軍人としてではなく、ふつうの人間として描こうとしている、そういえば彼の囲りの部下達も、あまり軍人臭くない（むろん、山崎は温容　冷静、極めて人間的な男として描かれているだけに見方を変えれば、むしろ、こんな軍人は稀な存在であって　作為を強く感じる）がしかし　それがこの戯曲が観客に訴える面が強く、感動を呼ぶ原因でもあろう　一口にいえばやはり佳作である、

アッツ島の場面も、戦場の場面を出さずに幕舎や無電室などで　玉砕の迫った戦場の様子を出していてうまい、

作者が本当に書きたかった材料かどうか分らないが、

山崎部隊長とアッツ玉砕という事実に心底感動したのではないか。

川口本としては異色の作品である

2／15

一九六六年芸術座で上演された瀬戸内晴美原作『かの子撩乱』の脚色、さらにその翌年、「オリジナル作品としては、東宝から初めて、そして正式に依嘱された私の第一号戯曲だ」という『あかさたな』によって、東宝演劇部と専属契約を結んだことで、小幡欣治は新劇から出発した身を商業演劇に投ずることになったわけだが、それなりの感慨がなかったわけではない。

『評伝菊田一夫』のなかに、

「商業演劇」は、「新劇」とは一線を画して、イデオロギーには左右されることなく、広範な大衆に健全な娯楽の提供を目的に掲げているが、興行資本が運営する演劇である以上は、芝居の質もさることながら利潤追求を優先させるのは当然である。劇評でいくら誉められても、客が入らなければ失敗作の烙印を押されて二度と陽の目を見ることはない。その点自力で公演を持ち、舞台成果を追求する新劇とは違う。

と書いているが、その「新劇とは違う」世界で仕事をすることによって、生活が保障されるのは率直に言って有難いことだった。

その八年前から『人間の條件』『真打』『寿限無の青春』『風雲児』を東宝に、『龍馬翔く』を新橋演舞場に、『慶安の狼』を新國劇に書き、同時併行して書かれた『聖やくざ』『埠頭』などの新劇に提供されたものとは較べようのない高額の脚本料を手にしたことが、それほどの抵抗なくスムースに商業演劇作家に移行できた筋道になったと思われる。それは同時にプロフェッショナルとしての自覚をもたらすことでもあった。

東宝の斡旋によって手に入れた、恵比寿のマンションの仕事場は、新劇であろうと商業演劇であろうと、面白くなければ芝居とは言えないとする、自身の主張を具現化させた「娯楽性に富んだ健全な舞台」を生み出すための城であった。その城に、一年三六五日休むことなく通いつめた。自宅は寝に帰るところであって、仕事は持ち込まないための方便でもあったが、定職についたことのなかった小幡欣治は、仕事場を得て初めて自分の居所を見出したような気がする。その仕事場に、毎日ネクタイ姿で出かけたのも、フリーな立場にあって拘束されることのあまりなかった身ではあったが、根にはサラリーマン願望があったからだと言うひともいる。サラリーマン願望はともかく、定職を持たない人間が、なにかと世間から疎外されていたのは、宮仕えしたことのない私も身をもって感じたことなので、小幡欣治がネクタイ結んで仕事場に通った気持が、手に取るようにわかるのだ。あの時代、ネクタイは健全なる市民のステータスシンボルだったのだ。

それぞれが頂戴した本を段ボールにおさめ、宅配便に託し、一行が小幡欣治の仕事場をあとにするとき、扉のわきに「電気・ガス元栓・鍵」と書かれた紙片の貼られているのに気がついた。忘れずに点検するためのものだろうが、記号のようなその文字から本来感じられるはずの生活色が稀薄なのは、この城に書斎としての機能しか求めようとしなかった主の強い意志がもたらしたものだろう。

d

劇作家小幡欣治の新劇における出世作が『畸型児』ならば、商業演劇のそれは『あかさたな』ということになる。一九六七年の作だ。演劇雑誌「東宝」三月号所載の四幕一〇場で、「東宝現代劇陽春特別公演」として、三月、四月芸術座で上演された。演出は菊田一夫だ。

「オリジナル作品としては、東宝から初めて、そして正式に依嘱された私の第一号の戯曲」と、『小幡欣治戯曲集1』の「あとがき」にある。その前年、やはり芸術座で上演された瀬戸内晴美原作『かの子撩乱』の脚色の評判がよかったことから、次はオリジナルを書いてみろと、菊田一夫が機会を与えてくれたのだ。結果は評判すこぶるよく面目をほどこせたわけだが、「もし失敗していたら、商業劇作家としての私のスタートはもっとおそくなっていただろう」とも書いている。

『あかさたな』初演のパンフレットの「御挨拶」に、東宝株式会社専務取締役の肩書で演出の菊田一夫は、こう書いている。

〝あかさたな〟不思議な題名です。

あいうえお、かきくけこ、さしすせそ……五十音の頭文字。

その数だけ、お妾さんを持ち、そのお妾さんに一軒宛支店を経営させたいと願った、ある牛肉料理屋さんの御主人の話です。

多少とも明治の風俗に通じているむきなら、この「牛肉料理屋さんの御主人」が、日本人が牛肉を食べるようになった、文明開化の風潮と相俟って急増した牛鍋屋のチェーン化をはかり、一八九五年（明治28）当時三〇近い支店を有していた「いろは牛肉店」のオーナー木村荘平がモデルであることにすぐ気づく。女流作家木村曙、作家木村荘太、画家・随筆家木村荘八、奇術師木村マリーニ、作家木村荘十、映画監督木村荘十二ら、母親の異る子男女三〇人をなして、一九〇六年（明治39）の四月に六七年の生涯を閉じた快男児である。

木村荘八が、一九五三年一月三〇日付「讀賣新聞」のコラム「父を語る」に寄せた「父・木村荘平」によると、
僕の「父」の「滑稽」で「ヘンてこ」で大べらぼうだったのは、東京中を、各区に多い時で二十軒以上牛肉屋の支店を経営しながら、支店々々の要所に管理者の婦人を置いて、自由に各家庭（各経済）せしめ、順ぐりに、朱塗りの車で、この家家を廻送していた。

——少々桁外れの奇漢だった。（僕や僕の兄弟の名に数字の番号が付けてあるのは、あっちこっちの家々で生れたコドモ達の、出生順である。オヤジは此の数字の間の区別をはっきりは認識しなかったことと思う。）……

というから、その破天荒ぶりはお芝居の主人公として、まさに格好のものをそなえていた。

『あかさたな』では大森鉄平となっているこの主人公。明治三七年という舞台設定時に四二歳の働き盛りで、浅草広小路の本店をはじめ東京市内に一六軒の牛鍋屋あかさたなのほか、桂庵、玉突屋から火葬場まで経営し、それぞれの店に愛人を住まわせ、愛用の朱塗りの人力車で支店めぐりに余念がない。この大森鉄平に、『私は悪党』いらい六年振りの芸術座出演となる三木のり平が扮し、お妾さん連中に山田五十鈴、森光子、丹阿彌谷津子ら、本妻には一の宮あつ子を配するという藝達者ぞろいの豪華な顔あわせが実現した。『あかさたな』成功第一の原因は、なんといっても主人公の大森鉄平を三木のり平が演じたことだろう。エネルギーに満ちあふれ、精力絶倫を誇るには、痩身でけっして大柄とは言えない三木のり平という役者の身についた雰囲気は、いささか遠いものがある。そんな意外性が、この役者の飄飄とした持味によって、たくまぬおかしさをかもし出し、芝居に格別のリアリティを与えてくれたのだ。

小幡欣治と三木のり平は、この芝居の稽古始めの顔寄せが初対面のはずである。ともに生粋の東京っ子だけに、共感するところが多かった。自分からしかけた仕事は、生涯一本も無かったといわれる三木のり平の、屈折と韜晦を多分にそなえた含羞を、東京っ子ならではの矜持として、小幡は素直に受け入れていたように思う。信頼感をいだいていたし、それよりなにより、役者として高く評価していた。

いっしょの仕事としては、七二年五月、六月芸術座で作・演出にあたった『あねしゃま』、七三年二月東京宝塚劇場での井上ひさし原作『浮かれ心中』の脚色・演出などで、これは意外と言ってもいいくらい少ない数字だが、友達としては相当親密なつきあいがあって、私も同席させてもらった酒席も少なくなかった。三人で浅草の木馬亭で開かれたマイナーな落語家たちの会をのぞいた帰り、瀟洒なステーキ屋で一献して、あわや大立ち廻りになりかねない修羅場を演じたこともあったが、そのはなしは先にのばして、『あかさたな』である。

商業演劇における初のオリジナル作品の演出を、この世界の泰斗菊田一夫にゆだねられたのは、最高の贈物となった。演出者自身この作品に対する打込みようは大変なものがあり、稽古中も「ここを直せ」「あすこを調べ直してこい」と、しつこいくらい作者に注文をつけてきた。小幡欣治が書いている。

ところが私もまだ若かったし、つまらないところで意地ッ張りだったから、なかなか直そうとはしない。客席のうしろで稽古を見ていると、先生が「おい、小幡君はどうした？本を直してきたかどうか、一寸聞いてこい」とスタッフに呶鳴ってる声がする。すると私は、演出助手が立上る前に急いで廊下へ飛び出して一目散に逃げてしまう。

初日があいてから、菊田一夫に言われたそうだ。

「お前さん、逃げちゃ駄目だよ、逃げれば演出家は勝手に本をいじっちゃうンだから……」

とにあれ、小幡欣治の商業演劇オリジナルデビュー成功に、熟練菊田一夫が力を添え、それを小幡が大いに徳としていたのは間違いない。

『あかさたな』の舞台は、主人公大森鉄平のモデルが木村荘平であることを明確にしめしていた。

浜田右二郎の美術による、第一幕第二場、浅草広小路「あかさたな本店」のセットなど、高村光太郎と生活社をおこし、中川一政らと草土社、さらに二科会に対抗して春陽会を設立した木村荘八が、生家の「第八いろは」を描いた油絵の名作「牛肉店帳場」をそっくり再現した風情があった。鉄平が支店廻りに利用する朱塗りの人力車も、「おやじの車は　平日ホロをつけなかった　朱塗りで四ツ目の紋のついたゴム輪である　車夫はつナ引と　あとおし共三人」と添え書のある荘八のスケッチを参考にしてこしらえたに相違ない本物を使用していた。

ところで明治風俗史に記録される木村荘平の、いろは牛肉店チェーンにまつわるはなしを芝居にするべく、『あかさたな』の原案を提供したのは戸板康二だった。そのことを小幡欣治は芝居が終るまで知らされていなかった。公演パンフレットに、「『あかさたな』という芝居」と題した文章を寄せている戸板康二は、「『あかさたな』は、あくまでフィクションであり、モデル詮索は必要ではない」として、明治という時代の気運を背景に、「スケールの大きな非常識をあえて実行した」大森鉄平なる快人物は、あくまで小幡欣治の独創によって生まれたものとしている。小幡欣治の知識のなかには、木村荘平といろは牛肉店にまつわるエピソードが当然存在していたわけだが、芸術座で上演するこの芝居の企画は、製作を担当した岸井良衞によるものと思いこんでいたようだ。

菊田一夫が総帥小林一三の招きで、東宝の演劇担当取締役に就任したのは一九五五年九月のことだが、小林のお墨付を得て「体温のぬくもりが感じられるような芝居をつくりたい」との念願を果すべく、五七年四月に芸術座を開場している。開場一年後に、『まり子自叙伝』というヒット作を生んだが、以後低迷がつづいた。

企画の重要性を痛感した菊田一夫は、「企画委員会」を設置することで打開をはかった。企画委員として「文藝春秋」の池島信平、「朝日新聞」の扇谷正造、演劇評論家の遠藤愼吾、尾崎宏次、戸板康二、杉山誠の六人が招聘され、月に一度、銀座や築地の料亭で会合を持った。出席者には五万円の車代が出たほか、月月なにがしかの委員手当が支給されたようにきいている。五九年一〇月から六〇年七月に至る驚異的なロングランを記録した『がめつい奴』は、この委員会から生まれた企画と言われる。小幡欣治の商業演劇出世作となった『あかさたな』のアイディアを、戸板康二が提案したのもこの企画委員会の席だった。

一九七三年五月芸術座で、六年ぶりに『あかさたな』が再演された。菊田一夫すでに亡く、故人と連名で演出にもあたった小幡欣治は、パンフレットの「菊田先生と『あかさたな』」という文章で、

「あかさたな」は、東宝に依頼されて書いたわたしの初めてのオリジナル戯曲である。企劃を持ちこんできたのは、当時の名プロデューサー岸井良衞氏だったが、実はその企劃が、演劇評論家の戸板康二氏から出たものだと聞かされたのは、初演が終ってからだった。知らないとはおそろしいもので、わたしは今、おくればせながら戸板さんにお礼を申し述べ

たいと思う。

と書いている。

ほんとうの企画者の名が作者に伝わっていなかった不自然さの原因は、おそらく小幡のいう「名プロデューサー」岸井良衞の恣意によるものと思われる。その意図が那辺にあったかはともかく、狷介な人としての噂をしばしば耳にしたものだ。

岸井良衞（本名良雄）は、一九〇八年（明治41）、弁護士の長男として日本橋小網町に生まれた。実弟に巨漢の喜劇俳優岸井明がいる。二六年（大正15）、文化学院在学中の満一八歳で岡本綺堂門下となっている。田村西男の紹介によるものだ。『岡本綺堂日記』（青蛙房）巻末の岡本経一の筆になる「日記登場人名簿」によると、「昭和八年十一月、大阪松竹に入社、幕内課に入って新歌舞伎、新派、新劇、軽演劇、少女歌劇などの企画、脚本、演出」にあたり、新興キネマ、東宝映画をへて、戦後はラジオ東京時代のTBSに入社。テレビ草創期のプロデューサーとして、「ドラマのTBS」の基礎をきずくのに貢献した。TBS定年退社を機に、東宝演劇部とプロデューサー契約を結んでいる。初志である劇作家の夢は果せなかったが、岡本綺堂の学識を伝える時代考証家として一家をなし、『江戸に就ての話』『五街道細見』『江戸町づくし稿』四巻『女芸者の時代』（いずれも青蛙房刊）などの著作がある。

東宝演劇部のプロデューサーとして、岸井良衞の本領が発揮されるはずのものに、岡本綺堂作品があったのは当然である。まだ歿後五〇年になってなく著作権の生きていた時代で、本来の著作権継承者である綺堂の養嗣子岡本経一は、本業の出版業青蛙房の仕事に手一杯で、なにかと面倒な劇壇関係の手続き処理に類することは岸井に一任していた気味があった。その岸井は時代考証家としての実績を必要以上に誇示したもので、綺堂原作の『半七捕物帳』で、長谷川一夫扮する半七の衣裳などにもことこまかく注文を出したが、大スター長谷川一夫は、これをまったく無視している。

東宝演劇部で岸井良衞と仕事をしたスタッフの多くからきいたところでは、岸井の内部での評判はあまりかんばしいものではない。プロデューサーとして、手柄のほうはひとり占めにする一方で、ことが起ったとき責任を取ろうとしないばかりか、トラブルの処理は他人にまかせて、必ずといっていいくらい、その場から逃げたという。声をかけられた出演者のなかには、おべっかをつかう者もいたようだが、信用はしていなかった。スタッフのほとんどが岸井よりもぐっと若い世代で占められていたから、不満があっても口にできなかったらしい。

そんな岸井良衞が『あかさたな』の発案が戸板康二である事実を、芝居が終るまで小幡欣治に伝えなかった理由が正直よくわからない。仮に自分の企画として振舞ったとしても、いつまでもかくし通せるわけのものでない。前にふれたように、パンフレットに執筆している戸板自身が、自分の案であることに一言もふれずに小幡の手柄としているあたりも、あえて伝えることもないという判断を岸井に導かせたかもしれない。

そんな臆測をふまえてなお、戸板康二の歿後「戸板康二追悼文集編集委員会」から刊行された私家版、戸板当世子編『「ちょっといい話」で綴る戸板康二伝』に寄せた小幡欣治の「戸板さんに初めて会った日」は、岸井良衞に対する姿勢に小幡の人柄も感じられて興味ぶかく読める。

「あかさたな」という芝居が東宝の芸術座で上演されたのは、昭和四十二年の春だったが、終って暫く経ってから、製作を担当された岸井良衞さんに「あなたは戸板康二さんにお会いしたことがあるのか」と聞かれた。お名前はむろん存じ上げていたけれど、お目にかかったことはなかったので、そのように答えたら、「あの作品は、東宝の企画ということになっているけれど、本当は戸板さんが案を出したものですよ。折をみて、御挨拶に伺ったらどうですか」と言われて、びっくりしたことがあった。

として、上演後に知らされた動揺をこう書いている。

素材に魅力を感じたし、資料も豊富にあったので、仕事はおもしろいように捗ったが、もしあのとき失敗したら、芝居書きとしてどうなっていたか分らない。そういう意味では忘れられない作品であり舞台でもあるのだが、その作品の企画者がじつは戸板さんだったと聞かされたときには、なにも知らずに、ちょっとばかりの成功で天狗になっていた私は狼狽した。

狼狽した小幡欣治は、同時に大いに悩んだらしい。いまさら「御挨拶に伺ったら」と言われても、手紙では失礼だし、かと言って「お宅へお伺いするのもなんだかわざとらしい」と逡巡しているうちに、日がたってしまった。

狼狽し、どう挨拶したものかぐずぐずと悩んでいた小幡欣治に、初対面のきっかけをつくってくれたのもまた岸井良衞だった。「戸板さんに初めて会った日」にこう書いている。

あるホテルで催された演劇人のパーティで偶然お会いする機会を得た。覚えているのは、前記の岸井さんが私を引っぱって戸板さんのところに連れて行ってくれたからである。そのときどんな話をしたのか今となっては記憶にないが、緊張してロクに挨拶もできないでいる私を見かねて、岸井さんがいろいろと助け舟を出してくれたことは覚えているし、戸板さんが「いろは」の、芝居の中の「あかさたな」でなくて、実在した「いろは」という店の、市松模様に彩られた五色のガラス窓についてお話をしてくださったことが、何故か印象にのこっている。

あらためてこのくだりを読みかえして、岸井良衞がいろいろと「助け舟」を出した様子もさることながら、牛肉店「いろは」の市松模様のガラス窓のはなしをしてくれた戸板康二にうかがえる、明治、大正に生を受けた大人たちの、昭和生まれの若い者に接したときに発揮する感性が、一見なんでもないものでありながら、こんにちではふれようにもふれられないものになってしまったことが、なつかしくしのばれてならない。

前にもちょっと書いたことだが、小幡欣治は演劇評論家と呼ばれるひとたちと、積極的につきあうことをあまりしなかった。むしろ避けていたふしも見受けた。ゴルフ仲間ということで、早世した大木豊に尾崎宏次と倉橋健がわずかな例外で、この二人とはほかの何人かも加わった酒席で懇談する機会が少なくなかった。いずれ書くことになると思うが、『熊楠の家』の初演のいきさつに、尾崎・倉橋の二人がからむ事態が生じ、劇作家としての現場感覚と、評論家の立場をふまえた意識との相関関係に微妙な齟齬をきたし、小幡欣治がかなり困惑していたのをこの目で見ている。

そんなこんなを慮ってみても、小幡欣治は『あかさたな』の発案者であることを別にして、演劇評論家としての戸板康二にかなりの好感をいだいていたように思う。戸板ファンであることを自認して、

批評をされる側の人間が、批評をする側の戸板さんのファンだと言ったら矛盾しているように受けとられるかもしれないが、新聞や雑誌などにお書きになる戸板さんの劇評には、たとえそれが不出来の場合であったとしても、必ずどこかに、作者や俳優がホッと息を吐く箇所を用意してくださっていた。

と「戸板さんに初めて会った日」に記し、「短い批評文が一つの文学にまでなっていた」とつづけている。

小幡欣治が戸板康二に対して、親しくしていた尾崎宏次や倉橋健とは少しく違った魅力を感じたいわれをさぐれば、自分と同じ東京っ子であることによっているのは明らかだ。とりわけ典型的な下町っ子の小幡にとって、自分より一時代前の、同じ東京でも山の手の中流家庭に育

ったことで身につけたエスプリにあふれた、戸板康二作品の多くから、劇作家として学ぶところ大だったのは間違いない。そうした思いと裏腹に、親密さという点から言えば、尾崎宏次や倉橋健に対するような交誼を結ぶことの、ついに出来ず終いになったよりどころとなると、『あかさたな』の事実上の発案者であることを、あとになって知らされたことで生じた「負い目」を、最後まで払拭できなかったからだろう。いまさらながら、すぐに伝えようとしなかった岸井良衞の意図が気になってしかたがない。

戸板康二による発案はともかく、明治中期に牛肉店のいまで言うチェーン化をはかり、ほかにも桂庵、食肉処理施設、葬儀場に競馬場までこしらえて、それぞれをお妾さんに管理させ、自分は朱塗りの人力車でその一軒一軒をまわったという、こんにちだったら女性の敵として糾弾されてしかるべき人物を主人公にしたお芝居を、「女性路線が売物の芸術座で上演したいから、奮発して書いてくれ」と言われたのが、『あかさたな』そもそもの発端だったと小幡欣治は、公演パンフレットに書いている。

前にもふれたが、『あかさたな』成功の原因の第一が、精力絶倫の男なればこその、明治という時代の気運に乗った快挙というか、怪挙とすべきかをなしとげた大森鉄平なる主人公に、およそ似つかわしくない痩身小柄な三木のり平を持ってきた意外性にあったのは間違いない。再演後も何度となく企画にあがりながら上演にいたらなかったのは、三木のり平のスケジュール調整が難航したためで、三木のり平なくして『あかさたな』の上演は考えられなかった。だから九九年一月の三木のり平の急逝で、「『あかさたな』はこれで永久欠番だ」との作者発言があったし、作者以外の誰もがそう思った。

二〇〇一年の三月、四月に三演目になる『あかさたな』が芸術座で上演されている。初演いらい三四年、再演からでも二八年ぶりの、「永久欠番」演目の復活だった。

三木のり平なきあとの大森鉄平に起用されたのは渡辺徹で、のり平とちがい堂堂たる体軀の持ち主であるうえ、愛敬をそなえているとあって、台本こそ同じだがタイトルに「新版」の二文字が付してあってもおかしくはない、前二演とは多分に趣きの変った舞台に塗りかえられるのは、製作にあたった東宝演劇部にしても先刻織り込みずみのことだった。三木のり平のスケジュールによって上演を断念していた作品が、のり平の死によってふたたび日の目を見たのも皮肉なことだが、これも当節商業演劇事情というものだろう。

特に新たに製作される感のある『あかさたな』三演とあって、三木のり平に代る渡辺徹以外の出演者も一新されている。山田五十鈴、森光子らのお妾さん、番外さんと呼ばれ店を持たされることなく長屋住いしている丹阿彌谷津子、本妻の一の宮あつ子にかわって、草笛光子、坂口良子、音無美紀子、宮下順子が新たに配役され、スタッフも作・演出小幡欣治以外まったく新しい顔ぶれになっている。演出者として本間忠良が名を連ね、浜田右二郎の美術が中嶋正留に、穴沢喜美男の照明が山内晴雄に、古関裕而の音楽が八幡茂にかわっている。製作も初演の岸井良衞、永野誠、再演の中根公夫、細川潤一が、三演では細川潤一、吉田訓和になっており、細川潤一は東宝における小幡欣治作品のほとんどの製作を担当している。『あかさたな』三演で起用されたスタッフのなかで、山内晴雄は、小幡欣治の新劇復帰作と言うべき『熊楠の家』と『根岸庵律女』の劇団民藝公演で照明に、中嶋正留も『根岸庵律女』の美術に招かれている。『熊楠の家』が一九九五年、『根岸庵律女』が九八年と、いずれもその上演が『あかさたな』の三演に先立っている事実に、新劇→商業演劇→新劇の経路で演劇現場にあった者としてのスタッフ観がうかがえるような気がする。ちなみにながらく商業演劇の照明家として活躍している山内晴雄は穴沢喜美男の門下で、かつては劇団民藝に在籍していた。中嶋正留は、和物の舞台美術第一人者中嶋八郎の子息で、織田音也の助手をつとめていた。

その三演の『あかさたな』だが、招待日に都合がつかず三月八日のマチネを観せてもらっている。三木のり平や山田五十鈴、森光子の残像が、観ていて邪魔になるのではとの見込みが杞憂に終ったのは、嬉しい誤算だった。メモには坂口良子が収穫とあるが、やはり舞台の出来を左右するのは台本の良否で、『あかさたな』という戯曲の器の大きさを、あらためて認識させられた。

三演のパンフレットに載っている小幡欣治の「『あかさたな』について」という文章は、短いなかに意のつくされたものだが、なかで菊田一夫について記した、

菊田先生に演出していただいたのは、後にも先にも、私の作品では『あかさたな』一本だけだったが、舞台稽古の当日まで先生の執拗な駄目は続き、最終幕に大阪から上京する由

美と敬吉の到着が納得がいかないと言い出して「時刻表をちゃんと調べたのか」と怒鳴られたことも、今となっては懐かしい思い出である。

のくだりは、四〇そこそこのかけ出し劇作家だった身に、大きな示唆を与えられたことを素直に告白している。

「最終幕に大阪から上京する由美と敬吉の到着」というのは、第三幕（原本では第四幕）第二場、大森鉄平の葬儀の行なわれている「荒川『あかさたな』第十六番支店火葬場」の景で、「大正十四年六月下旬」だ。由美は大森鉄平の次女で、憎からず思っていた浅草広小路「あかさたな」本店の板前敬吉と、かけ落ち同然に大阪に逃れる。夫婦となったふたりは、大森鉄平に倣い大阪の地でレストランA・B・Cをはじめ、A・B・C・D・E・F・Gまで支店をひろげているが、鉄平の死でA・B・C支店のママ三人をともなって、葬儀場にかけつける。初演では井上孝雄と西尾恵美子が演っていたこの夫婦、三演では山下規介に遠野凪子だったが、問題の菊田一夫の駄目というのは、由美の

実はゆうべ急行の二等寝台がどうしても取れませんので仕方なくドン行の二等寝台で大阪を発ったんですの

という台詞にあったのだろう。当時の鉄道時刻表にあたったかどうかを確認されたのだろうか。『畸型児』『逆徒（教祖小伝）』を執筆していた炎座時代から、小幡欣治は作品の背景になるデータに関して、執拗きわまる調査を重ねるのがつねだった。『逆徒（教祖小伝）』で、信者

であると偽り、某宗教団体にはいりこみ集団生活を体験したはなしは前に書いた。時代考証も綿密で、ある地方都市の某年某月の気象状況を調べるためその地方まで足をはこんだこともある。舞台のはこびに直接かかわりのない小道具などへの執着も強く、七七年芸術座で上演された『女の遺産』の舞台をかざった、「幸福時代」なる太平洋戦争前に作られたブリキ玩具へのいれこみようは、いまだに当時を知る者の語り草になっている。些細な生活習慣のあれこれにも気をくばり、いわゆる「芝居のウソ」で面白くするためにしかけられた場面でも、それなりの根拠をそなえていた。

『あかさたな』幕切れの、急行とドン行の二等寝台云云の台詞も、菊田一夫の指摘によってそうなったものか、小幡のほうに手ぬかりがあったのか、いまとなっては判然としないが、この駄目出しによって、小幡欣治の取材がこれまで以上にねばり強いものになったのは確かなことだろう。ついでに記せば、この最終幕で、番外さんのくめが火葬場の煙突を見あげながら、

……今日は風がないので煙が真っ直ぐ空へ上っていきますね

とつぶやくのに、一番支店の女主人のあさが、

ほんまや

と応じ、敬吉が、

お父さん

と叫ぶと、本妻のひでが、

あの煙は……麻布の横山様の煙です

と否定する。このひでの台詞は舞台稽古でつけ加えられたもので、麻布の横山様というのは当時の東宝演劇部長横山清二のことで、実際に麻布二ノ橋に住んでいた。言うところの楽屋オチだが、知っているひとは知っているで、大いに受けたのを思い出す。

小幡欣治作品を菊田一夫が演出したのは、後にも先にも『あかさたな』初演の一本きりというのは、意外と言えば意外な事実だ。一九五八年九月から一一月まで芸術座でロングランされた、東宝・劇団葦合同公演『人間の條件』は、原作・五味川純平、脚色・小幡欣治、演出・菊田一夫、久保昭三郎となっているが、これは小幡欣治が東宝と専属契約を結ぶ一〇年も前のはなしで、既に記した上演に至る経緯を考えても例外としていいだろう。小幡欣治の菊田一夫との最初の出会いをこの例外に求めたとして、菊田の世を去った一九七三年四月まで、ふたりのあいだに一五年ほどの時間があるが、東宝と専属契約をして、なにかと身近な存在となった『あかさたな』から数えれば、六年でしかない。六年間で後にも先にもたった一本と小幡が言うのは、菊田に対する思いの深さをしめしている。

菊田一夫の世を去る前年の秋に、小幡欣治は東宝との専属契約の打切りを申し入れ、東宝もこれを了承している。契約の打切りを申し入れたのは、自身が『評伝菊田一夫』の「あとがき」に記しているのを引用すれば、やめようと思ったのは、仕事に対する不満だった。役者が売物の商業演劇だから、ある程度の妥協はやむをえないとしても、与えられるのは原作物が殆どだったから、技術の切り売りにいい加減嫌気がさしていた。

ということなのだが、これは本音だろう。

事実、『あかさたな』以降、小幡欣治が契約打切りを申し入れた七二年秋までの、東宝製作になる小幡欣治脚本の演目を見ていくと、滝口康彦『上意討ち』、永井荷風『腕くらべ』、大佛次郎『忠臣蔵』、新田次郎『夫婦八景』、アベ・プレヴォ『マノン・レスコオ』、海音寺潮五郎『天と地と』、ノエル・カワード『逢いびき』、山本周五郎『樅の木は残った』、井上靖『風林火山』、川口松太郎『恋ごろも・仕立屋銀次』、宇野浩二『子を貸し屋』、山岡荘八『春の坂道』と、ほとんどが原作のある脚色作品で、オリジナルらしいのは、『あゝ玉杯に花うけて』、『横浜どんたく――富貴桜おくら――』、『博多思案橋』、『春の嵐――戊辰凌霜隊始末――』、『あねしゃま』、『海を渡る武士道――山田長政の恋』と六本である。

六年間で六本、つまり年一本のオリジナルは、商業演劇作家として満足しなければならない数だと、言えば言えなくもないが、それに倍する一二本の脚色というのは、いかにそれが内外の一流作家の、しかも世にいう大作ばかりであったにせよ、才能ある気鋭作家としては、忸怩たるものがあったに相違ない。

それにしてもひとりの作家が、年間平均三本の新作を商業演劇の舞台に提供しつづけた事実は、とっかえひっかえの再演ものでお茶をにごしている昨今の商業演劇事情からふりかえってみれば、まさに驚異的な数字であると言っていい。しかもこうした数字をたずさえた錚錚たる作家が、小幡欣治のほかにも指折り数えられた事実を思いおこすと、商業演劇全盛期の絢爛さを思わないではいられない。

こうした商業演劇全盛の時代に、その一方の雄である東宝との専属契約の打切りを申し入れるにあたっては、相当の決断があったはずである。覚悟と言ったほうがいいかもしれない。嫌気のさしていた「技術の切り売り」ではあっても、それのもたらしてくれる報酬はかなりのものので、劇作家としては恵まれた立場にあったのだから、逡巡しなかったわけがない。

おそらくあの時代の劇作家で、俗な言い方をして芝居だけで喰っていけるひとと言ったら、新劇では木下順二に田中千禾夫ぐらいでなかったか。矢代静一、宮本研、八木柊一郎、福田善之などなどの、ときにテレビの仕事に手を染めながらの収入を、はるかにしのぐものを小幡欣治は得ていたはずである。しかも毎年の契約更新にともなって、脚本料、上演料、演出料は、再演ものを含めて年年アップするしくみになっていた。

小幡欣治が突然東宝演劇部に呼び出され、いったん了承した専属契約の打切りを、白紙に戻し延長してくれないかと懇願されたのは、一九七三年四月四日に一期を終えた菊田一夫の葬儀がすんで、間もない頃だった。

演劇担当の専務取締役として菊田一夫は、東宝演劇の全てを完全に掌握していた。東宝演劇部は、菊田一夫のワンマン体制で運営されていたのである。菊田一夫追悼特集の組まれた「テアトロ」七三年六月号に、小幡欣治は書いている。

煩雑な俳優行政や興行収支に随分と神経すりへらしたであろうが、反面、百人の営業マンが反対しても、自分が気に入った作品は、断固として上演させた。「良い作品が、必ずしも当るとは限らないが、しかし、つまらない作品は、絶対に良い舞台は生まない」と言いながら、新しい作家や演出家に発表の場を与えようとしたのである。

多忙をきわめるなかで自ら「多いときには、年間十数本の脚本」を提供してきた指針を失って、その先行きの危ぶまれていた東宝演劇部が、今後強い戦力になるはずの小幡欣治との専属契約打切りを白紙に戻してほしいと願ったのは当然だった。無論、専属契約という枷のはずれたフリーの立場で今後も東宝演劇のために作品を書いてもらうことも可能なわけだが、絶対的な脚本不足という現実を前にして、東宝としてはなんとしても専属契約の延長を納得してもらわぬわけにはいかなかった。すでに小幡欣治には、商業劇作家として菊田一夫にとって代るだけの実力がそなわっていたし、皮相な見方になるが、その才能を松竹をはじめとする商売仇のほかの興行資本にゆずりわたすわけにはいかなかった。

それにしても菊田一夫という絶対的な存在が病いに倒れ、その再起が危ぶまれている時期に持ちだされた専属契約打切りの要請を、いったんは簡単に了承してしまったあたりに、演劇行政における菊田一夫の存在感を認めないわけにいかない。もし、ひと言でも菊田の耳に入っていれば、契約打切りなど了承されるわけがなかった。いったんは打切ることを諒とされた専属契約だったが、「菊田先生が亡くなったのだから、白紙に戻そう」と東宝側が再三言ってきたのに、小幡欣治がなかなか応じなかった理由はいくつかあるが、「亡くなる数ヵ月前に、ある演劇雑誌の座談会に出席して、その席で、東宝をやめて近くフリーになるつもりだ」と発言していることもそのひとつだった。

急逝は予期しなかったこととはいえ、一度口に出してしまったのに、その舌の根の乾かぬうちに、戻りますでは、いくらなんでも節操がなさすぎる、というのが私の気持のなかにあった。

と、『評伝菊田一夫』の「あとがき」に書いている。

小幡欣治が東宝との専属契約を打切ると「一度口に出してしまった」問題の座談会だが、一九七三年二月号の「テアトロ」の「いま、劇界でなにができるか」がそれで、小幡欣治、宮本研、別役実、川本雄三が出席している。司会と明記されてはいないが、そんな立場で出席している当時「日本経済新聞」文化部記者だった川本雄三を除いた三人は、第一線の劇作家だが、商業演劇専門に筆を執っていたのは小幡だけである。

座談会の冒頭で川本が、「小幡さんに伺いたいのですが」と切り出して、東宝との契約を解除することを「大変おそるべき勇気だと思ってびっくりしているわけですけれども」と言っている。「大変おそるべき勇気」というのはいささか大袈裟にきこえるが、新聞社に在職しながら執筆活動をつづけ、定年後は故郷熊本の県立文化会館の館長をつとめ、演劇関連団体の役員にも名を連ねるなど、生涯組織と離れることなく過ごした川本雄三の人柄を思えば、ひとがフリーになることを「大変おそるべき勇気」とするのは率直な実感だったろう。それにこの座談会に出ている宮本研、別役実をはるかにしのぐ収入が保証され、長老阿木翁助をして、「日本で芝居を書くことだけで食べていかれるのは小幡欣治ただひとり」と言わしめたことを思えば、川本雄三ならずとも、これはやはり「大変おそるべき勇気」だっただろう。

この座談会の時点で、八年ぐらいになっていたという東宝との専属契約だが、きっかけは東宝現代劇のために、『真打』『寿限無の青春』『風雲児』を書いたことだった。炎座が解散して、作品を書いても上演の場がなく、年間ほとんど仕事をしてなかった小幡欣治にとって、「大した金じゃないにしても、契約金みたいなものをくれる」のはすこぶる魅力的で、「ごく軽い気持で東宝との契約が始まった」と言っている。八年たって、年年好条件になっていた契約を打切りたいと願った真意は、前に記した「与えられるのは原作物が殆どだったから、技術の切り売りにいい加減嫌気がさしていた」ことに加えて、

私も、注文原稿の別に書きたいもので幾つかたまっているものがある。それがはたして上演されるかどうかわからないけれども。拘束という精神的な負担みたいなもの、一時期ちょっと休むというのもいいのじゃないかということで、まだ東宝に正式な形での申し入れはしていませんけれども、来年とにかく一年ないし二年間ぐらいは、東宝との専属の形の契約は休みたいということを言っているわけです。

という気持があった。

この座談会でも発言しているが、商業演劇のばあい、商品価値の高いスターの発言力が作品に影響を与える。具体的に言えば、自分の書いた台詞を正確に言ってくれないケースが多く、そのほとんどが現場での力関係を露呈したかたちで処理されてしまう。「多少憎まれても自分の主張を通したい」と言ってはいるが、群小劇団といえども炎座という自分の城で自作の演出にあたってきた小幡欣治にとって、絶えず妥協を要求されるのに疲れたこともあったように思う。

結局、小幡欣治は専属契約延長という東宝側の要求をのんだわけだが、これを機会に商業演劇独特の束縛から可能な限り逃れ、好きなものを自由に書きたいとの決意を一層強めたはずである。と同時に総帥菊田一夫を失ったことで、一種の虚脱状態に陥っていた東宝演劇部に風穴をあけたい気持が昂じたのもたしかだった。複雑な劇壇事情の渦中で、自分の主張を通すための手練手管の一端なりとも、身につけることのできた八年にわたる専属契約期間だったはずである。

四月四日に菊田一夫が没して間もない一九七三年五月一日初日、六月三〇日千秋楽の、芸術座『あかさたな』再演の作・演出にあたった小幡欣治は、すぐつづいて同じ芸術座で七月五日から八月三〇日まで上演された、有吉佐和子原作『三婆』の脚本・演出を引き受けている。時期的に判断して、菊田一夫の健在中に決まっていた仕事だ。小幡欣治による、戦後商業演劇屈指の傑作二本が、菊田一夫死の直後につづけて上演されたというのは、いま考えてもきわめて象徴的な出来事だったように思う。『三婆』は無論初演だが、『あかさたな』のようなオリジナル作品ではなかった。

だいたい劇作家にとって、脚色という仕事はどんな意味を持つのだろう。小幡欣治が東宝との専属契約をいったん打切りたいと願った理由の第一に、脚色ばかりやらされて「技術の切り売りにいい加減嫌気がさしていた」ことをあげているが、脚色という作業には劇作家としての技術を切り売りすることが不可欠なのだろうか。

無論脚色という仕事に、一度も手を染めることなしに何本もの戯曲を発表している劇作家もいるのだが、そういうひとは劇作家として恵まれた立場にあるといっていいのだろうか。もう少し言うなら、自分の脚色した芝居がオリジナルのそれよりもずっと高い評価を得たとき、劇作家のこころのうちに複雑なものがまったく生じないものだろうか。気持のうえでは割りきっていても、単純に「これは俺の作品だ」と言い切る自負を、オリジナルの戯曲と同じくらい持てるものかどうか。多少とも他人の家に間借りしているような居ずまいの悪さを感じないものなのだろうか。

脚色という作業について、こんな釈然としない思いをいだくようになったきっかけは、一九六一年一〇月初演のタイトルのわきに「林芙美子作品集より」というツノ書のついた、菊田一夫作『放浪記』にふれたことにある。『放浪記』は林芙美子の出世作で、失業者の街にあふれていた一九三〇年頃の世相を背景につづった、孤独な若い女の生活記録詩で、全篇にあふれるみずみずしい感覚は、青春の書とよぶにふさわしい。だが、この作品が時代を劃した文学的傑作と言われてもちょっと困るので、現代の読者の目からするならば技術的な気負いが目立ち、言うところの「若書き」の印象が強いのは否めない。

菊田一夫の『放浪記』は、こうした原作の持つ、甘美にすぎる抒情を思いきりよく捨て去って、ひとりの女流作家の器用とも不器用とも言える、ひたむきに生きるすべを見事なドラマに仕立てあげた。すでに功なり名とげた菊田一夫が、林芙美子の『放浪記』を借りて、詩人たらんとした忘れてはならない自身の文学青年時代の思いのたけを語っているのだ。その意味で『放浪記』は、林芙美子の出世作ではあっても代表作とよぶにはあるためらいを覚えるのだが、菊田一夫の『放浪記』はまぎれもない彼の代表作と言っていい。原作とされている林芙美子の作品を完璧にこえている。

劇作家の脚色作品ということで、菊田一夫の『放浪記』について必要以上に述べてきたのには、わけがある。『あかさたな』の再演につづいて芸術座で上演された『三婆』には、著作権上の問題はこの際措いて、有吉佐和子原作という肩書を無視してしまっていいほどに、小幡欣治の世界が横溢している。原作をこえたところで、まったく新しい別な作品に生まれ変らせていることでも、菊田一夫『放浪記』と同じ評価が与えられてしかるべきだと考える。

有吉佐和子『三婆』は、一九六一年二月号の「新潮」に掲載された、七〇枚ばかしの短篇小説だ。一代で産をなした金融業者が、造園家や建築家の勝手気ままな意見をそのまま取り入れた、およそ調和も統一もとれていない、何千坪という宏大な庭園を残して世を去ったのち、その庭に点在する水屋つきの茶室や庵に、本妻、妾、行かず後家の小姑と、三人の老婆が勝手に住みついたことから生ずる確執のせめぎあいが描かれる。のち一大ベストセラー『恍惚の人』で評判をよぶ作者ならではの、きたるべき高齢化時代を先取りしたような社会性をそなえているが、老いという現実を前にした三人それぞれの孤独が生み出す心理をえぐった、どちらかと言えばシリアスな小品だ。

小幡欣治の『三婆』は、この宏大な庭園に点在する茶室、庵、数寄屋といった設定を無視して、目黒長者丸にある本妻武市松子の家に、居所を失った妾の富田駒代と小姑の武市タキに加えて、原作にない長年金融業者につかえた瀬戸重助なる男やもめが、勝手に乗りこんできたことによって、ひとつ屋根の下でくりひろげられる騒動を、見事な喜劇に仕立て直している。芸術座というけっして大きくはない舞台空間が最大に生かされた。

それにしても一九七三年七月芸術座の『三婆』初演は、大袈裟でなくこの国の演劇事情下にあって、画期的な出来事でその衝撃をいまだに忘れかねている。

原作有吉佐和子、脚本・演出小幡欣治というそれまでの実績に何ひとつ不足のない看板とは裏腹に、タイトルどおり主人公が三人の老婆、しかもそれを演ずる女優に市川翠扇、一の宮あつ子、北林谷栄と、それぞれ藝に不足のない実力者ではあっても、言うところのスター性のまったくない顔ぶれ、おまけにけっして明るいとは言えない作品テーマと、どう考えても商業演劇興行の常識から大きく逸脱したもので、こんな企画が実現したこと自体が奇蹟みたいなものだった。

結果は関係者がいだいた杞憂を吹きとばしてみせた。『小幡欣治戯曲集1』の「あとがき」で、作者は、

結果は、廃墟と化した本妻の屋敷で、老いさらばえた三人が死を待つばかりというのだから、明るい話題なんかはひとつもない。常識で考えたら無謀ともいうべき企劃なのに、いざ蓋をあけてみたら、連日大入りで、買いたくても切符が手に入らなかったというのだから、全く芝居は分らない。

と書いているのだが、小幡自身疑心暗鬼の思いで執筆にあたっていたことがうかがわれる。大当りした『三婆』は、翌七四年七、八月、七六年七、八月といずれも芸術座で上演されたあとの、初演から一四年たった八七年七、八月芸術座公演パンフレットの「『三婆』執筆の頃」で、小幡欣治は、「あれから十四年が経って、もう時効だと思うから書いてしまうが」として、

初め私のところへ持ち込まれた企画というのは、「三婆」ではなくて、同じ原作者の「恍惚の人」だった。

ことを明らかにして、

ところがこの企画が、どたんばになって毀れてしまった。有吉さんから中止してほしいと申し入ればあったからである。この辺の経緯については、話が長くなるので省かしてもらうが、ドラマの骨組みも出来あがり、さて書きだそうかという矢先だったので、私はびっくりした。東宝もあわてた。そして急遽持ちこまれたのがこの「三婆」だったのである。

と『三婆』誕生のいきさつを記している。

小幡が「話が長くなるので省かしてもらう」という「この辺の経緯」にも興味があるが、有吉佐和子が『恍惚の人』の劇化中止を申し入れなかったら、「多分永遠に実現しなかった」はずであることを思うと、まったく予定されてなかった『三婆』に、急遽取り組まなければならなかった作家心情に、どうしても関心がむいてしまう。「そのときの私は、気持を静め、頭を切りかえるのに、大分手間どった記憶がある」と書いているが、作家の意向を無視して要求してくる、商業演劇ならではの無理難題を逆手にとって、小幡欣治の色感あふれた傑作『三婆』を誕生させたかげに、こんな秘話めいたものが存在していたのを面白く思う。原作物の脚色という「技術の切り売り」に嫌気がさして、いったんは打切ることを決意した東宝との専属契約を継続した直後の脚色作品を成功させたことで、商業劇作家として小幡欣治は大きな飛躍をとげた。

ちなみに最初に持ち込まれたという有吉佐和子『恍惚の人』だが、小幡欣治が「もう時効だと思うから」と、『三婆』誕生のいきさつを告白した翌八八年七月、八月と、八九年七月、八月に芸術座で上演されている。脚色・演出には小幡欣治があたっているが、これもなにかの因縁だろう。というより、小幡欣治はいずれも初演時で記せば、七六年『芝櫻』、八〇年『和宮様御留』、八六年『女弟子』、八九年『真砂屋お峰』と、有吉佐和子作品の脚色・演出を手がけており、有吉の厚い信頼を得ていた。その出会いは無論七三年の『三婆』である。これもちなみに記せば、有吉佐和子が世を去ったのは、一九八四年八月三〇日で、行年は五三。

延べ九〇〇ステージをこえ、小幡欣治作品の最多上演数を誇る傑作『三婆』については、書いておきたいことが、もう少しある。

小幡欣治が東宝演劇部と専属契約を結んでいたことで、東宝社員のなかに多くの友人知己がふえていくのは当然だ。契約者である小幡欣治自身当時の東宝の社員名簿に名を連ねていたし、製作現場では社員ともども契約プロデューサー、演出部員、スタッフと、数えきれないくらいの人たちと仕事をしていかなければならないわけで、自然つきあいの幅も拡がっていく。こうした製作現場の人たちとは別に、その現場関係を管轄する、いま風に言えば事務方とでもなるのか、本社勤務のデスクワークの人たちとも、打ち合わせを重ね、ときに酒くみかわしているうちに、俗に言う気のあう連中もふえてくる。

菊田一夫の意向に添った演劇行政の実際を仕切るのは部長の横山清二だった。麻布二ノ橋で何代かつづいた造り酒屋の末裔で、細川家の屋敷づとめをしたことのある祖母は、毎朝一合の枡酒を引っかけてからことにあたっていたという。そんな家庭で育った典型的な東京っ子で、何事にも鷹揚な横山に小幡欣治は気さくに相談を持ちかけていた。東宝と専属契約している、言わば身内の人間であるはずなのに、親しい外部の人たちがそう呼んだように、「横ちゃん」と呼びかけて、この呼び方は横山が七四年九月に取締役になってからも変ることがなかった。ついでに言えば、お互い役職名で呼びあう日本のサラリーマン社会独特の習慣が嫌いだったのか、小幡欣治はどんな人に対しても個人名ではなしかけていた。

おなじ東宝社員でも、東京本社宣伝部宣伝課演劇興行宣伝係大河内豪と小幡欣治のつきあいは、ゴルフや酒が中心のまったく仕事を離れたところから出発していたはずなのに、そんなふたりの関係に仕事の比重が大きくなっていったについては、宇野重吉の存在を抜きにしては考えられないものがある。

卒業論文に「スタンダール論」を書いて、一九五七年に京都大学仏文科を卒業、東宝の中部支社総務部に就職した大河内豪が、東京本社に転じたのは五九年四月のことだが、すぐに直属の上司菊田一夫に心酔する。その一方で、宣伝部宣伝課演劇興行宣伝係という職掌を生かして、豊富な人脈をつくりあげていく。私に大河内豪を紹介してくれたのは、その時分「キネマ旬報」のショー・ビジネス欄を担当していた白井佳夫だった。いま程ショー・ビジネスという言葉も定着してなかったが、この欄に時どき書かしていただいていた私は、大内豪という署名の記事が東宝社員のペンネームによるものであることを教えられ、それにしても本名から河の字だけ抜くなんて、なんと不精な命名だと思ったものである。

知りあってすぐ、共通の友人が多かったこともあって、演劇人のたまり場の感を呈していた四谷の酒場Fのカウンターで、連夜青くさい演劇論、文学論をたたかわせる仲になった。こんな席でも、菊田一夫のことを口にするときの大河内豪の表情は生き生きとしていた。長男が生まれたとき、ゴッドファーザー役を引き受けてくれた菊田の命名した「究」という名を、「山茶花究の究ですね」と言って、「ばかッ、研究の究だって、先生に叱られちゃった」と、嬉しそうにはなしてくれたのを思い出す。思い出したことで言えば、これはたったいま思い出したのだが、先日二代目猿翁を襲名した三代目市川猿之助と浜木綿子が結婚したとき、東宝演劇部専属女優浜木綿子と近いところにいた演劇興行宣伝という立場から、ほんらい口にしてはならないそのいきさつを、一部に漏らしてしまったことが菊田一夫の逆鱗にふれ、猿之助と慶應義塾大学の同窓で日劇ミュージックホールのプロデューサーだった橋本壮輔ともども、役員室で激しく叱責されたことでふたりともかなり落ちこんでいたものだ。猿之助の親友と自他ともに許していた橋本壮輔は、この一件で猿之助と疎遠になったまま、三〇になるやならずで生を終えている。本稿にはまったく関係のないはなしだが、思い出しついでに筆がすべった。この悪癖はなかなかなおらない。

大河内豪が宇野重吉と知りあうのには、劇団民藝宣伝部菅野和子や「東京中日スポーツ」の演劇記者宇佐見宜一あたりの介在があったのだろう。菅野も宇佐見もゴルフはしないが、宇野も大河内もゴルフに夢中になっていた時期で、折を見ては尾崎宏次や横山清二も加わってゴルフに興じていた。しばしばいっしょにコースに出ているうちに、商業演劇の世界に身を置きながら、京都大学時代同人雑誌に執筆したり、学生演劇に投じたりしていた文学青年気質を失わず、興行人として汚染されていない大河内豪の素直さが気に入った宇野重吉は、この自分より二〇歳若い青年を民藝の連中が羨むような可愛がりかたをしたのである。大河内も、その演劇観をふくめ指導者としてのカリスマ性をそなえた宇野重吉の人柄に、菊田一夫とはまたちがった魅力を感じていたようだ。ただ、どんなときでも先生と敬称づきで呼んでいた菊田一夫とは意識的に区別していたのか、「宇野さん」で通していた。これもついでに余計なことを書くけれど、宇野重吉というひと、他人から先生と呼ばれることがけっして嫌いじゃなかった。

一九七三年七月に芸術座で初演された小幡欣治の傑作『三婆』の、本妻の妹役武市タキに北林谷栄を引っぱり出そうという東宝側の意向を宇野重吉に伝え、東宝と劇団民藝間の橋渡し役をつとめたのは大河内豪だった。無論ある程度はなしの通された段階から、演劇部長横山清二や製作者の千谷道雄、安達達夫と、劇団民藝製作部のあいだで細かい取りきめがなされたわけだが、ことのきっかけで果した大河内豪の役割は小さなものではない。

一九六三年に日生劇場が開場して、演劇界もようやくジャンルの壁が取り払われようとしていたが、新劇界の雄劇団民藝の看板女優が、商業演劇の小劇場芸術座に出演するには、まだまだ高いハードルがそなわっていた。劇団民藝の指導者宇野重吉の柔軟性が売物の頭脳は、理想をいだいた二〇歳年下の演劇青年の志を受けいれたのである。

主人公がスター性のない女優の演ずる三人の老婆、けっして明るいとは言えない題材と、どう考えても興行として成功する要因のなかった『三婆』が大当りしたのは、一にかかって本妻、妾、小姑の三婆を、市川翠扇、一の宮あつ子、北林谷栄という、新派、商業演劇、新劇と、ジャンルのまったく異る藝達者に競わせた、当時としては考えもつかないキャスティングの斬新さにあった。なかでも六〇を過ぎて男を知らない、電気クラゲと呼ばれている本妻の妹武市タキ役の北林谷栄の、ひとを喰った飄飄としたお芝居は絶品だった。いらい上演を重ねることになる『三婆』だが、この武市タキ役は北林谷栄のあと、文学座の荒木道子、文化座鈴木光枝、加藤治子など新劇系の女優によって定着し、大空真弓、野川由美子に至るのだ。

この時期、宇野重吉はソビエトから里帰りしていた岡田嘉子の面倒を見ていた。

一九三八年一月、演出家の杉本良吉と樺太の国境をこえソビエトに亡命した女優岡田嘉子は、敗戦後の七二年いらい何度か帰国したが、永住者として九二年モスクワで没している。杉本良吉がスパイ容疑で銃殺されるなど、越境事件の真相は岡田嘉子の没後明らかにされ、多くの書き手の紹介するところでは、政治的に未熟だった時代の日本の演劇人が生んだ不幸な事件となるが、事件そのものにはこれ以上ふれない。

越境する以前から岡田嘉子と宇野重吉に接点があったかどうか、くわしいことは知らないが、ビザの関係で期間の定められた来日中の暮しの面で、一般的な語法に従えば、そう、「面倒を見ていた」のである。母国とは言え岡田にとって外国である日本は、戦後急速な経済成長をとげた大国で、日本円の自由にならない身には、しごく暮しにくかった。はやいはなし、どこへ行くにも車を利用することに馴らされたプライドの高い大女優は、誰かの助けなしには一日も過ごすことができなかった。それでなくても岡田嘉子に対して、政治的に微妙な判断を迫られていた、政党をふくめた左翼系の組織や団体は、経済的、物質的援助を一切しようとしなかった。

こうした状況を見かねた宇野重吉が、瀧澤修、細川ちか子、小夜福子、樫山文枝など民藝の劇団員が訪ソした際になにかと世話になった岡田嘉子に対し、お返しをしなければの気持にかられたのはうなずける。とは言え、新劇人にあって異例の経済観念の発達したひとだけに、劇団民藝にとって岡田嘉子という看板の利用価値の計算に、遺漏のあるはずはなかった。

一九七四年一〇月、国立劇場小劇場、砂防会館ホール、七五年一月西武劇場（PARCO劇場）の凱旋公演と、三劇場を使った東京公演のほか、名古屋、神戸、大阪、京都など全国一〇都市を巡演した劇団民藝公演、アレクサンドル・オストロフスキー『才能とパトロン』の訳・演出を岡田嘉子が担当したのだ。瀧澤修、清水将夫、奈良岡朋子、樫山文枝、伊藤孝雄ら民藝主要メンバーに、文学座から荒木道子が客演するなど、話題に事欠かない公演だった。国立劇場小劇場初日の終演後小パーティが催され、ソビエト大使館から出席していた人が舞台の感想を述べながら挨拶したのだが、通訳にあたった岡田嘉子が顔赤らめながら、

「私とても、これ通訳することできません」

と言ったのを覚えている。大絶讃だったのだろう。私の個人的な印象で言えば、ロシヤ近代古典の傑作という紹介をストレートに受け取った以上でも以下でもない平凡な舞台だった。ただ、いまにして思うことだが、新劇にあって劇団という組織が、ほんとうにちからを発揮できた、ピークの時代ではなかったか。

岡田嘉子の日本での生活の面倒を見ていた宇野重吉は、山登りが趣味で「悲劇喜劇」編集部にいた高田正吾をボディガード役につけ、彼女を商業演劇の舞台に出演させることを思いつく。すでに大河内豪を通じて、小幡欣治『三婆』に北林谷栄を出演させているので東宝とのパイプは通じていた。大河内豪から岡田嘉子のはなしを持ちこまれた演劇部長横山清二は、当時東宝演劇部の企画にあがっていた帝国劇場、東京宝塚劇場、芸術座の上演予定演目を検討して、一九七五年五月東京宝塚劇場の『夜霧の半太郎』を選び出す。第三八回東宝歌舞伎公演である。

東宝歌舞伎という呼称は東宝の創設者小林一三の命名になるもので、小林は自分の創始した宝塚歌劇とならぶ一方の柱として、様式性の濃い従来の歌舞伎を一歩発展させた、新しい大衆演劇の創造を長谷川一夫にゆだねたのである。ひとり長谷川一夫のための命名で、東宝が八代目松本幸四郎（白鸚）一門三六名と専属契約を結び、帝国劇場などで本格的歌舞伎を上演した際も、東宝歌舞伎の呼称は使われることはなかった。一九五五年から八三年までつごう五四公演が行なわれている、長谷川一夫ひとり座長の公演で、固定の座員を置くことなく、毎回ゲストスターを招くシステムの東宝歌舞伎に呼ばれたのは、岡田嘉子にとって格好のお膳立てとなった。

日活映画でその美貌をうたわれていた岡田嘉子が越境した一九三八年、『稚児の剣法』いらい一〇年間松竹映画の屋台骨を背負ってきた林長二郎が、刃傷事件がらみで東宝に移籍し、藝名を返上、本名の長谷川一夫で『藤十郎の戀』を撮っている。戦前の銀幕をわかせたスターが初顔合せする舞台だけに、関心を寄せたのはオールドファンだけでなかった。

その第三八回東宝歌舞伎『夜霧の半太郎』だが、原作は山本周五郎、脚本が田村史朗、衣笠貞之助で、衣笠は演出もつとめているが東宝歌舞伎における演出とは名ばかりで、すべて長谷川一夫ひとりの裁量でことがすすめられていた。宣材は長谷川一夫を別看板に、京マチ子、須賀不二男、甲にしき、伊藤雄之助、林成年、西川右近、長谷川稀世などがならび岡田嘉子は特別出演の扱いだった。その岡田嘉子だが、戦前の一時期そのままに凍結されたきれいな東京言葉による台詞まわしと、和服の着こなしはさすがだった。私の観た指定された観劇日ではさほどのことはなかったが、舞台稽古を見た大河内豪のはなしでは、長いあいだの洋風暮しからきたものか、畳に正座することができず、立居振舞いにはかなり苦労してたという。

『三婆』と東宝歌舞伎によって、大河内豪と宇野重吉との距離は急速にちぢまった。東宝歌舞伎『夜霧の半太郎』の上演中すでに決定していたことだが、七五年七、八月の芸術座公演、壺井栄作、菊田一夫脚色・演出『二十四の瞳』の大石先生役に、劇団民藝の樫山文枝が起用されている。七二年七月芸術座の初演時には八千草薫が演じており、無論樫山文枝は北林谷栄と同様商業演劇初出演になる。

さらにその翌一九七六年一一、一二月の芸術座公演に演出者として宇野重吉を引っ張り出すのだ。田口竹男作『丙午』で、俳優座が上演した『賢女気質』の改題である。山田五十鈴、甲にしき、三林京子、鈴木光枝、宮口精二などが、宇野重吉の商業演劇初演出の薫陶を受けた。張り切って稽古にのぞんだ山田五十鈴など、読み合せ初日の段階で、勢いあまって立ちあがったという。演出とは、役者になにかを与えるのではなく、役者を燃え立たせるものだという、かねてからの宇野の持論が実証されたわけで、宇野重吉も悪い気持がしなかった。

こうして大河内豪と劇団民藝、というよりここははっきり宇野重吉との関係が深まっていった時期の、東宝社内における大河内の役職だが、六五年に演劇宣伝係長、六七年課長となり、六九年に課長待遇の演劇部制作担任となって七三年四月、東京宝塚劇場支配人に任命されている。その四日後に菊田一夫を失うのだが、もともと製作の仕事につきたかった大河内に、劇場支配人を命じた人事は、「この辺で彼に商売を覚えてもらおう」との菊田一夫の意向が反映されたものと言うむきが少なくなかった。

劇場支配人という初めての椅子についた大河内豪にとって幸運だったのは、就任翌年に初演された宝塚歌劇『ベルサイユのばら』が大ヒットして、空前のブームを引きおこしたことだった。東京宝塚劇場のスケジュールは、年間のうち六カ月を劇場名ゆかりの宝塚公演にあてていたたのだが、他の公演と比較して入場料金の安いところにもってきて、集客面でも苦戦が続いていた。そこへ巻きおこった「ベルばら」ブームは、年二回の長谷川一夫の東宝歌舞伎に加える、もうひとつのドル箱効果をこの劇場にもたらすことになったのだ。

こうしてひとりはなばなしい脚光を浴びると、東宝社内の同僚のなかには、それを妬んでにがにがしい思いで見るむきが出てくるのも、大小を問わず組織にあっては避けることのできないなりゆきというものだ。

大河内豪の演劇興行宣伝や演劇制作担任時代にさかのぼる宇野重吉との交誼が、北林谷栄の『三婆』出演、岡田嘉子の東宝歌舞伎『夜霧の半太郎』出演、さらに樫山文枝の『二十四の瞳』出演、そして宇野重吉の『丙午』の演出に実ったわけだが、実った時点で大河内は東京宝塚劇場支配人だった。表むきは東京宝塚劇場支配人という役職のかげもかたちも感じられない、これらの業績の実際をになっていた事実は、それでなくても多彩な人脈を誇った彼のこととあって、周囲のみんなが知っていた。だからこそ、そうした業績は劇場支配人というほんらいの職責を逸脱したものと受けとる見方が、社内に根強くあったのだろう。とくに実際に制作企画面の職責を負わされている人間には、他人の職域に踏みこんでこられるような思いがしたのもあながち無理ではない。宇野重吉が、東宝関係の仕事の窓口をすべて大河内豪にゆだねていたのも、ほかの東宝社員にとっては面白くなかったはずである。

一九七八年四月、東京宝塚劇場支配人から東宝演劇部帝国劇場支配人に転じた大河内豪は、課長待遇から次長待遇に昇格している。帝国劇場の象徴とまで言われたミュージカル『屋根の上のヴァイオリン弾き』を通じて、演劇部興行宣伝時代からなにかと目をかけてくれていた、森繁久彌との関係がなお一層親密さを増すことになる。帝劇支配人就任四カ月後の八月に上演されたシェークスピア『ハムレット』の演出は、蜷川幸雄だった。

新劇若手演出家蜷川幸雄の商業劇場進出は、七四年五月日生劇場『ロミオとジュリエット』に始まり、七五年七月日生劇場『リア王』、七六年五月日生劇場『オイディプス王』、七七年八月帝国劇場『三文オペラ』、七八年二月日生劇場『王女メディア』とつづいていた。プロデューサーはいずれも東宝演劇部で大河内豪の後輩になる中根公夫だった。支配人になった翌七九年二月に帝国劇場で初演された、秋元松代作・蜷川幸雄演出『近松心中物語』は、出色の舞台成果と相俟って、秋元松代の商業演劇進出が時代を劃すものとして、この年の演劇界の話題を独占した。

三好十郎門下で、新劇一辺倒の秋元松代が商業演劇のために筆を執るなんて信じられなかった。当人に相当の煩悶がなかったわけがない。一切の妥協を許さぬかたくなな作劇姿勢は、本家新劇の世界でも恐れられていた。それが、スター中心主義で、なによりも妥協優先で成立してるとまで言われていた商業演劇とでは、根本的に相容れないものがあると思われた。秋元松代が何本かの作品を提供していた劇団民藝の宇野重吉や渡辺浩子を通じて、すでに知己であった大河内豪から商業演劇の実情に関して、多くのサジェスチョンを受けることになる。あくまで劇場支配人という立場をふまえての助言で、製作上で出来する実際面での諸問題は、演劇部の企画製作担当者とプロデューサーの中根公夫にゆだねていたのは当然である。

そんな秋元松代に対して、東宝演劇部の企画製作担当者は、つね日頃つきあっている商業演劇作家に対するのと、同じ姿勢でのぞんだらしいのだ。いや、そうのぞんでいると秋元松代が一方的に受け取ったようだ。無論、人一倍きびしく純粋主義に徹しているこの作家の人柄については、充分すぎるほど耳にしていたはずなのに、それに見合う神経の使い方を怠ったのだろうか。それとも大東宝の看板背負って商売しているおごりから、新劇専門の劇作家をマイナー扱いしていると受けとられ、それでなくても被害妄想の気味のある秋元松代の怒りに火をつけたのかもしれない。その時分、「毎日新聞」特集版の仕事で、私が特集版編集部の福田淳にともなわれ、目黒の秋元松代のアパートを訪れたのだが、玄関の扉に大きな字で「東宝の××様にはお目にかかれません」と、担当者名の書かれた原稿用紙が貼られていたので、仰天したものである。

結局、東宝演劇部の秋元松代の担当は、企画製作面までプロデューサーの中根公夫がかねることで、東宝と秋元間の齟齬は解消されることになる。のち東宝を離れて独立した中根は、秋元松代の没後の一時期著作権継承者になっていた。

新劇青年だった学生時代から、演劇製作の現場の空気にそまりきっていた大河内豪だったが、この国の演劇事情下にあっては、劇場支配人という役職が、自身の演劇観を推進するのを阻むこともある現実につきあたり、いささか欲求不満の気味があったのは否めない。その一方で、『屋根の上のヴァイオリン弾き』を八〇年四月から三ヵ月、さらに八二年には五月から一〇月まで六ヵ月という、本邦空前のロングランを実現させ、ここははっきり劇場支配人の確たる業績として記録されるところとなる。

激務をこなしながらこの時期の大河内豪は、団体客に依存度の高い商業演劇の集客方法を改革するべく、模索していた。八一年一月と八三年五月に、ニューヨーク、ロンドンに出張、海外の入場券販売や電話予約方式を視察している。財団法人都民劇場と提携して、半額入場券販売を実現させたり、国鉄のみどりの窓口の端末機を利用した全国の劇場前売券発売の可能性調査など、劇場支配人としての本来の業務におこたりなかったが、東宝という大きな組織のなかの一歯車としての動きしかできないもどかしさにいらだちをつのらせていたのも事実だった。直属の上司だった横山清二が常務取締役になり、演劇部長が代ったことも多少影響してたかもしれない。

いずれにせよ大河内豪には劇場支配人という枷から逃れて、もっと自由に演劇と相対したい思いが強かった。そのあたりの心情を慮った宇野重吉が、劇団民藝に迎え入れたいとの意向をしめしたこともあった。経済的な条件を持ち出すまでもなく、到底無理なはなしと、自然立消えになっている。かねてからの知己で、早稲田小劇場を率いる鈴木忠志の商業演劇初演出になる、『スウィニー・トッド』が八一年七月に帝国劇場で上演されたのを機に、八二年四月鈴木忠志の主宰する財団法人国際舞台芸術研究所の理事に、東宝在籍のまま就任してるのも、なんとかおのれの仕事に新境地を開拓したい気持のあらわれだったろう。

東宝に結局二六年つとめた大河内豪が、帝国劇場支配人だったのは四年と八ヵ月になる。ちなみにその間帝国劇場で上演された小幡欣治作品を列記してみると、『さつき館の鬼火』『女の園』『下関くじら屋』『草燃ゆる』『かえる屋』『華麗なる遺産』『大奥最後の日』の七本で、永井路子原作による『草燃ゆる』の脚色以外、すべての作・演出にあたっている。同時期の芸術座では、『麦の女』『隣人戦争』『八番館おふく』『月夜の海』『おたふく物語』『女のたたかい』『むかしも今も』『遺書』『家族』と九演目が上演されている。小幡欣治の脂ののりきっていた時代で、また商業演劇が一段と輝いていた、なつかしさ限りない時代だったと、いまにして思う。

大河内豪が二六年勤務した東宝をやめて西武に移るというはなしを、私が最初に耳にしたのは一九八三年一二月一五日のことだ。新橋のヤクルトホールで劇団民藝公演、リリアン・ヘルマン『わたしは生きたい　ラインの監視』を観たあと、制作部の菅野和子と、その時分連夜のように顔を出していた四谷のFに出かけた。先客に小田島雄志、劇作家の森泉博行夫妻などがいた。しばらくしてそこに、文藝春秋の当時はまだ社長になってなかった田中健五がはいってきて、いささか亢奮した面持ちで大河内豪が西武に移るらしいと私たちに伝えた。一瞬、ある緊張感が店内を支配した。きくところによれば、田中健五がこの情報を手に入れたのはまったくの偶然で、出どころは西武の関係者だという。やがて、客のなかで麻雀のメンバーが成立して店を出て行ったため、菅野和子とふたり取り残されたかたちになったところへ、ひょっこりと当の大河内がひとりで顔を出したのである。西武入りが噂になっていることを知らされると、さすがに顔をこわばらせたが別に否定もせず、ただ、困ったな、困ったなとくりかえしていたが、やがて、「ちゃんとおはなししますから、明後日帝劇までご足労いただけませんか」と言うので、ふたりともそれ以上の追及はしなかった。

その夜、Fから大河内がよんでくれた東宝のハイヤーでいっしょに帰った。Fでいっしょになったとき、大河内の住む北与野の手前になる王子に住んでいる私は、いつもこうして同乗させてもらっていた。

「矢野さんと東宝の車で帰るのも、これが最後ですね」

と言ったあと、明後日のこともあってあまり多くを語らなかったが、ひと言、

「菊田先生がいれば……」

ともらしている。

Fで西武入りを耳にした二日後、約束通り菅野和子と帝劇に大河内豪を訪ねた。何度となく足踏みいれてる帝劇だが、貴賓室に通されたのは初めてだった。

はなしは、銀座に新しい劇場の建設を計画していた、西武セゾングループの総帥堤清二に、大河内自身はそうした言葉づかいはしなかったが、要するに三顧の礼で迎えられ、東宝社長松

岡功と堤清二のトップ会談で円満に決った次第の淡淡とした報告で、けっしていまの東宝に不満のあるわけではないことを強調していた。芝居を創る仕事に、東宝も西武もないようなものだが、新しい場所にはそれなりの可能性があるはずで、それに賭けてみたいと言っていた。そうした転身をするなら年齢的にもチャンスだと思うとも言った。五〇歳になろうとしていたはずである。Fで西武入りのはなしが出て、中一日置いて私たちに報告した理由を、「この件に関して相談した唯一の人である戸板康二先生に、いちばん先に報告したかったから」だと言った。ほんとうは正式に契約するまで、誰にも言うつもりはなかったともつけ加えた。その正式契約は一二月二四日のクリスマスイヴに結ばれている。

八四年一月一日付で、西武百貨店文化事業部に役員待遇で入社した大河内豪は、その三月から七月まで、ロンドン、パリ、ニューヨーク、ロスアンジェルスに海外出張、演劇の事業経営実体の調査にあたり、九月には八七年テアトル東京跡に開場させる銀座セゾン劇場建設準備のため、演劇準備室長になっている。西武に初出勤の日の朝、西武入社の報告をするべく祐天寺の菊田一夫の墓前に詣でるが、菊田一夫の寵愛を受けていた舞台女優の浦島千歌子が化粧気のない割烹着姿で墓掃除してるのに出会い、感動している。

西武に転じてからの大河内豪は、これまで以上にゴルフに積極的になっていった。メンバーは宇野重吉、尾崎宏次、倉橋健、内藤法美、早川浩、小幡欣治、それに横山清二などが多かったが、とくに横山清二とは東宝在職時代以上に熱心に芝居のはなしを、それも大河内のほうか

らしかけているのが印象的だった。こんなコンペの帰りの電車で、たまたまならんですわったとき、

「あなた、東宝やめてからよけい横山さんの良さがわかったんじゃない」

と問いかけたら、いきなり私の膝を強くたたいて、

「そうなんですよ、人間ってなまじ身近にいると、なかなか本当のところはわからないもんですね」

と嬉しそうに答えた。

ゴルフといえば、小幡欣治が日頃「浅草の連中」と呼んでいた自分の幼馴染みたちが共通のメンバーである、鬼怒川カントリークラブを舞台にした「十月会」なるグループに、大河内豪は自ら願って参加している。電気屋の社長、もやし屋のおやじ、不動産屋、ラブホテルのオーナー、なにをやってるのか誰も知らない人など職業もまちまちで、芝居関係者は主宰者の小幡欣治ただひとりのなかにはいりこんでいったのは、おたがい利害関係のない気のおけなさに惹かれたのだろう。

西武に転じちょうど丸二年になろうという一九八五年一二月一九日、大河内豪は埼京線中浦和駅ホームからとびこみ、鉄道自殺をとげている。憤死だった。

この日小幡欣治は恒例の「十月会」ゴルフコンペを終え、クラブハウスでビールをのんでいるとき、幹事からコンペに出席できなかったメンバー数人の葉書を見せられたなかに大河内か

らのがあり、「急な仕事が入ったので申しわけないと、豪ちゃんらしく律儀にことわりの文句まで添えてあった」という。二次会で浅草に流れ、夜の一時近くに帰宅した小幡欣治は、まるでその帰りを待ち受けたような東宝演劇部小島亢からの電話で、大河内豪の自殺を知らされる。大河内豪自殺の報は、私たちに衝撃をもたらした。なにがなんだか原因などさっぱりわからないというのが本当のところで、死の翌日はやばやと執り行なわれた葬儀で読まれた、森繁久彌の弔詞もただ「なぜだ、なぜだ」とくりかえすばかりだった。

それにしてもあのはや手まわしに行なわれた葬儀の異様な雰囲気は、忘れることができない。誰ひとり具体的には口にしないが、参列者のみんながみんな、「西武に殺された」という思いをいだいて焼香の列にならんでいたのである。いや誰ひとり口にしないと書いたが、埼京線の駅から葬儀場に送られる車のなかで、大河内豪が室長をつとめる演劇準備室が解散するらしいとの噂を口にしていたひともいた。そんな釈然としない悲しみのなかで、何人かにかかえられた大河内豪の粗末な柩が、なんの飾りもない不細工なワゴン車に、ほうりこまれるように納められて、合掌して立ちつくす参列者の群れを無視するように、一気に走り去って行った。

この葬儀に、堤清二は顔だけ出すと、すぐにどこかへ消えたときいている。

大河内豪自殺の原因は、いろいろに取り沙汰された。週刊誌にとって格好の話題でもあったから、年末の「週刊朝日」一月三・一〇日号では、「〝実年転身〟をはかった『ベルばら』の仕掛人、大河内豪さんの寂しい死」、また年が明けて出た「週刊文春」一月一六日号では、

「堤清二氏が引き抜いた元帝劇支配人の『二通の遺書』」というタイトルで大きく扱っており、「週刊文春」からは私も取材を受けている。

いったいなにが大河内豪を、自ら死を選ぶような袋小路に追いこんだのか、短時間で正確な理由が解明されたわけではないが、大河内の身近にいた人たちの多くは、「いまにして思えば」という前提のもとだが、西武に転じていらい日を追うにしたがって、彼の会話から具体性が稀薄になっているのに、なんとなく気づかされていた。あえて死者に鞭打つが、大河内豪自殺の原因は、彼自身の精神的弱さで、それ以外になかったと、私はいまでもそう思っているけれど、人一倍プライドが高く、日頃けっして愚痴をこぼさず、弱味を見せたことのない大河内豪のかかえていた悩みに、気づけなかったのがつらい。

生前そんな悩みを打ち明けられたと、私のきいた唯一の人である横山清二は、

「そんなにつらかったら、東宝に戻ってきたらいいじゃないか」

と言ってしまったそうである。彼の判断が間違っていたと指摘したようなもので、絶対に口にしてはならない言葉だったと、後悔していたものだ。

大河内豪の問題に関して私の思うところは、拙著『戸板康二の歳月』（ちくま文庫）に記したことだし、事件後五年の九〇年に刊行された『漂流する経営』（文藝春秋）に加筆訂正され講談社文庫化された、立石泰則『堤清二とセゾングループ』の「カルメンの悲劇」の章が行きとどいた調査で、ほぼ事件の全貌を伝えているのでこれ以上はふれない。ただ、大河内豪が西

武入社にあたって出した三条件というのを、大河内から直接きいているので記しておく。文書にした正式契約ではなく、言わば紳士協定みたいなものだが、堤清二は「お約束します」と明言したという。その三条件。

一、給与は東宝時代を上廻ってほしい

二、リフレッシュもかねた、費用西武持ちの海外演劇事情視察旅行を一年間させてほしい

三、劇場人事（演劇準備室）に関しては、すべて大河内の諒承を必要とする

結果は、これも大河内自身の語ったところによれば、実行されたのは「一」だけで、「二」は期間を五ヵ月に短縮され、費用も少なく、不足分は東宝の退職金の一部を充当している。「三」は、大河内のまったくあずかり知らぬ経緯で数名が雇用されている。

少し遠まわりしすぎた。はなしを『三婆』に戻したい。

一九七三年七月、芸術座で初演された『三婆』は、有吉佐和子による原作の世界から抜け出して、『あかさたな』とならぶ小幡欣治の商業演劇における代表作となるのだが、あらためて『三婆』初演時のパンフレットに目を通すと、当時の政治的最重要課題とされていた、老人福祉と公害のかかえる諸問題の解明に、

有吉佐和子氏の「恍惚の人」は、文学として見事にそれを果したけれども、この度は演劇としてこの解明に取り組んで見たい。

と『三婆』制作者の千谷道雄が書いている。

一九六一年二月号の「新潮」に掲載された、有吉佐和子の七〇枚ばかしの短篇『三婆』が、高齢化時代を先取りした社会性をそなえてはいるものの、三人の老女それぞれの孤独が生み出す心理をえぐった、どちらかと言えばシリアスな作品であったことも前に書いた。この『三婆』を劇化して、芸術座という小劇場で上演することを企てた東宝演劇部の思惑は、脚色者固有のユーモアが加味されこそすれ、社会問題に真っ向うから立ちむかった、しごくまっとうなドラマに仕上げるところにあったことを、制作者の一文はいみじくもしめしている。

原作者の意図をないがしろにすることなく、見事に小幡欣治独自の色彩に充ちあふれた「喜劇」に生まれ変らせた、劇作家としての手腕に頭の下がるほかないが、この原作からの大いなる変貌は、それを予期してなかった制作スタッフばかりか、当の原作者をも大いに喜ばせたようである。『熊楠の家・根岸庵律女―小幡欣治戯曲集―』の「あとがき」によれば、「大体私は、一晩芝居といわれる多幕物を書くのに一カ月を当てている」そうだが、「三婆」の場合にはほとんど一日で最後の三幕目を書きあげてしまった。私は口笛を吹きながら「幕」と書いたのを憶えている。

稽古も順調で愉しい毎日だったが、舞台稽古の三日目に、粒よりの芸達者たちがくりひろげる名演技に、演出中の私は、とうとうたまらなくなって吹き出した。すると原作者の有吉佐和子さんがつかつかと私のところへやってきて「小幡さん、演出家が稽古中に笑ってどうするの。駄目ですよ。私は原作者だから笑ってもいいけどさ」と言いながら、有吉さんも真赤になって笑いをこらえていた。

『三婆』初演のパンフレットに、小幡欣治は「現代の、ブラック・ユーモア」という言葉こそ使っているが、「喜劇ということなどは意識せずに『三婆』を劇化した」と書いている。シリアスな短篇小説を「脚色」ではなく「劇化」、それも「喜劇」ということなど意識していなかった作業が、結果として傑作喜劇に実ったということだろう。

小幡欣治の作品には、タイトルにわざわざ「喜劇」と銘打っているのがいくつかあって、酒席できいたところによると、そんな作品では、「自分で可笑しくなって、吹き出しながら台詞を書いた」こともあるそうだ。特別に喜劇と銘打っていない『三婆』では、作品が作者の手を離れ、稽古でそれぞれの役者がそれこそしごくまっとうな態度で、おのれの台詞にむかいあったとき、思いがけない喜劇性がひそんでいることに当事者たちが気づいた面も、あったように思う。そして、その喜劇性は、現代社会の仕組みなり、世態風俗そのものが内包している性質のもので、それが上演を重ねるごとに舞台自体成長をつづけていったということになろうか。世に謂う名作は、こんな経緯をたどって誕生することが多い。

『三婆』の初演では、第一幕の幕切れに圧倒されたことを、いまでもあざやかに思い出す。ずいぶんと沢山のお芝居を観てきた私だが、あんな幕切れにお目にかかったことはなかった。お世辞にも美人とは言いかねる本妻武市松子の市川翠扇の、ひと言の台詞も口にしない妖気漂うがごときお芝居は、まさに小幡の言う「ブラック・ユーモア」に通じるものだった。少し長くなるが、戯曲からト書だけからなる、この場を引用しておく。

第四場　武市家・居間

居間の中央に鏡台が置いてある。

一隅の衣桁には、かなり派手な柄の着物が掛っている。そして鏡台のまわりには、たとう（畳紙）が数点ならんでいて、箪笥の引き出しは開けっぱなし。

前場の夜ふけで、庭でこおろぎが鳴いている。

たとうをひろげる松子。

いそいそと、そのたとうを開こうとするが、フト、鏡台を見て、髪を直す。口紅をつける。

やがてたとうの中から着物を出して、まず着てみる。手鏡をとって合わせて見る。

さて、次にその着物を脱ごうとするが、考え直して別のたとうから出した着物を、さらにその上に着て、また同じように鏡台に写してみる。一枚一枚、たとうから出しては、松子は、着物の上に重ねて行く。柄は次第に、娘時代に着た派手な着物になって彼女の姿は着物を重ねるごとにだんだんふくらんでくる。

恍惚たるエクスタシーの状態で、松子は、鏡に写る自分の姿に見いっている。

上手から、いくぶんホロ酔いの駒代が、鮨折をさげて現われる。

異様な松子の姿に気づいて、思わずハッと息をのむ。

駒代と視線の合った松子は、まるで子供のような邪気の無さで、ニコリと笑う。

鬼気迫るようなその姿を見て、駒代は、言葉も出ないで、身体を小刻みに震わしている。

やがて鮨折をその場に放り出すと、真蒼になって、もと来たほうへ駆け去る。

松子は、そんな駒代など、ほとんど意識にない。

もう一度鏡を見て、満足気にニヤリと笑う。


〈幕〉


初演では事故もあった。

いつも正確な時間に楽屋入りする、芸術座というより商業演劇初出演の小姑武市タキ役の北林谷栄が、時間になっても現われない。無論携帯電話などない時代で、ましてやプッシュフォンを嫌って生涯ダイアル式に固執していた北林谷栄だ、スタッフが手わけして自宅、劇団民藝、彼女の立ち寄りそうなところに電話をかけまくるのだがつかまらない。結局、劇場近くの喫茶店で読書している北林を演出部員が見つけ出し、観客には舞台機構の故障ととりつくろって、開演を三〇分遅らすことでなんとかおさめた。五分遅れ、一〇分遅れがあたりまえの当節の新劇とちがい、開演時間厳守が鉄則の商業演劇にあっては、大事故と言っていい。いたく責任を感じた北林谷栄は、客の前であやまりたいと言いはってきかないのを、その必要はないと説得するのにスタッフは苦労したらしい。それにしても読書に夢中になりすぎてというのが、なんとも北林谷栄ではないか。

九〇〇回をこえる、小幡欣治作品の最多上演数を誇る『三婆』が、このひとの代表作であることは何度も書いてきたが、小幡欣治自身がこの作品に作者として、ほかの作品には見られない、格別の愛着を感じてきたのは、一九九八年、芸術座としては一〇年ぶりになる本妻武市松子に池内淳子を得ての上演からだと思われる。

ここで念のため東宝製作になる、有吉佐和子原作、小幡欣治脚本の『三婆』上演記録を記しておく。出演者は本妻武市松子、妾富田駒代、小姑武市タキ、瀬戸重助の順で、演出は「86年87年」が水谷幹夫である以外、すべて小幡欣治だ。

●73年　芸術座　市川翠扇　一の宮あつ子　北林谷栄　有島一郎
●74年　芸術座　市川翠扇　一の宮あつ子　荒木道子　有島一郎
●75年　中日劇場他　市川翠扇　一の宮あつ子　荒木道子　有島一郎
●76年　芸術座　市川翠扇　一の宮あつ子　荒木道子　曽我廼家明蝶
●77年　中日劇場　市川翠扇　一の宮あつ子　荒木道子　曽我廼家明蝶
●78年　大分文化会館　久慈あさみ　一の宮あつ子　荒木道子　曽我廼家明蝶
●86年　近鉄劇場　赤木春恵　中村玉緒　中村メイ子　金子信雄
●87年　中日劇場・芸術座　赤木春恵　中村玉緒　鈴木光枝　今井和子　金子信雄
●98年　芸術座　池内淳子　渡辺美佐子　加藤治子　いかりや長介
●99年　名鉄ホール　池内淳子　淡路恵子　曽我廼家鶴蝶　いかりや長介

●00年　芸術座　池内淳子　渡辺美佐子　曽我廼家鶴蝶　いかりや長介
●02年　梅田コマ劇場・博多座　池内淳子　星由里子　曽我廼家鶴蝶　左とん平
●05年　ルテアトル銀座・シアター・ドラマシティ・名鉄ホール　池内淳子　沢田亜矢子　大空真弓　菅野菜保之
●07年　名鉄ホール・ルテアトル銀座他　池内淳子　沢田亜矢子　大空真弓　鶴田忍
●10年　博多座・中日劇場他　池内淳子　多岐川裕美　野川由美子　横澤祐一

年譜風に記した『三婆』上演記録を見て気がつくことだが、一九七九年から八五年まで、さらに八八年から九七年までと、ほぼ一〇年間上演が途絶えている。昨今はだいぶさまがわりしているこの国の商業演劇事情だが、往時はいわゆる名作といえども、歌舞狂言とちがってそう取っ替え引っ替え同じ演目を上演することはあまりなかった。小幡欣治自身の立場でいうなら、『三婆』上演のなかった七九年から八五年まで、毎年最低四本、多い年には六本の、それもほとんど新作を、芸術座、帝国劇場、東京宝塚劇場に提供しつづけていた。また、八七年から九八年までの一一年の間には、一年間の休筆宣言（九〇年）、母親の死、東宝との専属契約の解消、久久に新劇のための戯曲『熊楠の家』執筆など、個人的な生活状況に変化がありながら、『雪の梅暦』『油屋おこん』『陽暉桜』『夢の宴』『女たちの夜明け』『桜月記』『伽羅の香』『名残りの雪』などを執筆、東宝系劇場に提供するなど旺盛な活動がつづいている。

『三婆』に関して言えば、この間九六年一〇月大阪中座、九七年五月京都南座で、「結成四十周年記念」と銘打たれた、「かしまし娘」による特別公演が松竹芸能の製作で上演されている。本妻武市松子・正司歌江、妾富田駒代・正司花江、小姑武市タキ・正司照江のトリオに、瀬戸重助役で山口崇が東京から参加した以外、大阪系の役者でかためた座組だった。このため舞台を大阪帝塚山に移し、時代も六年ほど新しくして、台詞も吉村正人の協力ですべて大阪弁に統一している。

この公演には興味があって、なんとしても観たかったのだが、都合がつかず行けなかった。無論演出にあたったのは小幡欣治だが、「まったく別の面白さがあって、意外なくらい乾いた笑いの芝居になった」と、満足の様子だった。三人ともふだんの漫才芝居とは一味ちがった演技でよかったが、寄席の舞台の反応そのままに、客席が爆笑にわくと、静まるのを待って次の台詞にかかるのが、なんとも可笑しかったそうだ。

東宝以外の製作による小幡欣治脚本・演出の『三婆』では、〇五年一一月京都南座、〇六年一二月新橋演舞場での松竹製作になる、新派公演があり、松子・波乃久里子、駒代・水谷八重子、タキ・園佳也子、重助・笹野高史だった。この舞台は、南座、新橋演舞場ともに観ている。

もうひとつ東宝製作以外のものがある。芸術座初演から三年たった七七年一一月、都市センターホールで劇団文化座が上演しているのだ。演出は小幡欣治・貝山武久で、美術を芸術座と同じく織田音也が担当している。配役は松子・河村久子、駒代・遠藤慎子、タキ・鈴木光枝、重助・鈴木昭生だった。文化座はその後、七八年、八八年、八九年、九〇年と『三婆』の地方巡演で、ほとんど全国くまなく行脚している。

都市センターホールの文化座公演の劇評を「テアトロ」から依頼されている。掲載誌が見つからないので、「悲劇喜劇」編集部の手をわずらわしコピイを送っていただいた。肩肘張った文章を読みかえし、汗顔のいたりだが、結論として記した次のくだりは、大人になろうと懸命の努力を払っていた当時の新劇の、ある姿を示しているようにも思われるので、あえて再録してみたい。

ただ、文化座の不幸は、この舞台が終始物真似の印象を与えた点にある。物真似は、本物を越えることができないからである。事実、文化座の舞台からも、ふんだんに笑わされながら、芸術座のそれとくらべて、すべての面で寸法が小さいという思いを捨てきれなかったのである。

ものを創り出すのに、物真似から始めるのは、恥でないばかりか、原則的な意味も持っている。しかし、真似ようと思っていなくても似てしまうというのは、それに費したエネルギーを考えたとき、なにか空しい思いがするのもたしかなことだ。

さて、池内淳子の武市松子である。

上演記録でわかるように、九八年の七、八月芸術座公演まで、『三婆』の武市松子を演じてきたのは、市川翠扇、久慈あさみ、赤木春恵で、久慈あさみに少しく意外性があったとはいえ、いずれも亡夫に妾ぐるいされてもおかしくはないと思わせてくれる、一分のすきもない美人ではなかった。だからこそ先に記した、無言で演じられる第一幕の幕切れが、一種の壮絶さを発揮する名場面として成立したのだ。

知ってのとおり池内淳子は、和服の似合う典型的な日本型美人だ。こんな美人妻を持った男が、本妻をないがしろにして妾にうつつを抜かすわけがない。むしろ妾の駒代役のほうがふさわしいのではという声が、内部にあったことも事実だったらしい。そんな杞憂を池内淳子は見事に払拭してみせた。本妻としての威厳と矜持を内に秘めながら、作品の要求している底意地の悪さもたくみに見え隠れさせ、新しい武市松子像をつくりあげたのである。問題の幕切れのシーンも、マイナス要因になりかねない、美人であることを逆手にとって、これまでの本妻役になかった愛敬を発揮してみせた。

これは小幡欣治が直接口にしていたことだが、池内淳子という女優の凄さは、上演を重ねるごとに芝居が成長していくのは当り前のこととして、けっして馴れすぎず、つねに新鮮なところにあるという。さらに冗談まじりに、「ああ、俺って芝居書くの意外とうまいな」と池内淳子の舞台から教えられたこともあると口にしていたが、もはや『三婆』の武市松子は池内淳子以外にないとする確信のようなものが生まれたのは、芸術座という本拠地を失って、ルテアトル銀座で上演された〇五年一月の公演あたりからではなかったか。

一〇年三月の新橋演舞場は、水谷八重子、波乃久里子、朝丘雪路による新派公演の『三婆』で、有吉佐和子原作、大藪郁子脚色、石井ふく子演出だった。すでに小幡欣治脚本・演出による『三婆』の新派上演がありながら、スタッフが一新されたのも、すべては池内淳子以外での

『三婆』は考えられないとする、小幡欣治の意向からだった。

松竹製作による小幡欣治『三婆』を劇団新派が上演したのは〇五年一一月京都南座で、配役は本妻松子・波乃久里子、妾駒代・水谷八重子、小姑タキ・園佳也子だった。二〇〇二年九月末日をもって三五年余にわたった東宝演劇部との専属契約を解消した小幡欣治にとって、まったくフリーの立場でのぞんだ最初の松竹製作による上演だった。九六、九七年の「かしまし娘・結成四十年」記念公演の『三婆』は、東宝と専属契約中とあって、製作の松竹芸能との事務的な折衝に関しては、すべてを東宝演劇部の手に委ねることができた。完全にフリーの立場になってみて、なが年馴らされてきた東宝演劇部流のシステムとは、多少ちがったところのある松竹のそれとぶつかって、若干の戸惑いを感じないでもなかった。良くも悪くも、東宝は創設者小林一三流ビジネスライクな考え方が浸透しているのに対し、松竹には大谷竹次郎以来の、独自の興行システムに固執するところが、窺われたようである。

東宝演劇部を離れてフリーになった小幡欣治と松竹のあいだで、〇五年一一月京都南座で新派による『三婆』上演の正式契約が結ばれた具体的時期はわからない。わからないが南座上演の翌〇六年一二月に、東京新橋演舞場で再演することも織り込みずみであったはずである。『三婆』上演のたびに「頭を痛めたのは配役の問題だった」と、「かしまし娘結成四十年記念公演」の二演目になる九七年五月京都南座の『三婆』パンフレットに小幡欣治は書いている。

松竹から新派による上演のはなしがあったとき、すでに東宝製作『三婆』の本妻武市松子役は池内淳子で何度かの上演を重ねていた。すでに作者の池内淳子への信頼感が決定的なものになっていただけに、その年一一月南座で初めて上演される新派の『三婆』が、果してどんな仕上りになるのか、作者として危惧の念が少しわいてくるのも否めなかった。小幡欣治のなかで池内淳子による『三婆』は、確乎とした動かし難い世界を形成してしまっていたのである。

そんな思いでのぞんだ南座の新派公演だったが、演出にたずさわりながら稽古のあいだ中隔靴掻痒の感にとらわれつづけたらしい。本妻波乃久里子、妾水谷八重子、小姑園佳也子と舞台経験豊富な藝達者をそろえながら、この芝居の見所である「科白劇」としての効果が存分に発揮されなかった。「途中でもし言いまちがえたり忘れたりしたら、緊迫感が途切れてしまい、頭の中が真っ白になったあとで悔んでも、どうにもならない」舞台とむきあわされて、いつの間にか池内淳子による『三婆』を背負った目で、同じ自分の作品にふれる姿勢が生まれていたのに気づいたのだ。引きつづいて上演する予定で松竹側も準備をすすめていた、翌〇六年一二月の新橋演舞場公演に、すんなり上演許可を与える気持にはなれなかったようである。

結果上演のはこびとなった「平成十八年十二月年忘れ新派公演」と銘打たれた『三婆』パンフレットに「新派の『三婆』」と題し、脚本・演出の肩書つきで小幡欣治はこう書き出している。

京都の南座で『三婆』を上演したのは、昨年の十一月である。初日があいた夜、東京で再演させてもらえないかと言われたが、とつぜんのことだったし、舞台の出来に必ずしも満足しなかったので、私は即答を避けて東京へ帰ってきた。

そしてこの文章の結びは、「二度目に南座へ行ったのは千穐楽の前の日」であったことを記し、
運の悪いときというのは仕方のないもので、その夜は『三婆』の三人がそろって風邪でやられていてコンディションは最悪だった。見ていて気が気ではなかった。

だが、がらがら声を張り上げながらも科白はたしかだし、体調の悪さを懸命の熱演が補って、舞台の出来は、まずは及第点といったところだった。

宿題が残ったために、再演を決めたのは今年に入ってからだった。

となっている。

商業演劇の世界では「筋書」とよばれ、劇場で販売されるパンフレットには、上演される演目が創作作品であるばあい、作者が一筆した文章が掲載されるのが慣行となっている。ほとんどが当りさわりのない内容で、自作の執筆意図や作品の成立過程にふれたり、いくらかでも劇場側の宣伝に役立つようなサービスのこめられたものが少なくない。小幡欣治の大方の作品にあっても、例外ではなかった。ところがこの新橋演舞場の新派による『三婆』ばかりは、辛口の作者の本音が披瀝されていて、当事者たちを少なからず狼狽させたことと思う。再演許可が苦渋に満ちた決定であったことをうかがわせ、「まずは及第点」という評価も言葉通りには受け取れない文章だ。斯界の大家だからこそ通用したことで、これがもしふつうの作家なら、書

き直しを要求されたはずである。

二〇一〇年三月新橋演舞場の有吉佐和子原作・大藪郁子脚本・石井ふく子演出による、水谷八重子、波乃久里子、藤田朋子の『三婆』二幕が、『三婆』という小幡欣治作品と同じタイトルで、スタッフの一切にふれることなく上演予定作品として、ある期間、報道関係をふくめた各機関に伝達されていたのは、小幡欣治との上演交渉をつづけていた事実を物語る。小幡欣治としては、新派による『三婆』が新橋演舞場での上演を終えた時点で、今後は池内淳子主演以外で『三婆』の上演許可は与えないと決断したことが、まったく異ったスタッフによる同タイトルの『三婆』が新橋演舞場の舞台に登場した直接の理由と言っていい。あらためて劇界における『三婆』の知名度の高さを認識させられたことになる。

じつは新橋演舞場が異ったスタッフによる同一タイトルの『三婆』を上演したほぼ同時期に、小幡欣治脚本・演出、池内淳子主演による東宝製作の『三婆』の東京上演が企画されていた。はやくから予定されていた地方巡演に連動させる目論見だったが、いろいろの曲折のあげく、都内で格好の劇場を借りることができなかったこともあり断念、地方巡演のみというかたちになった。

結局、この地方巡演が池内淳子最後の仕事になる。

その地方巡演。二〇一〇年四月一日〜一八日・博多座、四月二一日・小山市立文化センター、四月二二日・仙台市民会館、四月二五日・山梨県立県民文化ホール、四月二九日・ホクト文化ホール、五月一日・富山県民会館、五月五日・はつかいち文化ホール、五月七日〜一六日・中日劇場のつごう三四ステージで、博多座公演中の四月六日に通算九〇〇回の上演数を記録している。

この巡演は、本妻武市松子の池内淳子と武市家のお手伝い永吉京子以外、大幅にキャスティングが変更され、妾の富田駒代が沢田亜矢子から多岐川裕美に、小姑の武市タキが大空真弓から野川由美子に、瀬戸重助が鶴田忍から横澤祐一に代っている。

なかで横澤祐一は、小幡欣治が戦友と称してきた劇団東宝現代劇一期生の大ヴェテランで、その演技力に対し小幡は全幅の信頼を寄せていた。『三婆』にあっては、後半に出てくる福祉事務所員山川を、白髪を黒く染めながらつとめて久しい。松子の亡夫金融業者になが年つかえた番頭瀬戸重助は、初演の有島一郎いらい曽我廼家明蝶、金子信雄、いかりや長介、左とん平、菅野菜保之、鶴田忍がつとめていたが、横澤は共演者として彼ら腕のある役者の芝居をつぶさに観察していた。いかりや長介のときなど乞われてメイキャップを手伝っているから、この役に関しては熟知していた。ほんとうだったら菅野菜保之が演じていた頃から、重助役に抜擢されてもよかったし、小幡自身制作サイドにひそかに具申していたようだ。これは商業演劇の宿命でもあるのだが、実力と看板とよばれる知名度とのバランスに加えて、長いキャリアによる高額のギャランティもネックになっていた。そんなわけで、この巡演で重助役に起用されたことに満を持していたのがやっと果された思いがあったはずである。

東京では観ることのできないこのバージョンの『三婆』は、是非とも巡演先のどこかへ出かけて観たいと思った。出かけるなら小幡欣治が同行しているはずの博多座か中日劇場ということになる。木村隆を誘って小幡欣治に打診してみた。これまでにもこういうことが何度かあって、いつもだったら一応は社交辞礼で「いいよ無理して観なくても」と言う小幡欣治が、「是非観てほしい」と積極的な返事で、すぐに旅先の製作者に連絡をとって、五月一三日の中日劇場と劇場近くのホテルを予約してくれた。できることなら前後の二日間名古屋に滞在して、小幡欣治や横澤祐一とのみ歩きたいところだが、前日になる一二日には観劇の、翌一四日の午後からはある雑誌で品田雄吉、冨士真奈美と鼎談の予定があったので一泊で我慢することにした。ここでまたこの稿にまったく関係ない余計なことを記せば、一二日の夜観た芝居はPARCO劇場の『裏切りの街』。あまりのつまらなさに、渡辺保、水落潔と連れ立って途中退場し、劇場近くのビヤホールで鬱憤を晴した。こんなことならこの日のうちに名古屋へ行けばよかった。

五月一三日は木村隆と同じ列車で名古屋に向い、昼すぎに中日劇場の横澤祐一の楽屋を訪ねると、すでに小幡欣治がいて祐一と談笑していた。

「いやあ、煙草の吸えるところがなくてね」

と、愛煙しているキャビンの包みを離そうとしない。五年ほど前に肺浸潤と診断されて、禁煙するようすすめられていたはずなのに、小幡欣治と煙草とのつきあいは生涯つづいた。無論池内淳子の楽屋にも顔を出し挨拶している。師である戸板康二は、劇場での楽屋訪問を自らに禁じていて、ふだんは私もそれに倣っているのだが、こうしたばあいは別で訪れなければかえって失礼になる。

中日劇場で観た『三婆』は、これまで何度となく観ている『三婆』のなかでも、屈指のものだった。池内淳子の武市松子の、演じていながら、演じているのを見せようとしない完璧さもさることながら、初めて見る組みあわせのアンサンブルにも期待以上のものがあり、観劇後の小幡欣治を交えた酒席が大いに楽しみになった。

その小幡欣治を待つべく、終演後あわただしく出演者たちの行き来している舞台事務所前の廊下で、木村隆、横澤祐一、鈴木正勝、大川婦久美などと、すこぶる出来のよかった『三婆』について歓談していたのだが、いくらたっても小幡欣治が姿を現わさない。きけば小姑役の野川由美子とお手伝い役の永吉京子の芝居に駄目を出しているという。小一時間たって、

「やあ、お待たせ」

と苦笑しながら出てきた小幡欣治は、まだ納得できない様子だった。それにしても残すところ三日で千秋楽をむかえる段階になって、なおあれだけきびしく注文をつける、演出者としての執念は、小幡欣治をよく知る面面も見たことがなかったという。おそらくこの『三婆』巡演公演に、これまでとはちがった手ごたえをしっかりと感じとった身には、ほんの僅かな瑕瑾をも許すことなく完璧なものに仕あげたかったのだろう。

劇場近くの大きな居酒屋で、好きなビールに相好をくずしながら、小幡欣治はまたまた池内淳子の功績を熱っぽく語った。いつもだったらこうした席には必ず顔を出す酒豪の彼女の姿が見えなかった理由は、あとになってわかる。

『三婆』を打ちあげてわずか四ヵ月後の池内淳子の訃報にはほんとうに驚かされた。中日劇場の舞台で見せたあれだけ元気な姿の、ほぼ全身を病魔が蝕んでいたなんて、まるで考えられなかった。あとになって、巡演中終演後のホテルで池内淳子のマッサージにあたっていた武市産業社員馬場役の松川清にきいたところでは、ベッドに伏した池内の身体は、ほんとうに舞台姿の半分ぐらいにちぢまっているようにうつったそうだ。もちろん松川と付き人の女性以外の誰も知らないはなしで、ふだんの舞台や楽屋で、つねに変らぬ姿を見せつづけた役者根性には、いまさらながら頭がさがる。

池内淳子の死に誰よりも衝撃を受けたのは、無論小幡欣治で、その落ちこみようははたで見るのもつらかった。最も信頼していた偉大な女優を失ったことで、自分の最愛の作品である『三婆』そのものまで消失してしまったような思いにかられたはずである。劇作家としての生涯に、ただ一度受けた大きな大きな虚脱感だった。

一一月四日に「池内淳子お別れの会」が帝国ホテルで開かれる旨の通知がきた。当然東宝演劇部、とりわけ『三婆』関係者のほとんどが出席して、献花でお別れしたが、小幡欣治の姿はなかった。じつは会の開かれる数日前に、たまたま顔をあわせる機会があって、はなしはどうしても池内淳子のことになり、個人的なものも含めて、それぞれの思い出を語りあったのだが、「池内淳子お別れ会」にはただひと言「出るつもりだけど」と言った。すぐに、彼は出席しないで、ただひとりどこかで静かに偲びたいのだと察した。

先にちょっとふれたが小幡欣治自身肺浸潤をかかえていて、自分の年齢を考えれば放置したままでも急速に悪化することはないとして、好きな煙草も離さなかった。一見したところどこも悪くないようだった池内淳子の病状が、それほどだった事実に、我が身をふりかえったであろう小幡欣治は、三ヵ月後にその後を追ってしまうのだ。

博多座から中日劇場まで、二ヵ月三四ステージに及んだ『三婆』巡演公演のパンフレットに、脚本・演出小幡欣治は、「『三婆』舞台劇としての三十七年」という文章を寄せている。初演いらいそろそろ四〇年ということで、「作品を書いた私ですらこんなに長く続くとは思わなかった」としながら、

往時渺々として記憶もさだかでなくなったが、ただひとつ、悔恨としてはっきり覚えているのは、恩師である菊田一夫先生にこの舞台を見て頂けなかったことである。先生は初演日の三ヵ月ほど前に急逝されたために台本すらお目を通して頂けなかった。悔やんでも悔みきれない痛恨事として、今でも私の胸の中に残っている。

と書いている。このくだりを読んで、「いままで何回『三婆』について書いたか知らないが、菊田先生にふれたのは初めてでしょ」と質したところ、

「初めてなんだよ」

と静かに答えた。さらにこの文章には、

この芝居がお客さんから支持されたのは、そして成功したのは、なによりもまず腕のたしかな女優さんたちのお力である。とくに芯になって『三婆』を長年支え続けてくださった池内淳子さんの真摯な姿勢であり卓抜した演技力である。

というくだりもある。小幡欣治が自分の芝居のパンフレットに、出演者のなかからたったひとりの役者の名をあげ絶讃するのも異例だが、一九七一年一月芸術座の、エミール・ゾラに取材した菊田一夫作・演出『可愛い女』で初舞台を踏んでいる池内淳子の成長した姿も、師に見てもらいたかったにちがいない。

この文章、なんだか遺言に読めるのだ。

e

一九九〇年、小幡欣治は専属契約継続中の東宝演劇部に対し、一年間休筆することを申し入れ、東宝側もこれを了承している。

事実この年東宝系劇場で上演された小幡欣治作品は、一一月帝国劇場の『真砂屋お峰』のみで、その前年五月やはり帝国劇場で上演されたものの再演だった。『真砂屋お峰』は、有吉佐和子が佐久間良子のために、自ら脚本・演出にあたり、七五年と七六年の六月、東京宝塚劇場で上演されている。ちょうど佐久間良子が双子を出産して話題になっていた時期で、幕切れにはそれを利用した、楽屋おちじみた趣向が用意されていた。八四年に有吉佐和子が不帰の人となったため、「原作有吉佐和子」とうたった小幡欣治の新脚本・演出により、八九年に上演されたといういきさつがあった。

小幡が休筆を申し入れたのは、自身還暦を過ぎたことでもあり、思わしくない母親の病状をふくめ、なにかと多忙な身辺をよそに、ここら辺でのんびり休み、好きなことをして過ごしたい、というのが理由だったが、これはあくまで表むきのもので、本音は別のところにあったのは、その後の小幡の行動から明らかになっていく。

この年、小幡欣治はしばしば旅行している。それもほとんどがひとり旅だった。新しい芝居の筆を執るにあたっては、いつもロケハンと称して、舞台になる土地を訪ねるのがつねだった。そんな取材旅行には、担当のプロデューサーが同行するのが恒例で、そのスケジュールのお膳立てなどは、すべて彼らがしてくれた。拙作の『女興行師吉本せい』を小幡欣治が脚本にしてくれて、森光子が吉本せいに扮した『桜月記』の上演されたのは休筆あけの九一年三月だが、九〇年の秋も深まった頃ドラマの背景になっている船場、天満宮裏、京都などを訪れた際も、プロデューサーの古川清がセッティングしてくれた。このとき小幡欣治の取材ぶりに興味があって、ひそかに注目していたのだが、愛機のライカも持参せず、メモひとつとるわけでなく、その場の雰囲気、佇まいといったものの、体感につとめているように見えた。そんなさり気なくうつる体感が、じつは芝居の一場面に生かすための、絵組みづくりのようなものであったことを、あとになって知らされることになる。九二年二月東京宝塚劇場で三演目の上演となった『桜月記』のパンフレットの「吉本せいの一生」という文章で、小幡欣治はこう書いている。

大阪も東京同様に戦火で焼けてしまったので、明治の終わりごろの古い町なみが残っているとは思ってはいなかったが、吉本興業発祥の地となった天満神社の裏の通りだけはどうしても歩いてみたかった。

天神さんの表の方は高速道路なんかが走っていて雑然としているが、裏側に出てみると、小さなお店が軒をならべていて、門前町らしい雰囲気がのこっていた。道幅もせまく、こじんまりしていて、なるほどこれならお詣りをすませたあと、夏なら子供にひやし飴のひとつも買ってやって、ついでに寄席でも覗いてみるか、とそんなくつろいだ気分にさせてくれそうな、いい感じの通りだった。

プロデューサーを同行しないひとり旅を、休筆を申し入れた九〇年にしばしば行なっていることは、彼のゴルフ仲間の自然に知るところとなる。

いまでも、ＪＲがそのようなサービスをしてるかどうか知らないが、グリーン料金にも適用される、中高年用の遠距離割引制度の利用できる会に入会して、もっぱらそれによって乗車券を購入してるようだった。いっしょにプレイする尾崎宏次、倉橋健、横山清二に入会をすすめていたが、横山清二はすでに入会しており、尾崎宏次と倉橋健は、もうそんなに旅行する機会もないからと、あまり関心をしめさなかった。同行していた清水邦夫と私にすすめなかったのは、ふたりともまだ入会資格の年齢に達してなかったからだろう。

この頃すでに、小幡欣治の口ききで、拙作『女興行師吉本せい』を東宝が劇化上演することが決っていたので、その打ち合わせと称してふたり酒酌みかわす機会がなにかと多かった。そんなとき、旅の土産として頂戴した梅干、茶、菓子などの包装紙から、しばしば出かけているひとり旅の行先が、紀伊半島方面に集中していることに気がついた。気がついて、これが南方熊楠に関する取材であることに思いあたった。和歌山の人である日本民俗学の創始者南方熊楠を書きたいという念願を、かなり前からいだいていたのを知っていたからである。

作家にはふたつのタイプがあって、これから書く作品の内容を一切口外しないで、完成まで持っていくひとと、登場人物の性格、行動といった創作プランをかなり具体的に語って、作品概要をあらましめしてしまうひとがいるのだが、どちらかと言えば小幡欣治は後者のタイプだった。無論「あまり他人にしゃべるなよ」と念を押すのは、私の口の軽いのを先刻承知してるからだが、それにしても彼の書こうとしている芝居、書きたかった芝居の内容について、ずいぶんとたくさんきかされている。結局机上のはなしだけで、完成にいたらなかったが、二宮金次郎の銅像づくりでいったんは産をなした、ペテン師まがいの二人の男のはなしなど、小幡の腕をもってすれば抱腹絶倒の喜劇に仕あがったにちがいなく、いまでも惜しいと思っている。

戦前の小学校の校庭には、御真影と称する宮内省から貸与された天皇・皇后の写真と、教育勅語をおさめた奉安殿と、二宮金次郎の銅像が設置されていたものだ。奉安殿は、無論設置が義務づけられていたのだが、銅像のほうには設置の義務はなかった。そこに目をつけた愛知県の岡崎あたりに住んでいたペテン師まがいの二人組が、教育勅語の本旨でもある陰徳・倹約を説き、「柴刈り縄ない草鞋をつくり」とその勤労ぶりが小学唱歌にまで認定されうたわれた農政家二宮金次郎の銅像を設置することが、あたかも政令で定められているかのようによそおって、津津浦浦の小学校を売り込みのため行脚したのだ。おかげで全国各地から注文が殺到し、生産が追いつかず、銅ならぬ石像に着色した粗悪品や、なかには鼻の欠けた金次郎センセイを納品するなどして、ひと財産つくりあげてみせる。そうしてこさえた財産を、こんどは連日連夜酒池肉林のどんちゃん騒ぎで使い果し、たちまちのうちに元の木阿弥、素寒貧になるというはなしで、

「二宮金次郎という倹約、貯蓄を奨励したひとの銅像で大儲けしたあげくの果てがすっからかんっていうのが、いいじゃないか」

と、はなし終えて哄笑するのがつねだった。

なんとなく菊田一夫の名作『花咲く港』が連想されるこの芝居に、小幡欣治が結局筆を染めなかったのは、ペテン師のひとりに想定していた三木のり平が、もっぱら演出の仕事に専念しだすとともに、役者としては出自の新劇回帰の志向を強めていったことによるような気がする。そして、これとまったく時を同じくして、小幡欣治もまた、南方熊楠を書くことによって、三木のり平同様自分の出自である新劇の方向に足をむけるのだ。

これから先、いささか私事に関連した記述がつづくことになりそうだが、ご勘弁いただきたい。

小幡欣治の休筆明け第一作になる、『桜月記』の原作は、一九八七年九月中央公論社刊の拙著『女興行師吉本せい　浪花演藝史譚』である。八五年秋季号と冬季号の「中央公論　文芸特集」に「浪花演藝史譚　吉本せいの時代」のタイトルで掲載し、あらたに後半部を加筆したも

ので、書き出すかなり前から何度となく大阪まで足をはこんで取材にあたった。上梓された際の「あとがき」を、こう結んでいる。

最後に私事をひとつ書かしていただけば、この仕事に格別のはげましを与えてくれながら、取材の便宜などもはかってくれた元帝国劇場支配人大河内豪君が、一昨年暮に憤死して果てたため、この書についての批判をあおぐ望みが断たれてしまったのが残念でならない。

本来ならこの種の「あとがき」に書くべきことでなかったかもしれない。事実、ちょっと唐突な感じがしたと指摘してくれたひともいた。読者は大河内豪を知らない人が大半なので、違和感と受け取られてもしかたなかったが、私としてはどうしても書いておきたかった。仕事柄大河内には、卓越した女プロデューサーに対する格別の関心があって、自分の伝手を頼って、健在する何人かの吉本せいを知るひとの居所を調べてくれるなど、惜しみない助力を与えてくれたのだ。

前にも書いたが小幡欣治は、東宝時代ばかりか西武に移籍してからの大河内豪とも、親密な関係をとりつづけていた。それだけに、私が「あとがき」の結びに書いた心情を、よく理解してくれた。「あんたの痛恨の思いがこもっている」と言ったあと、

「いずれ弔い合戦をやらなくちゃ」

とつづけた。さり気ないひと言で、正直そのときは小幡欣治がどういう気持でそう口にしたの

か、よくわからなかった。

日の目を見た『女興行師吉本せい　浪花演藝史譚』は、思いがけず多くの人の目にとまることができた。「新聞や雑誌の書評欄にこんなに沢山取りあげられた新刊はあまりない」と言われたし、知友ばかりか、ずいぶんと多くの未知の読者からもお便りを頂戴して、もの書き冥利につきたものだ。思いがけない受け入れ方をしてもらえたのは、無論吉本せいという婦人像に対する関心によるところ大なのだが、本の出たのが、時あたかもテレビ演藝の高潮期で、その番組に多くのタレントを供給している吉本興業という会社に対して、世間的な関心がかなり高まっていたことも無視できない。まことにタイミングのいいことであった。

四六判ハードカバーの『女興行師吉本せい　浪花演藝史譚』の初版の奥付には、「昭和六十二年九月二十日発行」とあり定価は一一〇〇円である。八〇〇〇部刷ってくれた。すぐに増刷となり、一〇〇〇部ずつ三刷までいった。（四刷だったかもしれない）。小幡欣治脚本により『桜月記』と劇化され九一年三月帝国劇場で上演されたのとタイミングをあわせて、その年の二月に、吉本せいに扮した森光子の写真入りの帯をつけて、中公文庫化されている。こちらは四八〇円で二万五〇〇〇部である。それから一四年たった〇五年三月に、ちくま文庫化されたときは、定価七二〇円で九〇〇〇部だったから、いまさらながら出版事情の推移を思わざるを得ない。

八八年一一月帝国劇場で上演された、「白崎秀雄・原作『当世畸人伝』より」とある、小幡欣治脚本『夢の宴』は、家庭医薬品わかもとの創業者女傑長尾よねの生涯が描かれている。なかで、尾崎宏次のいう「ドキュメントを娯楽劇の一場にいれた」作者の趣向が、私には格別に面白かった。それというのが、私が育った代々木八幡の家は、茶人だった祖母が昭和の初めに建てたものだが、隣家が近衛文麿の妾宅で、『夢の宴』には長尾よねと近衛文麿の交誼も描かれていて、近衛の自殺に用いられた劇薬は、長尾よねが手渡したことになっている。近衛文麿の服毒自殺が伝えられた頃、お妾さんの住んでいた隣家がわかもとの手に渡ったいきさつを、私は『夢の宴』で教えられたことになる。この家にはその後、戦災で焼け出された長谷川一夫が一族郎党引き連れて引っ越してくるのだが、そのはなしはここではかかわりがない。

多分ゴルフ帰りの一献の席だったと思うが、小幡欣治、尾崎宏次、倉橋健、横山清二などと、『夢の宴』についてしゃべりあっていたのが、評伝劇のはなしになって、小幡欣治が書きたいと思っている人物として、南方熊楠、西東三鬼、正岡子規、岡本かの子（すでに瀬戸内晴美『かの子撩乱』を脚色していた）など何人かの名前をあげたなかに、拙作の吉本せいもあった。実名でこそないが、吉本せいがモデルになっている山崎豊子作『花のれん』は、菊田一夫の脚色・演出によって五八年一一月芸術座で上演され、女席亭お多加の吉本せいを三益愛子が演じ、その下で働くお茶子役で森光子が東京初お目見得していた。そうした先行作がありながら、拙作から吉本せいを書きたいというのは、私にはまったく思いがけないことだったが、上方の風俗をふまえた演藝史として読める拙作の構成は芝居になると言うのだ。

ふだん嘘ばかりついてる私は、せめて原稿用紙にむかったときくらい本当のことを書きたいと念じていたし、いまでもそう思っているので、フィクションものを書いたことがない。そんな自分の作品が劇化されるなんてことは、まったく頭になかった。だが、『夢の宴』の長尾よねを演じた連想で、もし吉本せいが舞台化されるなら、森光子をおいて他にないと思った。小幡欣治もそう思っていた。拙著に目を通しているはずのない横山清二まで、「いいね、いいね、東宝でやろうよ」と言った。この「東宝でやろうよ」というひと言で、いつか小幡欣治が、「いずれ弔い合戦をやらなくちゃ」と言った意味が、なんとなく理解できたような気がした。

それから半月ほどたった頃であったか。いずれにしても短兵急の感があったのだが、小幡欣治から森光子のスケジュールの都合で、九一年三月帝国劇場と五月中日劇場での上演がきまったとの電話があった。二年先のスケジュールをきめなければならない森光子の多忙さ以上に驚かされたのは、一本の芝居の上演がわずか半月位で、企画書だの、会議だのの手つづきより前に、演劇担当重役と専属の劇作家のはなしあいで決められてしまうことだった。それもすべて座長とよばれる主演スターのスケジュールが優先して、企画はそれに付随する商業演劇事情によるものということを教えられたのである。

『夢の宴』が上演された八八年に、七月芸術座で上演された有吉佐和子原作『恍惚の人』の脚色・演出にあたった小幡欣治は、この両作品によって第一四回の菊田一夫演劇賞を受けている。

あくる八九年には『真砂屋お峰』と雨宮秀原作『落葉の日記』を脚色した『女たちの夜明け』を帝国劇場で、さらに芸術座の『恍惚の人』の再演と、相変らずの多忙がつづき九〇年の休筆にはいるわけだが、その間に『桜月記』に関する取材にはまったく手をつけず、南方熊楠にかかりきっていたように思う。

『桜月記』の九一年三月帝国劇場、五月中日劇場の上演が正式にきまり、原作者として東宝演劇部と契約書を交すことになって、担当者から原作料を一公演につき手取りで一〇〇万円と呈示された。五月の中日劇場分と合わせると二〇〇万円になる。その後九二年二月にも東京宝塚劇場で上演されたから、足かけ二年で三〇〇万円という臨時収入は正直大変有難かった。原稿料と印税以外の収入はまったくない物書き稼業にとって、原作料というのは言わば不労所得みたいなものだ。金額を口にするとき、東宝の担当者は「東宝としても最高額を用意しました」と言ってくれた。まさか平岩弓枝や宮尾登美子と同額だとは思わなかったが、私としては自分の著作のなかではかなり売れた原作の印税額を上まわるのは、望外のことで嬉しくないわけがなかった。ただ、思いのほか高額の金額を呈示されて一瞬思ったのだが、『女興行師吉本せい 浪花演藝史譚』の発行部数をきいていた小幡欣治は、当然印税額も算出できたはずで、「芝居になるから、脚色したい」と言いだしてくれたのは、フリーの物書きの苦しさに対する深い慮りで、私に対する過分の好意ではなかったか。

『桜月記』の上演に立会うことで、商業演劇の舞台の製作過程を知ることができたわけだが、これが私のこれからの仕事の上で、大いに役立ったのは、たしかなことだ。

演出に、帝国劇場はこれが初めてになる北村文典を起用するのははやくからきまっていたようだ。小幡欣治作品の演出助手も何度かつとめていた彼に、小幡は全幅の信頼をおいていた。音楽をいずみたくに頼みたいと言い出したのも小幡欣治だった。すでに何本かの小幡作品を担当していたし、大河内豪や私と共通の友人だったことも起用した理由のひとつだったかもしれない。当時二院クラブ所属の参議院議員だったいずみたくの、三浦半島小網代湾に突き出た別荘を毎夏襲い、油壷サミットと称してヨットと酒と歓談に数日を過ごした仲間に大河内豪もいた。大河内が自ら命を絶ったとき、すぐに車をとばして、憤懣やるかたない表情をうかべた遺体に対面してるいずみたくだから、小幡欣治の言う弔い合戦に参加するにもふさわしい。

『桜月記』の縁で、吉本せいの夫泰三役を演った田村高廣と知りあえたのも、私には嬉しいことだった。「オール讀物」の八七年七月号の「わたしの読書日記」で、田村高廣は拙著『志ん生のいる風景』(青蛙房)を取りあげてくれた。マタギとよばれる熊撃ちを描いた映画『イタズ・熊』の撮影のため、日本でも屈指の豪雪地秋田市街から車で五時間ほどの阿仁町字打当の宿にこもった毎日を、『志ん生のいる風景』を読んで過ごしたという。「撮影が終って宿に戻ると、一風呂あびるのももどかしく、さて、前夜折った頁を開いて、続きを読みふけるのが何よりの楽しみとなっていた」と書いてくれている。嬉しかった。お礼の手紙を書こうと思ったが、あいにく住所がわからずそのままになっていたところの、初対面の挨拶だった。爾来拙著の出るたびに謹呈していたのだが、いつもブルーブラックのインクを使った楷書の叮嚀な読後感を送ってくれた。その手紙はいまも大切に保存してある。

桂夢團治役の横澤祐一と、京都三条の料亭「小槌」の場に出てくる「小槌」の女将糸を演った青木玲子は、ともに東宝現代劇の第一期生で、三三年前になる五八年芸術座の小幡欣治脚本『人間の條件』では、私もいっしょに舞台を踏んでいる。まさに久闊を叙したというところだが、私のほうはふたりの芝居をずっと観つづけてきたから、その成長ぶりも把握していた。こんなかたちで再会がかなったのも思いがけないことで、上演中も何度となく酒席をともにしたものだ。青木玲子は台本の関係で急遽出演がきまったようで、初演のポスターには名前がなかった。商業演劇ではよくあることだ。通し稽古の終った段階で台本の手直しを、小幡欣治、演出の北村文典、制作の古川清とでやった席で、小幡が青木玲子の台詞を二つ三つカットするよう指示したら、古川清が冗談まじりに「そうすると、台詞ひとつあたりの単価が森光子より高くなります」と言ったそうだ。小幡からこのはなしをきかされて、役者にとっての三三年という歳月の重さについて、あらためて考えさせられた。

この稿を書き始めるとき、すでに森光子の訃にふれていたので、こうして『桜月記』について記していて、やはりある感慨を捨てられないでいる。

この芝居の宣伝のために、何人かの出演者と大阪に行き、吉本ゆかりの地を訪ねたのだが、新幹線の車中できいた大阪朝日放送専属時代の、六代目笑福亭松鶴、三田純市、夢路いとし・

喜味こいしなどとの交遊がからんだエピソードには腹をかかえて笑った。天満天神で公演の成功祈願の祝詞を神主があげ、御祓いをしてもらったとき、こういうことの初めてだった私がなにかとまどっているのに、小声で指示を与えてくれたりした。上演中も何度か食事に誘われたのだが、幾多の賞を総なめにして大輪の花を咲かせていた時期なのに、驕らず、たかぶらず、周囲の人のすべてと言ったらすべてに気を配る、評判どおりの人柄に感嘆するところが多かった。

長いこの世界での暮しから得た貴重な体験談に、教えられたことも少なくない。東宝移籍をめぐるトラブルから、長谷川一夫が暴漢に襲われ左頬を斬られたのは一九三七年のことだが、事件は瞬時に京都の全撮影所に伝わったという。新興キネマにあって、『両國橋の決闘』を撮影中だった森光子は、従業員をふくめた女性全員といっしょに、安全のため撮影所に禁足されたそうだ。拙著『二枚目の疵　長谷川一夫の春夏秋冬』は、「あとがき」に明記こそしてないが、森光子から得た多くの材料を使用している。

それにしても、八八年の九〇〇回を数えた『放浪記』『夢の宴』、八九年、小野田勇作・三木のり平演出の『虹を渡るペテン師』と『おもろい女』、九〇年、川口松太郎『花霞』『放浪記』、九一年、『桜月記』、小野田勇作・三木のり平演出『雪まろげ』と、まさに森光子がピークに達していたことを思うと、その時期にこの大女優の仕事にかかわりを持てたのは、やはり仕合せだった。たまたま『桜月記』上演中に吉本せいの忌日がめぐってきたのだが、森光子はスタッフ、キャストに饅頭をくばり、私もお相伴にあずかっている。

横澤祐一を誘って帰りに一杯やるのが目的で、何度か稽古場を訪れた私とちがって、小幡欣治は舞台稽古までほとんど顔を出さなかった。演出を他人にゆだねたときは、いつもそうだという。作者が顔を出すと、演出者が思いどおりに仕事ができないからという配慮だろう。とくに『桜月記』は、北村文典にとって大きな舞台の初演出だったから、余計気をつかったと思われる。

そのかわりと言うのも妙なはなしだが、五月の中日劇場での舞台稽古に三木のり平が、ひょっこり姿をあらわしたので、みんなびっくりした。ちょうど御園座出演をどたん場でキャンセルするというトラブルの渦中にいて、名古屋に顔を出せる状態ではなかった。にもかかわらず現われたのは、やはり森光子が気になったのだろう。北村文典を通じて思うところを伝え、演出面でも気づいたことをアドバイスしていた。稽古があがって、次なるところでわいわいやっていると、ききつけた御園座のスタッフが現われて、まるで拉致するように連れ去った。てれくさそうに舌を出しながら席をはずした三木のり平の姿が忘れられない。このいきさつを翌日きかされた森光子も、さすが驚いていたようだ。

二〇一二年一一月一五日、小林俊一がドラマロケのため訪れていた奈良県大和郡山市の宿泊先のホテルで、心不全のため世を去っている。七九歳だった。小幡欣治が、親分ともカントクともよんでいた刎頸の友で、小幡の出世作『畸型児』をテレビドラマ化している。くりかえすが、このひとが『男はつらいよ』の生みの親であることを、世間は忘れているようだ。

師走にはいってなにかと気忙しい一〇日の月曜日、劇団民藝公演『満天の桜』を観るべく、三越劇場まで出かけた。開場時間の一三時をちょっと過ぎた頃だ。座席券とパンフレットを貰って、居合せた木村隆と場内にはいろうとしたところで、民藝の製作部員から小沢昭一の死を伝えられた。

八月の八日から一〇日まで、永六輔、大西信行、加藤武とともに大阪に滞在して、桂米朝米寿記念「米朝一門夏参り」に、米朝も加入している東京やなぎ句会の同人として参加したのが、小沢昭一と顔をあわせた最後になった。爾後毎月開筵している定例句会にも欠席していて、病状のほうも知らされていたのだが、こんなに早くというのが正直なところで、とても芝居を楽しむ気分になれず、とりあえずは一旦家に戻った。

くわしい情況がわからなくて、電話をかけてもつながらなかったり、留守電にセットされたりしていたが、とにもかくにも弔問するべく連絡のとれた白水社の和氣元と日本経済新聞社文化部の内田洋一と落ちあって、小沢家を訪ねたのは一七時頃であったか。遺体に対面しながら、英子夫人や子息の一郎氏、子女の萬力津絵さんなどから、息を引きとられる前後の様子などうかがって、小沢昭一は望むどおりの家族との別れができて満足だったろうと、少しばかりほっとした。

それというのが、もう一五年前になるが同じ東京やなぎ句会の同人江國滋が危篤になって、夫人から「お別れしたい人を集めるように」との主治医の言葉を伝えられ、その旨小沢昭一に電話したのだが、「残念だね」とひと言もらすと、「ここまできてしまったら、この先はご家族だけにおまかせしましょうよ」とつづけて、結果は病室の入口で、酸素マスクから息を一杯に吸いこんでる姿に深く一礼しただけで病院を去り、ふたりで銀座の洋食屋で食事しながら、几帳面な江國滋からは想像もつかなかったような、私たちだけが知っている彼の振舞の数数を語りあい、臨終に立会うよりも、はるかに濃い、ひととの別れ方のあることを教えられたのである。

千日谷会堂で執り行なわれた一二月一三日の通夜、一四日の葬儀、告別式、骨あげ、初七日法要に立会って、思えば麻布中学に入学した一九四七年に先輩として知りあってより、六五年に及ぶ交遊のあれこれが甦り、わが人生でこんなにいろいろと教えられたひとは、勝手に師とあおいだ戸板康二のほかは、色川武大、小幡欣治、小沢昭一の三人だったことを、あらためて知らされた思いがした。

小幡欣治は、一九二九年生まれの小沢昭一の一歳上だから、まったく同世代の戦中派東京人だった。ふたりともに親しくさせていただいていた私には、同じ同世代の東京人でありながら、ふたりのあいだに微妙なちがいを感じていた。その微妙な差異というのは、このふたりの信条、趣味、嗜好、日常的生活感覚といったものを離れて、本質的にすれちがっているようでもあり、きっかけひとつで一瞬のうちに合致してしまうようなものでもあって、微妙な差異と言う以外に説明のしようがない。口はばったい言い方を許していただくが、私の目にした人柄、仕事ぶりなどから、ふたりが多分に互いを意識してたのは間違いない。大雑把な言い方をするなら、仕事の手法ひとつ取りあげても、小幡の感覚派、小沢の学究肌と、互いに自分にないものを感じていたように思う。

ふたりが面とむかいあったのは、私の知る限りたったの一度だ。一九九三年の師走、倉橋健の家に、小幡欣治、小沢昭一、加藤武、それに私が招かれて、蟹をご馳走になったのである。小沢昭一と加藤武は早稲田大学で倉橋健の教え子、小幡欣治と私はゴルフ仲間ということで招かれたわけだが、小幡欣治が小沢昭一や加藤武とはまだ面識がないことを倉橋健は知っていて、私はその仲立ちを依頼されたように覚えている。あれでかなり人見知りする小幡欣治は、こんな機会に小沢昭一と知りあえることに喜び半分、気まずさ半分の思いがあったのはたしかで、私に対してしきりに、

「ほんとうにあんたもくるんだろ」

と念を押したのを思い出す。

結局、この二人のつきあいはこの日限りで終ったはずだが、もし交際が深まったとしても、その後のふたりの歩みを見る限り、それが新しい仕事に実るなどはあり得ないはなしで、同じ仕事にたずさわる同世代人のつきあいには、いろいろのパターンがあるから、これはこれでひとつの定規のようなものかもしれない。

小幡欣治とは終生刎頸の交りを結んでいた小林俊一といい、身近にある人を彼岸に送ることが、なにかと多くなってきた。いたしかたないとは申せ、やはりさびしい。

f

さて、『熊楠の家』である。

どこから書き始めるか迷っているのだが、とりあえずは宇野重吉をかこむゴルフ仲間のはなしあたりを手がかりにすすめたい。

ゴルフに夢中になっていた宇野重吉は、ほとんど同時期にゴルフを始めた尾崎宏次、倉橋健、東野英治郎、三木のり平、内藤法美、甲にしき、横山清二、テレビ朝日製作局長田中亮吉、それに大河内豪あたりと余暇を見つけては、プライベートコンペに興じていた。東京近辺のコースが多かったが、ときに劇団民藝の後援者鈴木章一がオーナーで、宇野、横山などがメンバーになっていた豊岡国際カントリーまで、天竜川をのぞむ民宿泊りで足をのばすこともあった。小幡欣治をこのグループに誘い入れたのは大河内豪で、単身参加するのに二の足を踏んだ小幡は、花登筐と大木豊のふたりをいっしょに連れて加わっている。

大河内豪の誘いに小幡欣治が二の足を踏んだのは、三木のり平や甲にしき以外、親しくつきあっていたのが大河内と横山清二のふたりしかいなかったことに加えて、かつて自作の『畸型児』を宇野重吉の劇団民藝で上演するはなしが流れた問題があったのも否めない。根にもつようなところのまったくなかった小幡欣治だが、初めて大劇団に声かけられた作品が、はっきりとした理由もしめされることなく、上演されなかったことに、釈然としない思いをいだいた記憶はそう簡単に消えてしまうわけのものではなかった。そんなこともあって、気さくなはなし相手となれて年齢的にも近い大木豊と花登筐といっしょに参加したわけだが、このふたりが前後してあっ気なく世を去ったばかりか、誘いこんだ大河内豪まで、一九八五年の暮に衝撃的な憤死で人生に決着をつけてしまう。

このためこのゴルフグループにあって、小幡欣治は最年少者になってしまった。一泊して二日にわたってプレイするときなど、下ばたらきするのはどうしてもいちばん若手の役目になる。ここはひとつ自分より若い者を引き入れるにしかず、というわけで清水邦夫と私がこのグループに加えてもらうことになった。「ところがこのふたり、ゴルフはからっきし下手なくせに酒ばかりくらって、いっこうに働こうとしない」と、あてのはずれた小幡欣治がどこかに書いていた。

ふたりが加えられた頃、清水邦夫はすでに『わが魂は輝く水なり』と『エレジー　父の夢は舞う』の二作を劇団民藝のために書いており、二作ともに宇野重吉の主演・演出で上演されている。清水邦夫と作風のまったくちがう小幡欣治は、商業演劇作家として業界に君臨していたのだが、「俺にはとても書けない芝居だ」と言いながら、清水作品特有の詩情を絶讃してやまなかった。そんなはなしがはずんでいるさなか、宇野重吉のほうから小幡欣治にまことにさり気なく、「君も民藝に一本書いてくれ」と、尾崎宏次、倉橋健、横山清二、清水邦夫らのいる前で依頼した。この依頼に「これまでのいきさつは水に流して」という言葉はなかったし、そういう言葉を口にするひとでもなかったが、何人かがきいている前で、それもしごくさり気なく依頼したことで、既成事実にしてしまうあたりが宇野重吉の政治性だったと、これはいまになって思うことである。この依頼に小幡欣治は、「はあ、まあ」と返事をにごしていたものだ。『畸型児』上演をめぐるしこりは氷解していたはずだが、すぐに「書きます」と素直に応じるところまではいってなかったのだろう。

宇野重吉が癌との壮絶な闘いの末世を去った一九八八年以後、彼をかこんだゴルフのグループは、紀伊國屋書店社長松原治の主宰するコンペや、ときに早川書房早川浩の世話で安孫子ゴルフ倶楽部、小幡欣治のホームコースである鬼怒川カントリークラブなどで相変らずゴルフを楽しんでいた。そんな席で、尾崎宏次や倉橋健は小幡欣治に対し、かなり積極的に民藝のために戯曲を書くようすすめていた。言外にそれが宇野重吉の遺志でもあることを匂わしているようにきこえた。民藝と限らず、久久に新劇のための戯曲を書きたい気持が、小幡の胸のうちにだんだんと固まってきてるようにうつった。その新劇復帰の第一作に、南方熊楠を書くこともきめていたはずだ。『熊楠の家』の劇団民藝上演がきまったとき、

「宇野さんに頼まれたから書いたんだが、宇野さんが死んだから書いたんでもある」

という小幡欣治のつぶやきをきいているひとがいる。

九一年三月、劇団民藝公演・小池倫代作『恋歌《ラブソング》がきこえる』上演中のヤクルトホールに、渡辺保が製作部の菅野和子を訪ねて、小幡欣治が民藝のために戯曲を書く意志のあることを伝えている。積極的に民藝に書くことをすすめていた尾崎宏次や倉橋健を通さずに、渡辺保に伝達役をゆだねたのは、尾崎、倉橋どちらも民藝ときわめて親しい関係にあることを考慮した、小幡の判断からだろう。もし尾崎宏次や倉橋健に民藝との橋わたし役を依頼して、劇団とのあいだに齟齬をきたしたばあい、そのはけ口の持って行く先として、尾崎、倉橋というのは、小幡にとって偉い先生でありすぎる。渡辺保は東宝在職中、大河内豪とともに小幡欣治と仕事を共にした仲でもあるし、民藝というより宇野重吉ときわめて親しかった大河内を失っているだけに、こうした役を託すには格好の人材と考えたのは間違いない。

ちょうどそれと時を同じくした三月三日初日、二八日千秋楽で、小幡欣治脚本『桜月記』が帝国劇場で上演されており、私はこの芝居の原作者として連日のように小幡欣治と顔をあわせていた。この稿を書くために、押入れにしまいこんだ段ボール箱から、当時のメモをさがし出してたしかめた事実だ。そのほとんどに横山清二と、北村文典、いずみたく、古川清、青木玲子、横澤祐一などこの芝居のスタッフや出演者の誰かが同席していて、じつによくのみ、かつ語っている。初日の三日など、開演前に寄った銀座のウインズで、これも馬券を買いにきていた小幡欣治と鉢合せして、いっしょに劇場へ出かけたものである。こうして顔をあわせていながら、民藝のために芝居を書くときめたはなしの出た気配は、私のメモからはうかがわれない。

ちなみに渡辺保の訪ねたヤクルトホールの民藝公演を、私は初日の三月二三日に観ており、倉橋健、宮岸泰治、宇佐見宜一などと顔をあわせ、終演後菅野和子に誘われ宮岸、宇佐見とミュンヘンでビールをのんでいる。この席で、芝居のあいだ眠りつづけていた宇佐見のことを、菅野が非難している。

私のメモは市販の三年連用当用日記に、観た芝居、映画、読んだ本、会った人、書いた原稿などの事項を、いわゆる日記体風の記述を避け、文字通りメモしたものだ。とりあえず小幡欣治が渡辺保を通じて、劇団民藝に芝居を書く意向を持っていることを伝えた、一九九一年より『熊楠の家』の上演された九五年までの分から、小幡欣治に関連した記述をひろってみたのだが、思いもかけない膨大なものとなったことにいささか驚いている。もとより単純で無機的な記載事項にすぎないが、前後のつながりなどから、当時の光景が色あざやかにうかびあがったり、逆になんの意味やら一向に要領を得ないこともあるのだが、刺戟されるところは少なくない。ちょうどこの時期、私は季刊の「別冊文藝春秋」に「戸板康二の歳月」を執筆中で、これにもこのメモを利用しており、上梓されたものを読んでくださった木下順二から「君のメモのとり方の上手さに感心しました」という葉書を頂戴したものだ。

それにしても世に言う空白の二〇年の始まりでもある九一年から九五年という年月は、私の五六歳から還暦にかけてで、いまにして思えば働き盛りということだろうが、原稿をよく書いていること以上に、よくもまあこんなに時間があったと感嘆するくらい、じつによく遊んでいる。連夜の痛飲はさておき、競馬はＪＲＡばかりか、大井や川崎、浦和、さらには山口瞳夫妻に誘われ、家人ともども山形県上山にまで足をのばしているし、いまでは年に数回のゴルフも月平均一回以上ラウンドしてる。その時分から小幡欣治に下手だ下手だと言われつづけた私のゴルフだが、いまよりずっとましなスコアであがっているのはご愛敬だ。出かけた海外も、香港二回、台湾、ハワイ二回、ベトナム、スペインにまで及んでいて、よくもそれだけの稼ぎがあったと不思議に思うところだが、もっぱら印税と原稿料の前借に頼っていたわけで、前借先も文藝春秋を筆頭に、新潮社、講談社、中央公論社、日本経済新聞出版局、白水社、青蛙房とまさに軒なみ。メモされている金額も半端じゃない。出版事情ばかりか、世のなかのしくみそのものがすっかり変ってしまった、昨今のご時勢では考えられないことだが、定収のないフリーの物書きは、こうしてしのいでいたのだと……いけない、またまた余計な方向に筆がすべった。

小幡欣治に民藝のため戯曲を書く意志のあるのを、渡辺保から伝えられた菅野和子は、早速そのことを劇団の運営委員会に提出する。一九八八年一月九日に宇野重吉が死去して、その六月に創立三八年をむかえた劇団民藝は、瀧澤修と片谷大陸の幹事会の下に、大滝秀治をはじめ二七名からなる運営委員会が構成され、上演演目の選定にもこの委員会があたっていた。菅野和子も坪松裕、宮川真一、大庭剛とともに、制作部員としてこの運営委員会に加わっていた。運営委員会で、小幡欣治に戯曲の執筆を依頼することが正式に決められて、菅野和子から渡辺保を通じその旨伝えられたのが、いつのことなのかははっきりしない。はっきりはしないが、その年のうちに正式に依頼されていると考えて、小幡欣治とは四月からでも中日劇場で『桜月記』の上演された名古屋滞在三日間をふくめて、二十数回以上も顔をあわせているのに、九一年分のメモの記述には民藝に関連する事項は見当らない。ただ、七月の二四、二五の二日間、長野県の諏訪湖カントリーで、尾崎宏次、倉橋健、川本雄三、紀伊國屋ホール支配人金子和一郎、横山清二、清水邦夫、小幡欣治、中川鋭之助夫妻、それに私の三組でゴルフを楽しんだとき、宿泊したぬのはんで、メンバーの若手三羽烏と呼ばれていた小幡、清水、矢野が同室になっている。就寝前のひとときに小幡欣治から、それとなくという感じで民藝という劇団の内部事情について訊ねられている。清水邦夫は、宇野重吉の在世中の民藝に『わが魂は輝く水なり』と『エレジー　父の夢は舞う』の二作品を提供しているし、私は劇団の公演パンフレットに稽古場訪問記を連載していたことなどから、訊ねられたのだと思うが、ふたりとも劇団内部の人間関係や組織体系の詳細など知る由もなかったから、期待されるような返事ができなかったのを覚えている。

その年の一一月二五日に、早川書房地下のレストラン「ラ・リヴィエール」で「尾崎宏次ご夫婦の会」というのが開かれている。この会の大要を、九二年一月号の「悲劇喜劇」の早川清による「編集後記」から引用すれば、

主賓のたっての希望で参会者は親しいものだけの三十五名に限られ、それなりに藹々とし

た和気の中で会は進行した。会の表題だけでは、はっきりとした主旨がわからないが、その日は、日本の慣行で「喜の字の賀の祝い」として、その古事をよろこぶ祝い日だったのである。

ご存知の方も多かろうと思うが、かたくななまでにお祭り嫌い、見かけによらない照れ屋のためか、木下順二ほか四名の発起人は名ばかり、三名の世話人が、その心情をおもんぱかってか、それとなくつけた名称であろう。その三人とは、清水邦夫、矢野誠一、小幡欣治の各氏である。会を嫌がる尾崎宏次を強引に説き伏せたのもこの男たちで、陰謀はすでに数ヵ月前からはじまり、打合せは四回、それぞれ議事に使った時間はわずか十分、その流れは転々として深更に及んだという。

とある。

私のメモと対照しても、たしかに八月三〇日の紀伊國屋書店サロンを皮切りにつごう四回、この会の世話人をつとめた三人でのんでおり、ときに倉橋健、横山清二、金子和一郎なども加わっている。

この会の打ち合わせ以外で目を引いた事項に、一〇月二八日のものがある。この日は池袋のサンシャイン劇場で、民藝公演、木下順二作・内山鶉演出による瀧澤修の『巨匠』を観た帰り、菅野和子に誘われプリンスホテルで倉橋健、畑野一恵、小幡欣治とビールをのんだあと、小幡とふたりで白水社の和氣元を待たせている四谷のFにまわっている。和氣に紹介して、小幡に

『評伝菊田一夫』を書かせるためで、この夜は三人で四谷から銀座の魔里に場所を移して深夜までのんでいる。小幡欣治の『評伝菊田一夫』は、いろいろあった曲折のあげく二〇〇八年一月、岩波書店から刊行された。

はなしを戻すが、べつに当人の口からきかなくとも、何度となく顔をあわせているうちに、その意志はなんとなく伝わるもので、小幡欣治が民藝のため脚本を書くらしいということは、「尾崎宏次ご夫婦の会」がひらかれた頃、少なくとも尾崎宏次や会の世話役をつとめた三人、ゴルフ仲間の倉橋健、横山清二などは暗黙のうちに知ってたような気がする。この会に出席していた民藝の女優奈良岡朋子、日色ともゑ、水原英子のうち、奈良岡、日色は運営委員だったから当然知っていたわけだ。ついでにひと言加えれば、この会の司会は小幡欣治がつとめており、「この人がこんな愛嬌があったのか」と、その司会ぶりにおどろいた早川清が、例の「編集後記」に書いている。

かねがね評伝劇を書きたい、それも依頼されたものでなくと口にしていた小幡欣治の意中の人物は、南方熊楠と西東三鬼だった。九〇年、東宝に対して休筆することを申し入れ了承された一年間、何度となく和歌山を訪れていたのを知っていたから、こんど書く評伝劇は南方熊楠だろうと、私は見当をつけていた。もっとも休筆して、もっぱら取材にあたっていた九〇年には、民藝、というより古巣の新劇のために書くという意志が、はっきりと固まっていたわけではなかったはずである。東宝演劇部と専属契約が継続中であったことからも、森繁久彌の南方熊楠というのも頭の片隅にあったのは間違いない。

九二年になると、二月に東京宝塚劇場で『桜月記』の三演があったため、年明け早早から小幡欣治と頻繁に顔をあわせることになる。小幡欣治は芸術座の三月公演、有吉佐和子原作『芝櫻』の脚本・演出にもあたっていたから、そちらの稽古もあって、連日のように有楽町近辺に姿をあらわしていた。

そんなさなかの一月二三日三時からホテル・ニューオータニで、第二七回紀伊國屋演劇賞の授賞式とパーティがあり、その会場で私たちは落ちあうことになっていた。私たちというのは小幡欣治、尾崎宏次、倉橋健、清水邦夫などである。例年四時から始まるこの会が、この年に限り三時と一時間くりあがっていたのは、スピーチをする前年度受賞者加藤剛のスケジュールのつごうだときいていた。その三時に二時間近く遅れて小幡欣治と倉橋健が連れだって現われたのだが、いつになくきびしい表情をしている小幡欣治に、私は思わずたじろいだ。会場にくる前、ふたりでなにかはなしあいが持たれて、それで遅れた様子で、「いずれくわしくはなすから」と私にささやいた小幡は、「きょうは途中で失敬するからね」とつづけ、いつの間にか姿を消している。会が終り、尾崎、倉橋、清水、松本典子、川口敦子、金子和一郎と日比谷シャンテ内の松風に流れ、そこに横山清二が合流し、例によってにぎやかな酒席となったのだが、倉橋健の口から小幡とのはなしあいについては、なにもきかされていない。そのあと横山、金子、川口ともう一軒赤坂に寄って帰ったのだが、その翌日以降顔をあわせた小幡欣治は、倉橋健とのはなしあいについて、なにも語らなかった。

あとになっていろいろ推察したところでは、これは民藝サイドからの要望でもあったのか、民藝で上演する小幡作品は小幡自身が演出するべきだと、倉橋から説得されたらしいのだ。小幡としては、久久に新劇のために筆をとる脚本は、他人の手で演出してもらいたいというのが、最初からの意志だった。それでなくても、題材ばかりか出演者の顔ぶれやスタッフまで、あらかじめ大方が定められていて、それにあわせて書くことを強いられてきた商業演劇の制約から逃れて、自由な気分で机にむかえる機会の到来した矢先に、製作サイドから、それも無下には断わり難い先輩格の人物を介して注文をつけられたことに、面白からぬ感情をいだいたようだ。結果は、「演出はしない」という初志が通ったのだが、この演出の問題はトラブルのたねとなって、あとあとまで尾を引くことになる。

二月一三日、三越劇場で民藝公演、ラリー・シュー作・丹野郁弓訳・高橋清祐演出『ガイジン』の初日の舞台を観ているが、この日のメモによれば米倉斉加年と長時間はなしている。二日に初日をあけている『桜月記』を観ての感想だが、芝居そのものより小幡欣治への関心のほうが強かったのは当然だろう。民藝に南方熊楠を書いてくれることを前提にしての長ばなしだった。

二一日に『桜月記』の中日《なかび》パーティがあって、その席で版元の中央公論社を介した『桜月記』テレビ化のはなしを断わることに、小幡欣治ときめている。ふたりとも、あの作品は森光子のためのものという認識が強くあったからである。

それ以後、二月二四日、初台の鰻屋亀とみ、三月一八日、一九日、浜松の豊岡国際ゴルフカントリー、五月五日、帝国劇場『ミス・サイゴン』観劇後の松風、五月二九日、大熱海ゴルフクラブなどで小幡欣治に会っている。そのほとんどに尾崎宏次、倉橋健、横山清二、清水邦夫がいて、彼らの会話のなかでは小幡欣治が民藝に南方熊楠を書くことが、すでに周知の事実になっていた。これら周囲の人たちの、小幡熊楠への思い入れの熱さと激しさは、単に商業演劇の作家が久久に新劇のために書く戯曲という事実への関心を、はるかにこえるものがあった。それを受けとめる小幡欣治に、肩肘はったところが微塵もなく、ごくごく自然体なのがとてもいいと思った。

七月七日だった。小幡欣治から電話があって、きょう恵比寿の仕事場近くの喫茶店で、民藝の菅野和子と五時半に会うことになっているのだが、来ないかという。ちょうど民藝の機関紙に連載中のコラムの原稿締切日を過ぎていて催促されていた折でもあり、菅野に電話してそこで渡すことにした。この日正式に南方熊楠を書くことを伝えたときかされて、二人ともしごく上機嫌だった。場所をかえ三人で二軒ばかしはしごしたのだが、小幡欣治の構想はかなり具体化していて、「のり平にぴったりの役があるんだけどな」と口にしている。

八月一九日の小幡欣治の電話によれば、この日清水邦夫と帰京したという。二人がどんな仕事で、どこへ行っていたのかメモには記されていない。民藝とのあいだに、演出者の問題ではやくもごたごたがおきているらしく、愚痴をこぼされた。ただ、三木のり平に出演してもらいたい気持は相当に強く、「いいだろう、な、いいだろう」とさかんに同意を求められている。

九月四日に名古屋へ行き、昼間名鉄ホールで『女の遺産』、夜は御園座で『おたふく物語』と、小幡欣治作品を二本観て、終演後小幡欣治をかこみ横澤祐一、青木玲子、竹内幸子、巌弘志、本間忠良などと痛飲している。翌日、新幹線で帰京する際二人用の個室しかとれず、小幡欣治と二時間同室で過ごした。新幹線車中で原稿を書きまくっていた花登筐にはなしが及び、

「個室ができて、花登さん生きてたら喜んだろうね」と言ったら、

「それまで売れてたかな」

ときびしいことを口にした。このとき、対民藝のはなしも出て、東宝とちがって窓口がはっきりしないのがいちばん困るとぼやいている。

菅野和子がセッティングした下北沢のほんだという小料理屋に、小幡欣治と招かれたのは九月一二日のことだが、この席に米倉斉加年もきていた。ということは、すでに南方熊楠は米倉でいくことが内定していたのだろう。これには小幡も異存はなかったようで、一部には大滝秀治を推す声もあったが、「それじゃあたり前にすぎる」というのが作者の意見だったようだ。十時半頃までほんだでのんだあと、小幡に誘われ恵比寿の外人客の多いバーに行き、近くに住んでいた藤代佳子を呼び出している。

一九九三年の年明けには、私の身辺にいろいろのことがおこった。

まず一月一九日に父が八五歳で死に、二三日の早朝、私が勝手に師ときめ畏敬していた戸板康二が急逝されている。父のばあいとちがい、戸板康二の死はあまりにも衝撃的だった。

戸板康二の逝かれる前夜の六時から、私たちは戸板康二をかこんで、銀座のはち巻岡田で楽しく会食してたのだ。私たちというのは、前年一二月一四日の誕生日に「戸板康二先生の喜寿と芸術院会員を祝う会」というのが東京會舘で開かれた際に、裏方をつとめた金子信雄、文藝春秋の阿部達児、宮崎博、中井勝、関根徹、それに私の六人だった。裏方をつとめたことを慰労してくださったこの夜の会食だったが、戸板康二の健啖ぶりにみんな驚かされている。酒こそさほどすごされなかったが、次次に出てくる料理を、七人のうちでいちばん早いペースでたいらげたのである。関根徹が文春の車でお宅までお送りして、私たちは二次会で四谷に流れた。

翌二三日は、父の葬儀のため家人と朝早くから家を出て、雪のなか葬儀を終えて戻ったのが午後五時頃だったろうか。服も着がえず、とりあえずビールをのみながら夕刊をひらこうとしたとき電話が鳴って、文春関根徹の声で「戸板先生が今朝がたお亡くなりになった」と伝えられた。何度も電話したということだったが、まだわが家の電話には留守番機能がそなわっていなかった。かけつけた戸板家では、目を真っ赤に泣きはらした阿部達児や関根徹などが、かかってくる電話や弔問客の応対に追われていた。わずか二四時間前に、楽しく酒酌みかわしていた人たちと、こんなかたちで顔をあわせるというのが、どうにも納得できなかった。すでに納棺されていた、眼鏡をかけていないおだやかな死に顔にお目にかかり、当世子夫人から、はち巻岡田でお別れしてほぼ一二時間後に帰らぬひととなってしまわれたまでをうかがったのだが、それは信じかねる不慮の出来事に思われた。

帰宅した戸板康二はすこぶる機嫌よく、楽しかった会食の模様を夫人に語り、折から場所中だった大相撲の結果をテレビで見て、早ばやと就寝されたという。翌朝八時過ぎ、いつものように玄関をあけ新聞受けから配達された朝刊を取りに出かけたまま部屋に戻らないのを、不審に思った夫人が様子を見に廊下に出ると、はばかりの前にうずくまるように倒れていた。必死に介抱したのだが反応はなかったという。すぐ、近くに住んでいる戸板康二の実弟山口健夫に連絡をとり、救急車をよんだ。かつぎこまれるように昭和医大附属病院に入院したのは、そこがいちばん近い大病院だからだろう。病院では懸命の人工呼吸がほどこされたが、蘇生させることはかなわなかった。新聞の訃報にある「午前九時四十七分」という死亡時刻に、「脳血栓」という死亡原因は、病院側の発表によるものだろう。

一月二六日、二七日、品川霊源寺での通夜、密葬、二月六日、青山葬儀場で執り行なわれた本葬のお手伝いをした人たちと、戸板家遺族を慰労する会が、赤坂海宴で金子信雄の肝煎りで開かれたのは、戸板康二三七日の二月一三日だった。招かれたのは当世子夫人、実弟山口健夫に、丹阿彌谷津子、渡辺保、藤田洋、林えり子、阿部達児、中井勝、宮崎博、関根徹、三越劇場樋口剛輝、それに私だった。テーブルに置かれたプレートに「未亡人」とあったのを目にした当世子夫人が、「未亡人っていやな言葉ね」とつぶやいている。仏事めいた雰囲気のまるでない、和気藹藹としたなかで故人を偲ぶことのできたいい集いだった。遺族をのぞいたほとんどの面面が、場所をホテル・ニューオータニに移した二次会に参加し、ここでも談論風発、なかには遺族にはきかせられないような、故人の逸話なども披露されている。細かいことだが、この日の費用はすべて金子信雄が負担している。

二次会が散会となったところで、渡辺保に誘われてホテルのメインバーに席を移した。考えてみれば、渡辺保とふたりだけでのんだ最初だった。ウィスキーの水割がはこばれると、あらたまった調子で、小幡欣治の民藝の仕事に協力してやってほしいと言われた。協力と言われても、私にできることなどなにひとつないし、民藝という劇団の内部事情などあずかり知らぬ立場とあって、正直渡辺保の意図をはかりかねた。そんなことより、「別冊文藝春秋」編集長重松卓から『戸板康二の歳月』の執筆を依頼されていたことでもあり、戸板康二論の糸口になるような有益な助言を与えられたことのほうが有難かった。この日は私が渡辺保を途中でおろして帰宅したのだが、タクシーのおり際にも、

「小幡先生のこと、よろしくたのみますよ」

と言われている。

五月六日にスクワール麴町で「清水邦夫さんを祝う会」が開かれている。会費八〇〇〇円、盛況だった。散会後、会場すぐ近くのFに、小幡欣治、尾崎宏次、倉橋健、横山清二、吉行和

子、岸田今日子、水原英子、菅野和子などと流れている。ご機嫌の小幡欣治から『熊楠の家』をほぼ書きあげて、目下整理の段階にはいっていることを知らされている。大酩酊の横山清二が全員の勘定を払った。メモには「久し振りの痛飲タクシー帰宅、若干嘔吐」とある。

五月二二日、青山の民藝事務所で劇団機関紙のためだろう、奈良岡朋子にインタビューしていて、菅野和子も同席してるが小幡欣治に関したはなしは出てないようだ。

七月七日は歌舞伎座の観劇日だった。市川猿之助大歌舞伎である。昼の部の『源平布引滝』と文楽座出演の『二人三番叟』が終り、お目当だった夜の部の『當世流小栗判官』との間の入れ替え時間を利用した食事の席で、尾崎宏次から倉橋健と私に、「小幡欣治の『熊楠の家』が出来あがり、傑作なのでお祝いの会をやりたいと思うので、考えてほしい」と言われている。このあたりのいきさつを、一九九五年五月紀伊國屋ホール、劇団民藝公演『熊楠の家』のパンフレットに、「小幡欣治がかかえた時間」と題して、尾崎宏次が書いている。

七月の暑い日であった。一昨年（一九九三年）のことである。私は「熊楠の家」のコピー原稿を読んだ。世俗によごれたところのない作品だと思い、作者に手紙をかいた。よろしければ雑誌「悲劇喜劇」に掲載権をほしい旨を伝えた。翌日、承諾の電話があった。新年号に発表したいと考え、六カ月の猶予をもらった。勝手な頼みであった。雑誌にのってから、さらに一年半が経って、民藝が舞台にのせることになる。短い時間ではない。

ここで尾崎宏次のいう「短い時間ではない」の「短い時間」が、単に雑誌にのって民藝が舞台にのせるまでの「一年半」をさしてるわけでなく、この文章はこうつづく。

劇作家が、表現の日までにかかえる時間を、私はひそかに想像することしかできないが、小幡欣治が南方熊楠を劇化しようと考えたのが、七、八年もまえのことだったと知るのは、しばらくのちのことであった。これはながい時間である。作品懐胎の時間である。だが、尾崎宏次の規定した、雑誌にのってから実際の舞台にのるまでの「一年半」は、尾崎の意図にかかわりなく、小幡欣治にとっては、葛藤と相剋に費された「一年半」であった。

歌舞伎座で尾崎宏次から『熊楠の家』のはなしをきいた四日後になる七月一一日に、小幡欣治から電話をもらっている。この日は日曜日だったが、そのこととはかかわりなくこの電話は長時間に及んだ。九日に早川書房社長早川清が逝去しており、そのはなしも出たが、もっぱら『熊楠の家』を上演する劇団民藝に関することに終始した。熊楠を演る米倉斉加年が演出もかねたい意向なので拒否したところ、結局観世栄夫演出でいくらしいと、この電話で伝えられたように覚えている。

七月一四日のメモに、「小幡欣治熊楠の家読む　面白し」とある。この日は紀伊國屋ホールで、劇団民藝公演、ブライアン・フリール作、甲斐萬里江訳、渡辺浩子演出『ルナサの祭りの日に』を観ており、尾崎宏次、倉橋健、川本雄三などと顔をあわせ、終演後清水邦夫、松本典子、菅野和子と生ビールをのんでいる。

尾崎宏次の発案になる、小幡欣治『熊楠の家』の完成を祝う会は、八月一二日、「暑気払いの会」と銘打って、初台の鰻屋亀とみで開かれている。出席者は小幡欣治、尾崎宏次、木下順二、倉橋健、清水邦夫、川本雄三、横山清二、中川鋭之助、金子和一郎だった。文字通り祝福ムードにつつまれたなごやかな会だったが、散会後小幡に誘われるかたちで、清水邦夫、横山清二ともども四谷のFに流れてからは、少しばかし様子がちがった。小幡欣治が米倉斉加年と、組織体としての劇団民藝に対する不信感を露にしめしたのだ。

この時期の米倉斉加年は多忙をきわめていたらしく、『熊楠の家』の上演日程がいまだにきまっていないことが、まずだいいちの不満だったようだ。それに加えて、作者としての、劇団に対するほんの些細な指示、要求に対する処理が杜撰なことに、かなりのいらだちを覚えていた。菅野和子が窓口になっているので、彼女を通じて意を伝えるのだが、それが劇団にとどいて返ってくるまで、おそろしく手間のかかることに、ただでさえせっかちな身は腹立ちをおさえかねてる風情で、「子供の使いじゃないんだ」と菅野を怒鳴りつけたとも言っていた。小幡欣治のホームグラウンドたる東宝演劇部にあっては、どんな問題でも生前の菊田一夫なり、演劇部長横山清二に意を伝えれば、結果の如何にかかわらずほとんど即決でことがはこばれていただけに、勝手のちがった民藝の応対は、なにかと戸惑うものがあったのだろう。私たちは格好の愚痴のこぼし相手だったかもしれない。

名実ともにリーダーだった宇野重吉が没してより五年たっていたこの時期の劇団民藝が、組織としてまだ混乱から立ち直ってなかったのは確かだった。

かねてより劇団一代論を唱えていた宇野重吉は、ホームコースの豊岡国際カントリーでゴルフを楽しんだあとの民宿での酒盛りで、小幡欣治や清水邦夫などを相手に、

「もし修（瀧澤）ちゃんが死んだら、俺はただちに劇団を解散する」

と口にしたのを二度ならずきいている。私には洒落や冗談でなく、本音に思えた。結果は瀧澤修に一二年も先立って世を去ってしまうのだが、在世中民藝の劇団員に対して、「自分の頭で物を考えること」を、口を酸っぱくして説きつづけた。それでいながら劇団民藝に関する諸事万端、すべてと言ったらすべて、劇団員が自分の頭で考えたことを無視した、宇野重吉による独断専行で決められた。だから宇野重吉という指導者を失ってからの民藝は、簡単なことひとつ決めるのにもひどく時間を要するようになる。たまたまどこかの劇場の化粧室で顔をあわせ、連れ小便のかたちになって、

「熊楠、米倉に取られちゃったよ」

と大声で言った大滝秀治は、宇野重吉死後の民藝の状態を、

「高速道路で車運転してるんだよね。目の前に大きなダンプカーがいてさ、邪魔でしようがない。ところが気がつけばそのダンプがいなくなってて、自分が先頭走ってる。さあ、どうやって運転していいのか……」

と語ってくれたものだが、舵取りのいない船を相手の小幡欣治の鬱憤は、なみ大抵のことでは晴らせぬようだった。

八月二三日の昼前、小幡欣治からの電話で、尾崎宏次と約束した「悲劇喜劇」一月号に掲載する戯曲『熊楠の家』から、劇団民藝上演台本の肩書をはずすよう早川書房編集部に申し入れたことを知らされた。民藝で上演することもいったん白紙に戻すということで、その旨私から菅野和子に伝えてほしいと言う。菅野から電話があっても出ないこともふくめて、「矢野ちゃん、いやな役引き受けさせて悪いけど、頼むよ」と言われた。やむなく民藝だったか自宅だったか、そのあたりの記憶は定かでないが菅野和子に電話したのだが、電話口で菅野に泣かれて往生したのはよく覚えている。程なくこんどは米倉斉加年からの電話で、これも長ばなしになった。劇団のプロデュース感覚の点で不手際のあったことを認めて、しきりに弁解されたのだが、私に言われてもどうなることでもないので、ほんとうに困り果てた。とにかく小幡欣治に伝えると返事はしたが、劇団の手の内をさらけ出していないことが、小幡の怒りを買っている原因であるような印象を受けている。この夜、東京會舘で第一一〇回の芥川・直木賞の受賞パーティがあって、会場で早川浩と顔をあわせているのだが、この件に関してはなにもはなしていない。

その翌二四日。まったくの偶然だが銀座通りで、助川汎ら民藝の劇団員何人かと連れだった米倉斉加年と出くわしている。むこうもびっくりして短い時間立ちばなしししているが、前日の電話のくり返しでしかなかった。

さらにそのまた翌二五日。小幡欣治と芸術座の「東宝名人会」で落語を聴いたあと、ニュートーキョーにバーびいどろとはしごしている。当然のことながら民藝のはなしになるわけだが、もしかしたらそのはなしをするために誘われた東宝名人会だったかもしれない。はなしに進展はなかったが、「民藝も、清水、横山、矢野なんて小姑がいてやりにくいと愚痴ってるんじゃないか」と小幡は笑った。

台風接近の伝えられてる二六日の夜。菅野和子から電話があり、小幡欣治と米倉斉加年の一件で、これまた長ばなしになっている。

八月三〇日、例によって菅野和子からの電話で、小幡欣治とはなしあうことになったのだが、その前に尾崎宏次に会って相談したいと言うので、「いいと思う」と答えている。

九月七日。青山の民藝事務所で、機関紙のため大滝秀治と奈良岡朋子にインタビューしたあと、近くの喫茶店で菅野和子と一〇分ほどはなしているが、小幡欣治になんとか九五年五月上演の線で納得してもらえそうとの感触を得ている様子だった。

この日いらい私のメモは、一一月四日、帝国劇場、ニュートーキョー、びいどろ。一一月一〇日、八王子カントリー。一一月一九日、芸術座、ニュートーキョー、びいどろ。一一月二五日、鬼怒川カントリークラブなどで小幡欣治と顔をあわせていることを記しているが、民藝に関する記載はない。

一二月九日に、三越劇場で民藝公演の小島政二郎原作、砂田量爾脚本、高橋清祐演出『君はいま、何処に……』を観て、終演後小幡欣治、菅野和子と、うすけぼから四谷のFにまわっている。この時点で九五年五月、『熊楠の家』上演を小幡欣治は了承していたことになる。その五日後の一二月一四日。「悲劇喜劇」編集部の高田正吾とふたり、浅草の三浦屋で小幡欣治にふぐをご馳走になり、ビューホテル最上階のバーでドライマテニなどのんでいる。この席は、高田への『熊楠の家』「悲劇喜劇」掲載の礼と慰労をかねたもので、私はそのお相伴にあずかったわけだが、掲載された戯曲の劇団民藝上演台本という肩書は、予定どおり割愛されている。浅草の三浦屋でふぐをご馳走になった一二月一四日以後の、残り少なくなった九三年の師走をあわただしく過ごしたのだが、その間にも三度ほど小幡欣治と顔をあわせている。

一二月一六日には帝国ホテルで、「山田五十鈴さんを祝う会」というのが開かれて、小幡欣治、倉橋健、田中亮吉、川本雄三とともに、横山清二が設営した松風に流れている。山田五十鈴が「最も信頼する評論家」とつねづね口にしていた尾崎宏次が顔を出していない理由は判然としない。メモに「民藝・熊楠」とあるが、この日どんなはなしが出たものか、皆目記憶にない。

一二月二一日、小雨まじりのなか、この年最後のゴルフを、小幡欣治のホームコースの鬼怒川カントリークラブで楽しみ、小幡のほか倉橋健、清水邦夫、横山清二、金子和一郎、それに炎座いらいの小幡の畏友、通称もやし屋の誠ちゃん中村誠次郎が参加している。ゴルフを終え、東武電車で浅草へ出た私たちはタクシーに分乗して、木下順二と尾崎宏次の待つ初台の鰻屋亀とみに出かけ、忘年会をやっている。

倉橋健宅で一二月二八日に開かれた「蟹を食べる会」に出るため、小幡欣治と小田急線の代々木上原駅で待ち合せている。この夜、倉橋家のもてなしにあずかったなかに、小沢昭一と加藤武もいて、ふたりとも小幡とは初対面だった。小幡が、同世代でともに東京っ子である小沢、加藤と顔をあわせるについて、「喜び半分、気まずさ半分」の微妙な感情をいだいていたことは、前に記した。みんなが倉橋家を引きあげたあと、小幡欣治とふたり残り、というより残された感じで、『熊楠の家』と劇団民藝とのことについてはなしているが、米倉斉加年に対する評価の点で、小幡と倉橋のあいだに、若干の齟齬があるような感じを私は受けている。

年が明けて、一九九四年一月七日。小幡欣治の仕事場のある恵比寿の茶羅で、小幡、菅野和子と落ちあい、エビスビヤホールに席を移している。この日はすでに九五年五月劇団民藝上演がきまっていたとあってか、『熊楠の家』のはなしに終始した。戯曲が掲載された「悲劇喜劇」一月号の発売された前年末の時点で、「三木のり平が洋服屋の金崎宇吉役をやってくれたらなあ」という作者の思いが伝えられていた。この日もそのはなしが出て、先方にどうはなしを持っていくかの相談をしている。三木のり平に心酔し、のり平の出演する舞台のほとんどに起用されてる東宝の傍役荒木将久あたりをともなって、四谷ののり平宅を訪れるのがいちばんいいのでは、などというはなしも出た。

一月一三日、帝国劇場で小幡欣治作・北村文典演出『横浜どんたく──富貴楼おくら──』を観たあと、地下の喫茶店で小幡欣治、菅野和子と打ち合わせをしてるところに荒木将久がやってきて、中日《なかび》のパーティに誘われている。ここで三木のり平宅訪問の相談などしたのだろう。

一月二〇日、ホテルニューオータニで、紀伊國屋演劇賞の受賞パーティがあって、顔をあわせた小幡欣治、木下順二、尾崎宏次、倉橋健、横山清二と松風に移動している。横山清二が、東宝の現場をリタイヤして相談役に退いたため、「余暇で余暇で」とぼやいていた。木下順二が『熊楠の家』を「よく書けている」と褒めたことに、小幡欣治はてれながらも嬉しそうだった。松風がお開きになって、小幡とふたり、びいどろのカウンターで水割をのみながら、またまた三木のり平のはなしになった。

その翌二一日、東京會舘エメラルドルームで開かれた一周忌にちなむ「戸板康二氏をしのぶ会」の終了後、発起人をつとめた河竹登志夫、金子信雄、渡辺保、それに私の四人が、文藝春秋の阿部達児、関根徹ともども、生前の戸板康二が、「大阪弁の熊谷陣屋」と称して行きつけだった銀座の夢やまで足をのばしている。戸板康二の三七日の席で、渡辺保から「小幡先生の民藝の仕事に協力してやってほしい」と言われていたのだが、その後、一周忌のこの日をふくめて渡辺保とこの問題ではなしあったことはなかった。

二月一六日。ホテル西洋のサロン・ラ・ロンドで、「赤木のママ紫綬褒章パーティ」という赤木春恵を祝う会があって、その席から抜け出した小幡欣治、横山清二、荒木将久とビヤホールに、もう一軒なんとかいう居酒屋とはしごして、三木のり平宅訪問の段取りをきめている。

二月二三日。青蛙房に出むいて印税の残金をもらった足で四谷に出て、駅前の喫茶店ルノアールで小幡欣治、荒木将久と落ちあい、三木のり平宅を訪ねた。途中、土産に花など求めているところで、通りかかった東宝の舞台女優新井みよ子に挨拶されている。

自身で玄関の扉をあけてくれた三木のり平は荒木将久の顔を見て、

「なんだ荒木、お前も来たのか」

と言った。荒木を通して訪問の約束を取りつけていたので、当然来るのがわかっていたはずなのに、こういう口のきき方をするあたりが、このひと特有のてれみたいなものだろう。荒木のほうも、しごくあたりまえに受け取っていて、馴れっこというのか、なんだかじゃれあってるみたいで、見ていて悪い気がしなかった。三人居間に通されて、焼酎など振舞われたのだが、小幡欣治は「読んでほしい」と『熊楠の家』の台本だけ手わたしして、具体的なはなしは一切しなかった。のり平はのり平で、「あっ、そう」とつぶやきながら、受けとった台本のページをひらこうともせず、そのまま小机の上にぽんと置いた。

小一時間ほどとりとめもない雑談をして、のり平宅を辞した三人は、焼肉屋龍月園で食事してからFへ寄ったのだが、感触としてはいい手応えだったような気のする訪問結果だった。

小幡欣治には、浅草の連中と称する幼馴染みをふくめた友達が何人もいて、芝居にかかわりのない気さくなつきあいを大切にしていた。いつの頃からか、そんな浅草の連中の集いに私も誘われるようになり、酒席やゴルフをともにしてきた。三月の七日に、その浅草の連中の中村誠次郎に上林某、小幡、私の四人で鬼怒川カントリークラブでゴルフを楽しんでいる。帰りは例によって浅草の菊水、新政の二軒でのんだのだが、小幡欣治は菊水に子息の聡史を呼び出している。無論初対面だった。この席で、一二日に浅草木馬亭で開かれる「かいば屋寄席」に三木のり平を誘うことに相談がきまり、小幡がのり平に連絡することになった。

「かいば屋寄席」というのは、浅草猿之助横丁にあった（と過去形で書くのは現在のはなしで、その時分は未亡人がひとりで切り盛りしていた）かいば屋という小さな居酒屋のマスター熊谷幸吉を偲んで、店に出入りしていた落語家たちが、年に一度木馬亭を借りて開いていた落語会である。みんなクマさんと愛称で呼んでいたマスターは、野坂昭如、大村彦次郎などと早稲田で同窓の熱血漢で、その人柄に親しむ色川武大、田中小実昌、中山あい子、都筑道夫、吉村平吉などの文人や編集者、あまり売れてない落語家、藝人たちが、いつもたむろしていた。落語家の五街道雲助など、このかいば屋で知りあった縁で野坂昭如に仲人してもらってる。

いま思い出しても三月一二日、「かいば屋寄席」当日のことの展開が、不思議でならない。いっしょにのぞくはずだった中村誠次郎は行かれなくなったので、小幡欣治、三木のり平と三人で木馬亭に出かけた。どこかで待ちあわせたのか、会場で落ちあったのか、私のメモにはその記述がない。出演はかいば屋常連の橘ノ百円、三遊亭圓龍、五街道雲助などで、トリは川柳川柳だった。客席にのり平が来ていることが、ただちに楽屋に伝わっていたらしく、出演者のみんながみんな緊張しっぱなしの高座をつとめていた。なかであきらかに酒のはいっていた川柳川柳ばかりが、いつも通りの羽目をはずしたばかばかしさで、客席をわかしていた。そん

な川柳の高座を、

「あいつは、ああしかできないンだろ」

とのり平は言った。

　かいば屋寄席がはねて、あらかじめきめてあったコースの新政にむかい、小あがりに席をとり、肉を食べた。芝居のはなしやひとの噂をしながら盃を重ねていたのだが、『熊楠の家』に関しては、小幡欣治も私も話題にしようとしない。小幡欣治にしても、この日この席で返事がもらえるなどとは、毛頭考えていなかったはずである。そのうちに三木のり平が、東京宝塚劇場であったか、帝国劇場であったかで上演された、のり平自身は出演していない小幡欣治作・演出の芝居の、誰かが熱海の駅頭で蜜柑を手渡す場面の不備を指摘した。その芝居の題名をそのときのり平は口にしているはずなので、『東宝70年　映画・演劇・テレビ・ビデオ　作品リスト』から見当をつけたり、小幡作品に精通している誰彼に訊ねてみたりしたのだが、はっきりしない。はっきりしないが、このときののり平の指摘はすこぶる具体的で、かつまた執拗だった。はじめのうちはただ黙ってうなずいていた小幡欣治が、いきなり立ちあがって、

「だからなんだってんだよ、しつこいんだよッ」

と怒鳴りつけたのだ。稽古場でもときとして罵詈雑言をあびせかけ、役者やスタッフを震えあがらせると、その癇癪ぶりを耳にしてないわけでもなかったが、けっして短くはないつきあいのなかでも、あれだけ怒った小幡欣治は見たことがなく、しかもそれが唐突であっただけに、

ほんとうに吃驚した。と言うよりも呆気にとられたほうが先だったから、私としてもなすすべがなかった。怒鳴られた三木のり平のほうも、まったく意外だったようで、なんでそんなに怒っているのか理解しかねる表情だったが、この受け取り方は私も同じだったように思う。気まずいまま三人で席を立ち、国際通りでそれぞれタクシーを拾って帰宅したのだが、どう解決をつけるにしても、おたがい大人であることだし、取り返しのつかないような事態にはなるまいが、『熊楠の家』出演のはなしはお流れになる予感がしたのはたしかだ。

それからなか一日置いた三月一四日。六時に雷門で大村彦次郎と待ちあわせ、並木の藪、かいば屋、コットンとはしごしている。大村はかいば屋寄席に行かれなかった詫びを、クマさん未亡人に伝える目的もあった。三木のり平が来てくれたことに出演者一同大喜びだったときかされたが、そのあとの新政での一件に関しては、無論なにもしゃべっていない。

三月一九日の朝、三木のり平から電話があり、「オバキン、なんであんなに怒ったのかネ」と訊ねられたので、私も正直よくわからないと答え、小幡からはあれいらい連絡がないし、こちらからすることでもないから、と伝えた。

三木のり平から電話のあった翌日の二〇日。こんどは小幡欣治からの電話で、あの日帰ってからかみさんに報告したらひどく叱られて、俺も反省してのり平にあやまったとのことだった。すると前日ののり平の電話は、小幡が詫びを入れてきたことの報告だったのかもしれない。そう考えれば、なんとなく言外にそんなニュアンスも感じられて、いかにも三木のり平らしい屈折した電話だったことになる。

この小幡対のり平の一件は、私だけが知っていることとして、前にもちょっとふれたのだが、『熊楠の家』の上演過程のはなしの道筋を通すため、ここでくわしく記した。

一九九三年四月。「『熊楠の家』の戯曲の成果に対して」、第一九回菊田一夫演劇賞・特別賞が小幡欣治に与えられた。小幡欣治は七五年度の第一回に、『安来節の女』と『にぎにぎ』で演劇賞、八八年の第一四回に「『恍惚の人』『夢の宴』の脚本成果に対して」演劇大賞を受けており、三度目の菊田一夫演劇賞受賞となる。感慨のなかろうはずがない。当時の選考委員には尾崎宏次や倉橋健も名を連ねていたが、選考委員のなかには、「未だ上演されていない戯曲の受賞は前例がない」と異を唱えたひともいたらしく、「あの馬鹿はどうしようもない」と、ふだんはことさらのように叮嚀な口をきく倉橋健が、珍らしく過激な口調でそのひとのことを罵っていたのを覚えている。

九四年五月一二日、小幡欣治からの電話で、今夜東宝現代劇の連中と松風でのむのだが出てこないかとの誘い。無論喜んで出かけた。四月の一四日から二〇日まで、入船亭扇橋、小沢昭一、永六輔、加藤武、大西信行、永井啓夫、柳家小三治ら俳句仲間とバリ島に行ってたので、土産に現地で買ってきた乞食の人形を持参している。松風には内山恵司、安宅忍、荒木将久などが集まっていて、ばかばなしに興じていた。小幡欣治は、はや『熊楠の家』の次なる作品を構想中で、神戸トアロードのはきだめホテルが舞台の、俳人西東三鬼のはなしを熱っぽく語っていた。この構想は二〇〇九年に劇団民藝が三越劇場で上演した『神戸北ホテル』に実っている。ちなみに予定されていた「神戸はきだめホテル」のタイトルは、三越側からふさわしくないとのクレームがついて、変更のやむなきにいたったようにきいてる。

風かおる心持よい季節とあって、私のメモにはゴルフの記述が目につく。五月一八日には早川書房のコンペが安孫子ゴルフ倶楽部であって、小幡欣治、早川浩、尾崎宏次、倉橋健、清水邦夫、田中亮吉、川本雄三と参加している。一日おいた二〇日は、紀伊國屋書店のコンペが日本カントリーであって、こちらも小幡欣治、松原治、尾崎宏次、倉橋健、清水邦夫、田中亮吉、金子和一郎とほぼ同じメンバー。六月三〇日、八王子カントリーで尾崎宏次、倉橋健、横山清二、田中亮吉、川本雄三、都民劇場佐原正秀、東宝小島亢の面面でゴルフを楽しんだ帰りに亀とみに寄り、参加できなかった小幡欣治に寄せ書の葉書を書いている。

七月九日に帝国ホテルで早川清一周忌の会があり、木下順二、尾崎宏次、倉橋健、小幡欣治、宮岸泰治、川本雄三、田中亮吉、横山清二と松風に移って歓談している。

八月八日は鬼怒川カントリークラブで、小幡欣治に清水邦夫、それに浅草の連中の加わったメンバーでゴルフを楽しみ、帰りの東武電車の車中で始まった酒盛りは、浅草に着いて甘糟なる知る人ぞ知る古酒場に流れ、名物のハイボールで仕あげにしている。この店の大年増の女将は小幡欣治の大ファンなのだ。清水邦夫は初めて顔をあわせた浅草の連中の気取りのなさが、すっかり気にいった様子だった。

私のメモは、この後も小幡欣治に関する記述がつづくのだが、年の明けた九五年一月一〇日に知った、三木のり平の『熊楠の家』出演問題の結論を先に記す。

菅野和子の電話によれば、劇団民藝制作部長の坪松裕と、麴町にある三木のり平事務所サニムを訪れ、マネジャーの前島達男相手にのり平の『熊楠の家』出演交渉をしたのだが、応じてもらえなかったという。

いま、あらためて私のメモをたどってみて、三木のり平という役者には、東京人独得の屈折と含羞がついてまわっていたことを、つくづく感じる。『熊楠の家』出演を断わるほぼ一ヵ月前になる一九九四年一二月八日の出来事など、いったいどう解釈したらいいのだろう。

この日は劇団民藝公演、岡本綺堂『修善寺物語』を観るため三越劇場に出かけている。演出は前進座から高瀬精一郎を招き、瀧澤修の夜叉王に、かつらを光本幸子、頼家に嵐圭史が客演するという、民藝にとっても異色の公演で、客の関心も高かった。多分あらかじめ打ち合わせてあったのだろう、この芝居を観た三木のり平、小幡欣治、尾崎宏次と四人で終演後、菅野和子の設営したうすけえぼで歓談している。メモにはなんと「のり平ご機嫌、熊楠ほぼきまり」とあるのだ。うすけえぼ散会後、小幡欣治とふたり、八重洲口にあった国際観光ホテルのバーで乾杯している。

三木のり平という役者の仕事に、自分のほうから仕掛けたものは皆無だった。やりたいことが山ほどあるのに、それを実現させるために自分から動くことを、けっしてしなかった。すべて先方から持ち込まれたものだったが、その持ち込まれた仕事も企画の段階で断わることが多かったし、いったんは了承しても出来あがった台本が気にいらないと、降りてしまうことも少なくなかった。

小沢昭一が日活や東宝の映画に出まくっていた頃のはなしだ。明日とか明後日とか、とにかく緊急に時間をつくってもらえないかという電話が、撮影所からかかってくることがしばしばあったそうだ。スケジュールが許す限り応じるようにしていた小沢のところに、オートバイで台本がとどけられる。ページをめくって配役のところを見ると「小沢昭一」と刷られた紙片が貼りつけてある。予想したとおり、誰かが降りたためのピンチヒッターなのだ。こうしたケースで、いったい誰が降りたのかに興味がわくのは、役者の性《さが》みたいなものだそうで、そのあたりの事情を知るべく、鉄瓶の口から発する湯気をあてながら、ゆっくりと小沢昭一と刷られた紙片をはがしにかかる。下に刷られていた名前のほとんどが三木のり平だったそうだ。

ビデオなんてなかった生放送時代の、NHKの人気連続テレビドラマ『若い季節』で三木のり平と共演していた小沢昭一は、俳優座の先輩にあたるのり平の、すこぶる醒めた神経に畏敬の念を払っていた。台詞覚えの悪いのを売物にして、そこら辺の小道具ばかりか、ついにはカメラにうつらぬ小沢昭一の左頰に、マジックインクで台詞を書かれたこともある。こうした一見乱暴な悪戯も、裏を返せば親しみを感じればこその、三木のり平流サービス精神であることを先刻承知していた小沢昭一は、いつの日かこのひとと本格的な舞台の仕事をしてみたいと、こころにきめていた。小沢昭一は一九七五年に、文学座から刎頸の友である加藤武を招き、最初から五年で解散すると宣言した芸能座を、いま風の言い方にならえば立ちあげている。新劇運動ならぬ新劇運動会を標榜して、永六輔『清水次郎長伝・伝』、井上ひさし『しみじみ日本・乃木大将』『強いばかりが男じゃないといつか教えてくれたひと　浅草キヨシ伝』などなどを上演するのだが、その舞台稽古の会場の片隅に身をひそませてる風情の三木のり平が必ずいたという。舞台稽古を終えた小沢昭一が挨拶するべく、客席をさがすとすでに立ち去っているのが、いつものことだった。それでいて公演の本番の舞台を観に来たことは一度もなかった。

晩年、木山事務所で別役実の『はるなつあきふゆ』『山猫理髪店』で、念願の新劇回帰を果した三木のり平だが、声さえかかればふたたび新劇の舞台を踏みたいという思いが、小沢昭一の芸能座の活動を、つかず離れずの距離を保ちながら見つめつづけていたのだろう。そんな三木のり平が、わずか一ヵ月前にご機嫌でほぼきまりかけていた『熊楠の家』出演を、断わった理由はいったいなんだろう。あのひとらしい屈折のもたらした、気の変りようとでも思うほかにないのかもしれない。ただ、この結果に小幡欣治はそれほどの落胆を見せていない。

三木のり平の出演が駄目になったことが伝えられた五日後の一月一五日、小幡欣治の長女稲穂と濱田隆行との華燭の典が、目黒雅叙園で執り行なわれている。新婦父親の友人として、横山清二、田中亮吉、中村誠次郎とともに披露宴に出席した。ただでさえ劇界に交遊の多いなか、横山、田中、中村と私の四人だけが出てるのは、目上の人たちには声をかけなかった、これも小幡欣治の嗜みだろう。自分に娘がいないので、花嫁の父の心境を察することはできないが、席上新郎新婦の友人たちが賑やかに盛りあがっている光景を、笑みを浮かべて見つめながらもどこか寂し気だった。

案の定その晩の九時をまわった頃であったか。酔っぱらった小幡欣治から電話があって、

「寂しくってやりきれない」

とぼやいてみせた。

「母親はいいよなあ、喜ぶばかりで。かみさん、友達とどっかのみに出かけて、まだ帰ってこないんだ」

長かった小幡欣治とのつきあいで、こんなにも無防備に自分の気持をさらけ出すのにふれたのは、この夜の電話以外にない。

電話が切れて、間髪を容れずといった感じで、こんどは横澤祐一からの電話だ。どうやら小幡欣治は私にかける前に、娘のいる横澤祐一に電話で綿綿とその寂寥のほどを訴えていたらしい。

「こんなに落ちこんでいる小幡先生は初めてです。心配だから、至急先生を慰める会をやりたいと思うので、あなたも考えといてください」

と言うから、「それは是非とも」と答えている。

一月一九日に三回忌にあわせた「戸板康二氏を偲ぶ会」が、東京會舘エメラルドルームで開

かれている。発起人のひとりである金子信雄が、暮の一二月二五日に風邪の菌が腸に入る「急性細菌性腸炎」を患い、駿河台の杏雲堂病院に入院したため欠席したのがさびしかったが、八〇名ほどが参加したなごやかな会だった。金子信雄の代理で出席した長男金子さくたろうのはなしでは、数日中には退院できる見通しで、倉石功が代演している銀座セゾン劇場の、ロベール・トマ作、小澤僥謳訳・演出『シャンブル・マンダリン』は、二月五日の千秋楽までには必ず復帰するということだった。

会のあとの二次会は、河竹登志夫、山川静夫と私の三人が、文藝春秋の阿部達児、関根徹に誘われて銀座の夢やに出かけている。二次会の別れ際に、明日の夕方、印税の前借をいたしたく文春を訪ねる旨を私は阿部達児に伝えている。

その、翌《あく》る二〇日の五時頃だった。訪ねた文藝春秋で、青ざめた関根徹から金子信雄の死を伝えられたのである。容態が急変したとかで、文春のほうに連絡がはいったのが二時過ぎで、関根徹はたったいまきいたという。

「まだ信じられなくて、なんだかこのへんがどきどきしている」

と自分の胸をそっとおさえた。

その夜は、新宿の朝日生命ホールで劇団民藝公演、加太こうじ原作、脚本・演出伊藤弘充『黄金バット伝説』を観る予定になっていた。どうしても観なければいけない芝居ではなかったし、すぐにでも浜田山の金子家にかけつけたい気分だったが、日頃から葬儀はしないと言いつづけていたひとでもあるし、とりあえず明日の朝までにはくわしいこともわかるだろうと、朝日生命ホールにむかった。途中、小幡欣治の仕事場に電話をかけて、金子信雄の死を伝えたのだが、しばし絶句していた。金子信雄の出演した東宝系舞台の小幡欣治作品はかなりの数にのぼっている。それよりなにより下谷生まれの金子と、浅草育ちの小幡には、同じ下町っ子として気のあうところが多かった。

翌る二一日の朝、渡辺保が電話をくれて、結局葬儀にかわる「お別れ会」を杉並妙法寺堀之内静堂で、二二日日曜日の夜と二三日昼の二回にわけて行なうことにきまったと知らせてくれた。

二二日の夜は、それまでの晴天つづきが嘘のような、激しい雨になった。地下鉄を東高円寺でおり、環七通りに出たところで会った福田善之と傘をならべて歩きながら、なんだか金子信雄が残した思いをこの雨にたたきつけているような気がしてきた。「お別れ会」といっても、沢山の酒と花にかこまれた遺影に献花するだけで、一切のセレモニーと宗教色をはぶいたあたりに、葬式をきらった故人の遺志を尊重した遺族の思いがうかがわれた。ふだん金子信雄が愛飲していたという酒甕が所狭しと並べられた、二階の大広間にあがり、戸板当世子夫人、渡辺保、藤田洋、南悠子、幸田弘子、林えり子、夢やのマダム中杉木伃子、関根徹などなど、知った顔の大勢そろった一隅に、小幡欣治、横澤祐一、本間忠良らと席を占め、金子信雄の残した思いについて語りあった。

宇野信夫が六代目尾上菊五郎のために書いた傑作『巷談宵宮雨』を、金子信雄に与えていたのは知る人ぞ知るはなしだった。金子もこれを大いに徳として、ひそかに期すところがあったのだが、宇野信夫の存命中に日の目を見ることはかなわなかった。理想的な配役を組むための条件が充たされなかったのがその理由だが、連日テレビの料理番組で得意の腕をふるっていたため、スケジュールの調整がつかなかったという事情もあった。そうしたことを考えるにつけ、一九九三年一一月に、新演劇人クラブ・マールイ主催の戸板康二追悼公演として、戸板康二作『肥った女』と併演した、久保田万太郎作・中村哮夫演出『釣堀にて』の直七役が、金子信雄の最後の舞台となったことに、思い残したことの多かったひとだけに、唯一救われる思いがしたものである。

「久保田万太郎を演らないままで死んじゃったら、ただの料理のおじさんになっちゃうもんな」

と口にして、

「お前さん、そういうことをこういう席で大きな声で言うもんじゃないよ。料理番組の関係者だって来てるだろうし」

と小幡欣治にたしなめられたのだが、たしなめた当人も同じ気持だったにちがいない。

愛娘の稲穂を嫁に出し落ち込んでいる小幡欣治を慰める会を立案し、実行に移したのは小幡が戦友と称していた東宝現代劇の面面だった。菊田一夫が芸術座の開場にあわせて募った劇団に参加した役者連中だが、一期生の内山恵司、丸山博一、横澤祐一、青木玲子など、みんないつの間にか還暦過ぎになっていた。一月二七日、ツインタワービル内の夢の樹で開かれた、主旨はともかく「小幡欣治をだしにしてのむ会」と名づけられた、会費八〇〇〇円のこの会に、東宝現代劇の役者や本間忠良、水谷幹夫ら演出家など二〇人ほどが参会し、紀久子夫人とならんだ小幡欣治を励ましている。発起人のひとりで司会をした横澤祐一に求められ、挨拶しているが、なにをしゃべったのか覚えていない。例によって二次会に流れたのだが、月末の金曜日、しかも給料日直後とあってどこの店も大変な混雑を呈していたのと、話題が一〇日前の阪神淡路大震災につきていたのは、よく覚えている。

その後の小幡欣治と『熊楠の家』関連のはなしをつづければ、二月三日に地下鉄田原町で小幡欣治、菅野和子と待ち合せ、へその店荒居屋とかいば屋の二軒はしごしている。田原町で落ちあったのは、菅野がへその店荒居屋の場所を知らなかったからだろう。この店は小幡欣治の言う浅草の連中のたまり場だった。かいば屋では、以前近代映協にいたというひとと、殿山泰司や乙羽信子のはなしをしている。それから一二日後になる二月一五日、銀座資生堂パーラーで菅野和子と『熊楠の家』の件ではなしあっているとメモにはあるが、その内容に関しては皆目覚えがない。

この年が改まってすぐの頃だった。どこかの劇場で顔をあわせた尾崎宏次から、木下順二が二月一九日新宿厚生年金会館大ホールの、古今亭志ん朝と柳家小三治の出る「新春落語会」に行きたいというのだが、なんとかならないだろうかと相談を受けている。年末に売り出されたチケットは、発売三〇分で完売だったそうだ。尾崎宏次は志ん朝の兄貴金原亭馬生が贔屓だったが、木下順二は志ん朝よりむしろ小三治が好みだという。そういうことならと、小三治を通じて主催者に無理を言って、なんとか五枚確保して、木下順二、尾崎宏次、それに小幡欣治と清水邦夫を誘って九六年の初笑いを楽しむことになった。小幡とふたりで落語を聴いたことは何度もあったが、この五人して落語会にのぞんだなどは、無論初めてのことである。

その「新春落語会」。一月一九日午後二時開演。日曜日の昼日なかに落語を聴くなども久し振りだった。前座をつとめた立川談春が、「志ん朝・小三治のふたりを同時に聴ける機会なんて滅多にない」としきりに口にしていたが、あの桂文樂・古今亭志ん生のふたりを同時に、それもこんなご大層なホールでなくて、寄席の客席でごくふつうのこととして聴くことのできた自分の仕合せをつくづく思った。小三治『初天神』、志ん朝『二番煎じ』、いずれもこの季節にふさわしい、それも大上段にふりかぶって演ずるようなはなしではない。こんな高座が日常の寄席で展開されていて、またそれを格別に有難いものとも思ってなかったあの時代は、なんとまあ贅沢なものであったかと、ある感慨を覚えずにいられなかった。

落語を聴いたあとは、五人そろって初台の鰻屋亀とみに流れた。あらかじめ呼び出しておいた横山清二も加わって、少しばかし遅目の新年会の趣きになっている。この席で木下順二の落語に対する造詣の深さに驚かされた。私の聴けなかった七代目の三笑亭可樂の枯淡の味わいは、私の贔屓だった八代目の遠く及ぶところではないと言い切った。この日、膝がわりをつとめた当代では第一人者と目されている、漫才の順子・ひろしのことも、「下手だねえ」と一刀両断に切り捨てた。かねがね、世間の貼っている「戦後思潮を代表する進歩的文化人」というレッテルを、いささか窮屈に感じているのではと見ていた木下順二の、ほんらい持っている通俗性に存分にふれることのできた一夜だった。

その時分、書けるときに自由に書かせてもらっていた「毎日新聞」のコラム「寄席」に、この会のことを書き、こう結んでいる。

文樂・志ん生のいつでもきけたあの時代、いい落語をきいたあとは、こうして落語のはなしを肴《さかな》にのむのがきまりであったことを思い出した。芝居を観ても、落語をきいても、さっさとひとり家へ帰ってしまう昨今が、ひどく空しいものに思えてきて困った。木下順二さんを長老と呼んでしかられたが、そんなことは別にして、なんだか自分が若がえったような気分がして、嬉しい一日となってくれたのである。

私の暮しから、こうした豊かな時間が失われてしまって久しい。

九五年三月八日。三越劇場で劇団民藝公演、早坂暁作、内山鶉演出、『私を忘れないで』を観たあと、菅野和子に誘われて、尾崎宏次、倉橋健、それにこの芝居に出ていた水原英子と、うすけえぼでのんでいる。売れっ子テレビ作家の台本がとうとう間に合わず、ほとんどが内山鶉の代筆によるというはなしを耳にして、小幡欣治が二年も前に書きあげている『熊楠の家』が、やっと稽古に入るような民藝という劇団の体制について、倉橋健が叮嚀な言葉づかいと裏腹に、かなり辛辣な苦言を呈していた。

その三日後になる三月一一日。浅草公会堂で浅草演芸大賞の授賞式があって、その時分この賞の選考委員をつとめていた関係で出席している。授賞式と同時に、公会堂前広場の「スターの手形」披露というのもあって、これに出席していた大滝秀治につかまって、熱弁をふるわれている。『熊楠の家』を米倉斉加年にとられたというぼやきは、それ以前から何度となくきかされていたが、このときも同じことのくりかえしに加えて、宇野重吉の偉大さについて綿綿と語った。考えてみればこの時点で歿後七年もたっていたのだから、その影響力にははかり知れないものがあったわけだ。七年と言わず、四半世紀たったいまなお、民藝という劇団は宇野重吉のかげを払拭できずにいるように、私には見える。

授賞式を終えたあと、木馬亭のかいば屋寄席にまわりトリの川柳川柳だけきいて、最初から来ていた小幡欣治、石崎一正、中村誠次郎と合流。神谷バーと甘糟の二軒はしごしているが、小幡から『熊楠の家』の稽古を見に行くとき声をかけるからつきあってくれとたのまれている。東宝時代から、自分の作品でも他人に演出を委ねているばあい、滅多にと言うより絶対に稽古場に顔を出さなかったといわれている小幡欣治だが、久し振りの新劇とあってさすが稽古が気になるのだろう。ただ、ひとりで行けず誰かを伴ってというあたり、いかにもシャイなこのひとだと思った。

　三月二〇日。地下鉄サリン事件のあった日、京王新線で黒川の劇団民藝稽古場を訪ねている。劇団の機関誌のためだろうと思うのだが、『熊楠の家』の南方熊楠役米倉斉加年と、その妻松枝役の津田京子にインタビューしている。掲載誌が手もとにないので、どんなはなしが出たのか判然としないが、国中を震撼させた当日のことだったのを、あらためてメモで知った。

　三月二四日も雨のなか民藝の稽古場を訪ねている。メモには「観世栄夫取材」とあるから、『熊楠の家』の演出意図などきいたのだと思うのだが、これも当時のスクラップブックをあたってみても掲載誌が見当らず、詳細に関しては思い出せない。帰りに菅野和子と四谷に出て、嘉賓で食事したあとFにまわり、小田島雄志母堂と尾上梅幸の訃を知らされたことが記されている。

　四月一四日、東宝演劇部のゴルフコンペが千代田カントリーであって、終了後初台亀とみに流れた小幡欣治、尾崎宏次、倉橋健、大平和登、横山清二、小川甲子（甲にしき）らと歓談している。が、この席で小幡欣治から四月一八日に、『熊楠の家』の稽古を見に行きたいので、いっしょに行ってほしいとたのまれた。そんなわけで、四月一八日に小幡欣治に同行して民藝の稽古場を訪ねたのだが、稽古場での小幡は終始不機嫌そのものだった。あらかじめ作者が稽古場に来ることが伝えられていたにもかかわらず、演出者の観世栄夫の姿がなく、米倉斉加年のペースで稽古がすすめられていたのが不満だったようだ。『熊楠の家』の民藝での上演が本決まりになった際、小幡自身は演出はしないこと、主演者が演出もかねることもやめてほしいという、作者の意向を民藝が受け入れて、観世栄夫演出にきまったいきさつがあった。いらい小幡欣治が初めて稽古場を訪れたこの日まで、小幡と観世のあいだで顔を合せる機会もなかった。

演出部用の長机の隣に用意された机を前に、仏頂面をかくさない小幡欣治とならんで稽古を見ることになったのだが、作者の来ているのを意識したものか、必要以上にボルテージを高めた役者たちの演技に、すんなりとけこんでいくことができず、重い時間が流れていった。稽古が、「(五)和歌山監獄田辺分監の独房」の場面にはいって、看守役の役者の、わずかな、それも短い台詞のたどたどしいしゃべり方に業を煮やしたのか、小幡がけっして大声ではないが、稽古場中にきこえるのを意識した口調で、

「矢野ちゃん、あとで祐一のスケジュール調べて」

とはなしかけてきた。

祐一というのは小幡が戦友と口にしていた劇団東宝現代劇の一期生横澤祐一のことで、日頃から老練なその演技力を小幡は高く評価していた。出番こそ少ないが大切な役なので、できることなら客演させたいつもりのあることをみんなにしめして、稽古に刺戟と緊張感を与えたかったのだろう。

結果を申せば、この看守役は杉本孝次に代えられ、杉本もそつなくこなしている。あとからきいたところでは、私たちの稽古を見た翌日とかに、当人は留守で夫人が代って出たそうだが、

小幡紀久子夫人から横澤祐一のスケジュールを問い合せる電話があったようだ。民藝の『熊楠の家』公演期間中、横澤祐一はどこか地方の劇場に出演がきまっていたから、民藝出演が実現することはかなわなかったわけだが、小幡欣治のこの作品にかける思いの深さと、横澤祐一への信頼感の厚さが生んだ小事だった。いまにして思えば、劇団民藝が上演したすぐ翌年に、横澤祐一が南方熊楠を演じた、東宝現代劇七十五人の会による小幡欣治作・丸山博一演出の『熊楠の家』が上演されるという、異例な成り行きとなった、潜在的な伏線になっていたかもしれない。いずれにしても、第二二回菊田一夫演劇賞・演劇大賞を受賞した東宝現代劇七十五人の会による『熊楠の家』の、九六年七月東京芸術劇場小劇場1、九七年八月芸術座、二〇〇九年九月紀伊國屋サザンシアターでの三演に関しては、この先でふれるつもりだ。

初めて『熊楠の家』の稽古を見て、釈然としない思いをかくしきれぬ表情を、最後まで変えなかった小幡欣治と、その三日後の四月二一日また顔をあわせている。第二〇回菊田一夫演劇賞の授賞式が東京會舘で行なわれたのだ。この年の受賞者は、林与一、大路三千緒、謝珠栄、荒井洸子、それに「『キャッツ』をはじめとするミュージカル公演の成果に対して」、劇団四季に特別賞が与えられている。林与一や荒井洸子の関係もあってか、東宝現代劇七十五人の会からの出席者が目立ち、私のメモには浅利慶太と岩谷時子と久し振りにはなしたと記されている。会終了後、小幡欣治、尾崎宏次、倉橋健、川本雄三、横山清二、金子和一郎と松風に流れ、例によって莫迦ばなしに興じているが、『熊楠の家』の稽古場を訪れたことに関し、小幡はなにも語っていない。

その後のメモでは、四月二五日に小幡欣治と菅野和子から電話をもらっているが、内容に関しては記されていない。四月二六日には、「民藝の稽古を見に行ったのだが、気にいらないことだらけ」と、小幡欣治の留守電メッセージが入っている。

五月五日こどもの日は終日在宅していたが、夜分小幡欣治から電話があって、「民藝の稽古を見てきたのだが、米倉斉加年のお山の大将ぶりに我慢ならず、怒鳴りつけたうえで台本をカットしてきた」と、憤懣やるかたない様子だった。この日のいきさつを、その後に菅野和子からきいたところでは、たまたま菅野の稽古場へ行ってない日に、突然という感じで小幡欣治がひとり現われ、またまた演出者不在であったことに、怒りをあらわにしたらしい。稽古場を出た小幡はすぐ菅野に電話をかけ、千歳船橋の菅野の自宅近くにあった、時どき打ち合わせなどに利用して小幡も気にいっていた店に呼び出され、

「ひどく叱られました」

ということだ。その場に居合わせたわけでないので、くわしいことはわからないが、劇団民藝の制作部員として、その後の一七年間の八作品を通じて接してきたなかで、小幡欣治には何度となく叱られたはずの菅野和子にして、いちばんこたえた叱責だったようだ。あと六日間という初日を目前にした段階で、演出者が稽古場に来ていないという事態が、久久に古巣の新劇で成果を問わんとしている作者が、ないがしろにされているように感じられたのが小幡の怒りを

招いたいちばんの原因と見ていい。もっと言えば、そういう安易な態度でのぞむ演出者が、商業演劇出身の作者を軽く見ていると受けとったかもしれない。そんな怒りの矛先が窓口になってる菅野和子にむかったのも、裏を返せば『熊楠の家』のスタッフとして明記されている、「菅野和子、金本和明」の名の「制作」が、実質的には米倉斉加年であることへの不満でもあった。

五月九日のメモによると、この日はこまごまとした仕事に追われよく動きまわっている。昼頃、都民劇場で「都民劇場通信」の原稿を手渡し、その足で文藝春秋を訪れ「別冊文藝春秋」に連載中の「戸板康二の歳月」の締切をのばしてもらうよう編集長の重松卓にたのみ、「オール讀物」に連載し、その後四六判で刊行した『酒と博奕と喝采の日日』文庫化の件で、荒俣勝利と打ち合わせている。二時半に麴町の泉屋で待ち合せた白水社の和氣元をともなっていったん帰宅。八月に白水社から刊行してもらう『落語商売往来』のスクラップブックを託し、王子へ出てビールをのんだ。和氣と別れて紀伊國屋ホールにむかい、『熊楠の家』の舞台稽古を観ている。舞台稽古の終ったあと、劇団民藝制作部の菅野和子、金本和明、上本浩司、宇佐見健とのんでいるが、小幡欣治は姿を見せていなかった。

五月一〇日、紀伊國屋ホール。劇団民藝公演、小幡欣治作・観世栄夫演出『熊楠の家』初日。終演後、作者の小幡欣治に乞われたかたちで尾崎宏次、倉橋健、横山清二、川本雄三らゴルフ仲間が楽屋での初日乾杯につきあっている。そのあと小幡欣治、菅野和子と三人で四谷のF

に行き、あらためて乾杯している。「いろいろあったが、まあなんとかあそこまでいけばよしとしなけりゃ」というのが作者の率直な感想だった。私のメモには「尾崎、倉橋の評価意外に高し」とある。

五月一五日は小雨のなか、小幡欣治のホームコースの鬼怒川カントリークラブでゴルフを楽しんでいる。このコースは「格調に欠ける安孫子」とからかって小幡をくさらせたものだが、静かな佇まいのアップダウンのない林間コースで、参加した尾崎宏次、倉橋健、田中亮吉、横山清二、川本雄三など、けっして若くはない連中に喜ばれていた。帰りは東武電車で浅草に出るのがきまりで、馴染の店も何軒かあるのだが、この日は尾崎宏次が「焼肉が食べたい」と言い出したため、初めての店で、『熊楠の家』上演を祝って乾杯した。

ここまで必要以上にこまごまと、『熊楠の家』の上演に関して、小幡欣治と劇団民藝のあいだに生じたトラブル、悶着の類いを、メモと記憶にたよりながら、記してきたわけだが、上演までのいきさつを劇団民藝公演パンフレットの「かいせつ」は、こう結んでいる。無論劇団側としては、詳細な経緯にふれることなく当りさわりのない表現にたよるわけだが、それはそれとして、この結びの一節はこの種の文例の規範になると思われるので、あえて引用しておく。

そういういわば庶民の学者だった南方熊楠の半生を、戯曲の達人といわれる小幡欣治さんが書きおろしてくださいました。小幡さんは、かつて『畸型児』で岸田戯曲賞（第二回）を受賞、のち東宝の劇作家として芸術座の『あかさたな』『横浜どんたく』『三婆』

『夢の宴』など、かずかずの傑作を生みだしてこられました。かねてから民藝の作品を書いていただきたいと願いつづけてきましたが、ようやくそれが実現したわけです。この『熊楠の家』は昨年一月号の雑誌『悲劇喜劇』（早川書房刊）に発表され、菊田一夫演劇賞特別賞を受賞しています。

かくしていろいろあった劇団民藝公演、小幡欣治作・観世栄夫演出『熊楠の家』東京公演は、一九九五年五月二九日、紀伊國屋ホールで千秋楽をむかえている。『劇団民藝の記録 1950―2000』によれば、その後六月八日の千葉・柏市市民会館を皮切りに、七月二九日名古屋・名鉄ホールまで二府七県一七カ所を巡演、東京公演とあわせた上演数は「計57回」とある。

東京公演の千秋楽五月二九日、小雨のなか私は滞納していた国民健康保険料の一部を支払いに足立区役所まで出かけ、新年度の国民健康保険証の交付を受けている。年内に完納することを約束させられているが、多分払えたのだろう。区役所から北千住までバスで出て、地下鉄日比谷線を銀座で丸の内線に乗り替えるところで、東宝現代劇の山口勝美に会っている。きけば民藝の『熊楠の家』を観に行くというので同行するかたちになったのだが、小幡欣治と東宝現代劇の結びつきの強さをつくづく感じた。東宝現代劇七十五人の会のほとんど全員が『熊楠の家』をすでに観ているということで、どこか地方の劇場に出演していた山口勝美は、千秋楽にやっと間にあったと言っていた。千秋楽の舞台は、やはり初日よりはるかに充実感があった。終演後、小幡欣治夫妻、倉橋健、田中亮吉夫妻と舞台での千秋楽乾杯に参加して、そのあと小幡夫妻、倉橋健、菅野和子とビヤホールであらためて祝杯をあげている。

この席で、五月一七日から二二日まで、入船亭扇橋、永六輔、小沢昭一、大西信行、加藤武、柳家小三治など俳句仲間とベトナム戦争終結二〇年になるホーチミン市を訪れた際に求めてきた、ベトナムの塩をみなさんに進呈している。あの頃はまだ専売法の関係で塩の輸入が自由化されておらず、食卓塩なる不味い化学製品が蔓延してたので、このベトナムの自然塩は大いに喜ばれたのを覚えている……と、またまた余計なはなしに筆がすべった。

余計なことついでにふれておきたいのだが、民藝が小幡欣治に対して、『熊楠の家』の原稿料をいかほど支払ったのか知らない。小幡からもきいていない。きくべきことでも知るべきことでもないし、小幡自身金のために『熊楠の家』を書いたわけがない。

ただ、記しておきたいのは東宝と専属契約を結んでいた時代、小幡欣治の脚本料は商業演劇の世界にあって最高額と言われていたことだ。しかも毎年契約更改のたびにランクアップする脚本料は、再演三演作品にもそのまま適用されるシステムだった。『熊楠の家』を劇団民藝が上演した頃、新劇の劇作家で最高の脚本料を取っているのは木下順二で、それに矢代静一がつぐと言われていたが、仮にそれを上まわる額を民藝が支払ったとしても、地方巡演をふくめ「計57回」の上演料は、商業演劇一本分として小幡欣治の手にする額に遠く及ばなかったはずである。

その小幡欣治が『熊楠の家』以降、新たに商業演劇に筆をとることなく、劇団民藝に対し八本の戯曲を提供したことに、劇作家としての志と誇りを見るのだ。芝居にはいい芝居と悪い芝居の差があるだけで、新劇だろうと商業演劇だろうと芝居に変りはないと考える者だが、経済的報酬面では格とした差のあることは認めぬわけにはいかない。それだけに志や誇りが大切なので、五〇年間「文筆業」という名の、志はまだしもおよそ誇りとは無縁の、商売だけやってきて恥ない私は、小幡欣治に頭があがらない。

酒やゴルフがもっぱらで、その折に当然芝居に関する話題が出るといったかたちの、私と小幡欣治との交遊だったが、劇団民藝公演『熊楠の家』に関してばかりは、そうした個人的なつきあいの範囲をこえて、その上演過程にまで、かなりふかくかかわりを持ってしまった。持ってしまったという言い方は、私の意志にそむいてという感じに取られかねないし、事実そんな思いがいまも私のなかでくすぶっていないと言ったら、嘘になる。だが、小幡欣治との五三年に及んだ親交のなかで、『熊楠の家』を脱稿してから劇団民藝公演千秋楽までの、正味二年間余りくらい、彼の劇作家としての頑固で真摯な姿勢と矜持を、これほど間近く見たというより、見せられた時間はなかった。

この際書かでものことを少し記せば、『熊楠の家』の上演をめぐっての、民藝・小幡欣治間の軋轢と葛藤は、多分に尾崎宏次と倉橋健の意向に、小幡が翻弄されたことによって生じた気味もある。ゴルフ仲間であった尾崎、倉橋のふたりは、ともに硬質な評論家、学者には珍らしく商業演劇、特に横山清二を通じ東宝演劇のよき理解者だったから、なにかと頭のあがらない立場にあった小幡としては、不本意ながらその意向を受け入れているように見えたことが、何度かあった。もっとも翻弄されたのは、宇野重吉を失っていらい指導者不在で、尾崎、倉橋など外部からの発言が首脳陣に影響を与えていた、民藝側も同じだったかもしれない。

九五年五月二九日に『熊楠の家』の紀伊國屋ホールでの公演を打ちあげた劇団民藝が、六月八日の千葉県柏を皮切りに、地方巡演に出たことは前に記した。その行程のなかに、和歌山の紀南文化会館での公演が七月一七日にあり、南方熊楠の出身地であることから、南方熊楠邸保存顕彰会や熊楠の遺児南方文枝など関係者も観劇する予定なので、同行しないかと誘われている。嬉しい誘いだったし、和歌山県田辺は一度訪れたいと思っていたので、一も二もなくこの誘いに乗りたかったのだが、毎月の一七日というのは、一九六九年結成以来いまなおつづいている、東京やなぎ句会の月例句会の当日なのだ。残念ながら参加を見合せる仕儀となったが、尾崎宏次らと同行した小幡の畏友中村誠次郎が、公演終了後に開かれた主催者側との懇親会の席で、

「せっかく作者が東京から来ているのに、カーテンコールの舞台で紹介しないのは失礼じゃないか」

と苦言を呈したようにきいている。ふだんはひかえ目なひとだけに、小幡への思いをこんな機会に発散させたのだろう。

とにあれ小幡欣治が、以後一五年間に劇団民藝に対して提供した戯曲八本、即ち『根岸庵律

女』『かの子かんのん』『明石原人――ある夫婦の物語』『浅草物語』『喜劇の殿さん』『坐漁荘の人びと』『神戸北ホテル』『どろんどろん―裏版『四谷怪談』―』以外、一本も芝居を書いていない事実は、あやしい危険をともなってはいたが、『熊楠の家』の上演がその糸口となったのは間違いない。

ただ、八本もの戯曲を提供しておきながら、

「熊楠に関してだけは、民藝はまだ落とし前をつけてくれてない」

と、小幡らしくない下品な言葉で言いつづけていた。

g

一九九五年八月四日だった。

小幡欣治といっしょに池袋の東京芸術劇場小ホール2まで、東宝現代劇七十五人の会公演、ジョセフ・ケッセルリング作・黒田絵美子訳・山田和也演出『毒薬と老嬢』を観に行った。東宝現代劇七十五人の会公演の際のいつもの例で、終演後小幡欣治に声をかけられた出演者の面面が、劇場近くの大きなビヤホールに参集した。なにしろ観にきてくれた客も交えた大人数とあって、それぞれが別のテーブルに分散して席をとるかたちになったが、私と小幡欣治のいた席には青木玲子、横澤祐一、今藤乃里夫などがいたのではなかったか。

当然のことながら話題は観たばかり、演ったばかりの『毒薬と老嬢』に集中するはずで、事実しばらくはそうだったのだが、いつの間にか三カ月ほど前に上演された、民藝の『熊楠の家』のはなしに移っていった。東宝現代劇の役者たちとは、ながいあいだともに舞台をつくりあってきた小幡欣治が、久久に古巣の新劇のために書き下した戯曲とあって、強い関心を寄せてなかったはずはなく、傘下の役者のほとんど全員が民藝の舞台を観ていた。

なによりも骨格のがっちりした戯曲への讃辞から始まった『熊楠の家』談義だったが、この席にいたみんながみんな口をそろえて指摘したのが、舞台中央に吊されている、この芝居のというより、熊楠学の象徴たる粘菌を模した物体への違和感だった。スタッフ欄には、美術・向井良吉とならんで、装置・内田喜三男の名のあるところから察するに、戯曲の舞台書にある「紀伊田辺の中屋敷町にある借家で庭に面した書斎兼居間」の指定に従った内田によるリアルなセットに、向井良吉デザインの粘菌が加わったものだろう。自身画家としても高名な米倉斉加年が、ふだんから親しくしている向井良吉に依嘱したものと思われる。それでなくても抽象化された世界の描かれた舞台とあまり縁のない東宝現代劇の役者にしてみれば、自分たちの師とあおぎながら同志的な意識で結ばれていた小幡欣治の作品の神聖さを、デザイン化された粘菌が汚してしまったくらいに感じたようだった。ああしたひとりよがりの趣向は、なんの意味もない無駄な遊びでしかないと言うのだ。

そんなとき、横澤祐一が南方熊楠を演じた米倉斉加年のある場面での芝居が、根本的に間違っていると指摘したのだ。どの場面の、どんな演技についてだったかの記憶はないが、横澤の指摘した米倉の冒した誤謬が、同じ立場の役者でなければ見逃してしまう性質のもので、しかもすこぶる具体的だったことはよく覚えている。

いつになく真剣な表情で、自分の考えを伝えているのを見ながら、役者が戯曲を読むときは、自分が演ずることを前提にしているようにきいているが、横澤祐一も自分の熊楠を頭に描き、機会があるなら自分が演りたいと思いながら小幡欣治『熊楠の家』を味読したにちがいないと感じた。だからと言って、いろいろないきさつがあったにしろ、劇団民藝が上演したすぐあとで、東宝現代劇七十五人の会で「演らしてください」とは、いくら親密な関係にある作者に対してでも、言い出せはしないだろう。

そんなふうに東宝現代劇の面面の気持を忖度しているうちに、自分でも思いがけなかったのだが、急に東宝現代劇七十五人の会の手になる、小幡欣治『熊楠の家』を観てみたいという気持がこみあげてきたのである。このビヤホールでのやりとりを、上演の実現した『熊楠の家』の演出を担当した丸山博一が、「悲劇喜劇」九六年一〇月号の「観てもらいたい人――『熊楠の家』を上演して――」に、こう書いている。

帰り支度に手間取って私が馳せ参じた時はビアホールは満席で同席は出来ませんでしたが、その時おりましたのは横沢祐一、青木玲子、今藤乃里夫の三君です。翌日楽屋入りをしましたら、出番前の馬鹿ッ話とはちょっと違う雰囲気で、「熊楠の家」を上演させてもらえるかもしれないという話ではありませんか。以下はその時の楽屋での会話です。

丸山　誰がそんな大胆なことを言いだしたんだい。え！
青木　祐ちゃんよ！
丸山　それで小幡先生はなんておっしゃった？
今藤　ニコニコと笑ってらした。
丸山　じゃあ、許可が下りたわけじゃないじゃないか。

青木　ところがね、一緒に飲んでらした矢野誠一さんが、「面白いね。ねえ、小幡さん面白いね」って、

今藤　後押ししてくれたんですよ。

丸山　でも、小幡先生は脚本料高いぜ。

横沢　（それまで黙っていたが）それはなんとかなるみたいだよ。だって先生は「金はいいんだよ」って、一言だけおっしゃった。

丸山　うーん。それで南方熊楠はだれが演るんだい。あっ、これは愚問だったな。

横沢　うん。

丸山博一は別のところに、私がフィクサー役を引き受けたようにも書いている。無論私にそんな大それた気持など毛頭なかったが、東宝現代劇七十五人の会による上演の可能性の出てきたのを、大袈裟でなく心の底から喜んだ。

このビヤホールの一夜のあとも、何度となく小幡欣治と顔をあわせながら、東宝現代劇の『熊楠の家』に関する話題はほとんどなかった。だから、いつ正式に決定したのか、スタッフ、キャスト、公演期間などについて、なにも知らされていない。民藝の上演の際には、連日のように呼び出されたり、あるいは電話で、相談を受けたり、不満をきかされたのが嘘のようで、もうすっかり「現代劇の連中」にまかせきってる風情だった。あらためて小幡欣治が「戦友」とよんだ、東宝現代劇七十五人の会に対する信頼感の厚さを見せられた思いがしたものだ。

八月二一日。小幡欣治の仕事場のある恵比寿の喫茶店で、九月二日から一六日まで家人とスペインに出かける餞別を頂戴している。九月一日に、学校の先輩でなにかと可愛がっていただいた山口瞳の通夜があったりして、このスペイン行きはあわただしい出発になったが、帰国して一〇日ほどした九月二七日に、餞別の礼をかねた土産をわたした際、一〇月四日に「悲劇喜劇」の高田正吾を誘って馬肉《けとばし》を食べる約束をしている。競馬をやる人間には馬肉を忌避するむきが少なくないのだが、私も小幡も競馬をやるが馬肉も好物とあって、吉原大門の中江や、森下町の美濃家の入れこみ座敷で、しばしば舌つづみを打ったものだ。

その一〇月四日。神田駅の改札口で小幡欣治、高田正吾と落ちあい、森下町の美濃家まで出かけた。徳利を何本か重ね鍋をつついたのだが、高田正吾が席をはずした際に、「まだご内聞に願うけど」と、紫綬褒章のきまったことを告げられた。国の褒章ということで、いろいろ考えたのだが、なが年の商業演劇に対する貢献が評価されたことは率直に喜びたいし、同じ道を行く若い人たちの励みにもなると思って、ということだった。美濃家を出て、有楽町のびいどろと、六本木の小幡夫人の友人のやっている洒落たバーとはしごしたのだが、この段階ではまだ東宝現代劇と『熊楠の家』に関するはなしは出ていない。

東宝現代劇七十五人の会による、小幡欣治の紫綬褒章を祝う会が、銀座の三坪カマーナで開かれたのは一二月一一日で、会費七〇〇〇円だった。主賓の小幡欣治夫妻を祝うこともさることながら、『熊楠の家』上演にむけての決起集会の趣きで、私も乾杯の発声をさせられている。

森下町の美濃家で馬肉を食べた一〇月四日いらい、一〇月二〇日、二一日と、大熱海国際ゴルフクラブの紀伊國屋書店演劇人ゴルフコンペ。一〇月二八日、歌舞伎座の中村勘九郎の会。一一月一〇日、龍ヶ崎ゴルフクラブでの東宝演劇部のコンペと、小幡欣治とは何度も顔をあわせながら、東宝現代劇による『熊楠の家』についてのはなしはしていない。していたのかもしれないが、民藝のときとちがって、べつに問題になることではないから、メモに記さなかったのだと思う。

一二月一一日の小幡欣治を祝う会では、久し振りに大川婦久美に会っている。久し振りというのは、彼女が一時期私たちの東京やなぎ句会の書記をつとめていてくれたからだ。句会の同人日大芸術学部教授永井啓夫の教え子で、アルバイト（と言って、日当は知れたものだが）がてら、毎月一七日の句会当日投句の清記にあたってもらっていた。卒業して、東宝現代劇に入ったとききさ、舞台にも何度かふれていたが、こうした席で顔をあわせたのは思いがけないことだった。この日の二次会は、横澤祐一らとニュートーキョーに流れているが、丸山博一は『熊楠の家』の製作を担当する内山恵司に誘われ、ふたりでびいどろへ出かけたという。このとき内山から『熊楠の家』の演出を依頼されたが、あの芝居では熊楠のよき理解者である医師喜多幅武三郎を演りたいところでもあり、即答をさけたらしい。ところが、

数日後に、内山、横沢両君が私を西荻窪の駅前の居酒屋に誘い出し、飲む程に酔う程におだてて、「うん」と返事をさせておりました。翌朝の二日酔は、いつもの人好しの私を

倍の苦しみでした。

と前出の「観てもらいたい人」に書いている。

ふつう考えたら、東宝現代劇七十五人の会に近い存在である水谷幹夫、本間忠良、北村文典ら東宝演劇部の演出者がいることだし、いくら何本かの演出体験があるとはいえ、役者の丸山博一をおがみ倒すことはない。それをあえてしたのは、東宝演劇部の演出家では誰に依頼しても、「何故彼なのだ」とほかの演出者に思わせかねない。内輪から出せば誰からも文句の出る筋合でないし、だいいち予算的にも助かる。政治的な配慮と言えばその通りだが、ここにも大劇団とちがった親睦性とアンサンブルを大切にする、この劇団らしさが感じられる。

ところで小幡欣治の紫綬褒章受章だが、東宝現代劇七十五人の会の手で祝う会のひらかれた一二月一一日以降、一二月一五日に初台の亀とみに小幡夫妻を招いて、尾崎宏次、倉橋健、田中亮吉、横山清二、清水邦夫、川本雄三、金子和一郎が集まっている。会費は八五〇〇円だった。次いで一二月一八日には千歳船橋の呰に、菅野和子と夫君の佐藤精の肝煎りで小幡夫妻が招かれ、私も参加している。このときの勘定は菅野和子が持った。

おそらく受章が公になると同時に、この種の集まりを開きたいという意向が、いろいろの方面から寄せられたであろうことは、想像に難くない。それをこの三つにしぼりこみ、しかもまず東宝現代劇七十五人の会に、その先鞭をつけさせたあたりに、小幡欣治のなみなみならぬ気くばりを感ぜずにはいられない。東宝現代劇に集う面面を「戦友」と称してきた小幡欣治だが、彼がその言葉を意識的に口にしたり、活字に記しだしたのがこの頃からであるのを思うと、小幡欣治と東宝現代劇七十五人の会の関係に、他人の抱くなまじの友情や信義の入りこむ余地のないものを持ち込んだ、ひとつのきっかけが『熊楠の家』の上演にあったのは間違いない。

その年も押しつまった一二月二八日に、川崎市黒川の稽古場で劇団民藝の忘年会があって、小幡欣治ともども招かれていた。その前日まで、小幡は行きたいと言っていたからそのつもりでいたのだが、当日の朝になって「やっぱり行かない」という電話をもらっている。その日の私のメモによれば、午前中に年賀状の宛名書きを若干して、小田急の代々木上原駅で木下順二、尾崎宏次と落ちあい、新百合ヶ丘駅でいっしょになった宮下展夫、宮岸泰治ともども稽古場まで送られている。じつは入船亭扇橋をこの日のために紹介しており、忘年会の余興では『文七元結』を演っている。贔屓目抜きにまずまずの出来だった。坂本スミ子やペギー葉山も出席して、かなり盛りあがった忘年会になった。

帰りは民藝の用意してくれたタクシーで、尾崎宏次、木下順二を降ろして帰宅したのだが、本郷通りにさしかかったところでかねてから気になっていた天麩羅屋を、「あそこ美味いですか」と木下順二に訊いたところ、言下に「おやめなさい」ときめつけられたのを覚えている。

またまた余計なことをつけ加えれば、木下順二のふだん出かける店は、けっして世に言う名店ではなかったが、筋の通ったところが多かった。入谷や大塚の居酒屋、上野池之端のバー、明神下の寿司屋、神保町の中国料理など、いずれも木下好みの店である。

年が明けて一九九六年一月二〇日、金子信雄の一周忌。私が印税の前借をいたすべく文藝春秋を訪れて、関根徹から金子の突然の死を知らされ、思わず「嘘だろう」とはしたない大声をあげてしまった、あれからはや一年になるのだ。浜田山の金子宅で集いがある旨事前に通知があり、前日の小幡欣治からの電話ではどこかで落ちあい、いっしょに出かけることも考えたのだが、それぞれの都合もあることだし、会場で会うことにした。ほんとうだったらおたがい「おめでとう。ことしもよろしく」と挨拶交すべきところなのに、早早の不祝儀というのも「しかたがねえよな」と笑いあっている。

一年前、杉並の堀之内静堂で開かれたお別れ会の日は、金子信雄の無念がたたきつけているような土砂降りの雨だったが、一周忌のこの日には雪が降った。お別れ会と同様、一切の宗教色を排して、酒好き料理好きだった金子信雄にふさわしく、酒壜と食べもののふんだんに用意された賑やかな会になった。人づきあいの滅法よかった故人にふさわしく、各界多方面から沢山の人が集り散じていったが、私のメモには文藝春秋の鈴木文彦、関根徹、勝尾聰、夕刊フジ丸山正治らの名が記されているのに加えて、黒柳徹子に東宝現代劇の横澤祐一、内山恵司、青木玲子などと小幡欣治が金子夫人丹阿彌谷津子をかこんで、思い出を語りあっていたとある。

この年は閏年で、二月二九日木曜日だった。小幡欣治から電話があって、夕方から浅草のへそで中村誠次郎とのんでるから、よかったら出てこないかとの誘いだ。なんとなくはなしたいことのある風情が感じられたので、必ず行くと答えた。書きかけていた国立演芸場小冊子の連載を仕上げて、近所の郵便局はもう閉っていたので、王子郵便局まで運んだ足でバスに乗り浅草に出た。へそに着いたのは七時近かったが、ふたりはすでに鍋を前にして何本かの徳利を空けていた。へそから甘糟にまわり、名物のハイボールで仕上げして、上野駅まで小幡のタクシーに同乗させてもらい帰宅したのだが、はなしは劇団民藝から依頼されている次回作のことだった。「エノケン・ロッパ」を芝居にしたい意向を告げられたのである。

『熊楠の家』の執筆に前後して、小幡欣治には商業演劇とはちがう場、と言えば自身の出自となっている新劇だが、その新劇のための戯曲の構想が何本か立てられており、西東三鬼、岡本かの子、それに『明石原人―ある夫婦の物語―』に出てくる岩宿遺跡発見者相澤忠洋などについてきかされていたが、「エノケン・ロッパ」というのはこの日初めて耳にした。ついでに書いておくが、二〇〇四年一月劇団民藝によって上演された『明石原人―ある夫婦の物語―』は、サブタイトルにもあるように考古学者直良信夫夫婦のはなしだが、当初小幡は岩宿遺跡発見者の相澤忠洋を、この芝居の中心人物に据える考えだった。

かねてより『古川ロッパ昭和日記』(晶文社)全四巻を愛読していた小幡欣治は、古川ロッパという役者が生涯いだきつづけた、インテリであるがための誇りとコンプレックスの相関が生み出す振幅に、おなじ芝居の世界で禄を食む人間として多大の関心をいだいていた。そして、その古川ロッパにとって永遠のライバルとなった榎本健一(エノケン)の、ロッパの身には微塵もなかった藝人ならではのバイタリティが、固有の技術に結実し喜劇王として君臨していくさまを、切歯扼腕の思いで凝視しながら、けっしてそれをおもてに出そうとせず、屈折に屈折を重ねていく孤独な生きようは、そっくりそのまま壮大な人間ドラマだと考えたのである。

浅草のへそから甘糟、さらには帰りのタクシーの車中でも、ロッパにとってエノケンの存在が通常言われるライバルをはるかにこえたものとして、大きく重くのしかかっていたことが、『古川ロッパ昭和日記』の行間ににじみ出ていると熱っぽく語った。そしてポツリと「民藝ではできないな。エノケンを演れる役者がいない」と言ったあと、自分自身に語りかけるように「文学座かな」とつぶやいている。周知のとおり、このはなしが出てからちょうど一〇年たった二〇〇六年一二月に、大滝秀治が古川ロッパを演じた劇団民藝公演『喜劇の殿さん』として実現したのだが、この作中にエノケンの登場はなかった。

三月八日、三越劇場の劇団民藝公演、岡本綺堂作・瀧澤修演出『俳諧師』、村山知義作・若杉光夫演出『初恋』を観たあと、劇団宣伝部の設営で、小幡欣治、尾崎宏次、倉橋健とうすけえぼでのんでいるが、この席で小幡は「エノケン・ロッパ」に関して一切発言していない。

翌三月九日の土曜日は、浅草公会堂で浅草演芸大賞授賞式とスターの手形披露があって、選考委員の永井啓夫、水落潔、太田博、金井伸夫、長井好弘と顔をあわせ、式後のパーティで田村高廣、五代目桂文枝、三笑亭夢樂らと歓談している。たしかその前年もそうだったが、この授賞式の日はかいば屋寄席のある日で、ほどよいところでパーティ会場を抜け出して、木馬亭に足をはこんでいる。トリの川柳川柳に間にあって、終演後小幡欣治、石崎一正、中村誠次郎、青木玲子、荒木将久とへそに流れて一酌している。青木玲子に荒木将久がいたのだから、当然東宝現代劇七十五人の会による『熊楠の家』の進捗状況なども話題になったはずなのだが、委細の記録はない。

さらに三月二一日だった。小幡欣治からの電話で、きょうの夕方恵比寿の茶羅に民藝の菅野和子を呼び出しているので来てくれないかという。先日のへそでの中村誠次郎のときもそうだったが、多分にせっかちなところのあった小幡欣治には、思いたつとすぐにひとを誘うくせがあり、「今晩のみたいんだけど、祐一もつかまえてくれない」の電話に、横澤祐一の携帯に連絡し、「いまなにやってるの」と訊ねると、「かみさんと小金井で花見てる」という返事、思わず「莫迦だねえ」と口走り、小幡の意向を通じ、約束をとりつけてから、結果を伝えるべく小幡に電話すると、「祐一、なにしてた」と訊くから、「かみさんと小金井で花見てました」と答えたら、すかさず「莫迦だねえ」ときたものだ。のみに誘われて、誘ったふたりの両方から「莫迦だねえ」と言われたんじゃ立つ瀬がないよと、いまでも横澤祐一はそのときのことを話題にする。

そんなわけで、この日も突然の呼び出しだったが、恵比寿の茶羅に顔を出すと、すでに来ていた菅野和子に次回作は「エノケン・ロッパ」でいきたいとはなしていた。茶羅からもう一軒はしごしたのだが、小幡はかなり乗り気になっている様子が見てとれた。

三月二六日にかかってきた小幡欣治の電話は、翌二七日の関容子の出版記念会に出席できないので、かみさんを代理にさしむけるからよろしくとのことだった。はなしのついでという感じで、大滝秀治のことをいろいろ訊ねられているのは、すでに大滝秀治の古川ロッパが彼の頭にはあったのだろう。

二七日、銀座東武ホテルで開かれた関容子『花の脇役』(新潮社)出版記念会は、まだ勘九郎だった中村勘三郎が受付をつとめ、演劇界、出版界の知った顔の出席も多く盛会だった。そろそろお開きという頃合を見はからった渡辺保に誘われ、小幡紀久子夫人、駸々堂出版の谷口常雄とももども青山墓地下の秋田料理の店に席を移している。私は初めてだったが、関係者には知られた店のようで、この夜も文学座の梅田濠二郎、円企画の山崎譲に出会い、挨拶されている。

四月にはいって三日の日だった。小幡欣治と菅野和子のそれぞれから電話があり、五日の夜、下北沢のほんだで小幡欣治の民藝次回作について相談したいので来てくれないかという。なんだか『熊楠の家』のときと同じなりゆきになってきた感があったが、無論出かけると答えている。

その五日、ほんだで小幡欣治は菅野和子に対し、民藝という劇団の体制についてきびしい批判をくりかえし、次回作に関する具体的なはなしはほとんどと言っていいくらい出なかった。その次回作がなにになるにせよ、『熊楠の家』のときのようなごたごたは、二度とくりかえしたくないという思いが強くあったのだろう。「あんたに言っても、ほんとはしかたがない」と、菅野に対して何度も口にしていたが、菅野を介した小幡の意向がすんなり通らない、また通せない、この劇団特有の事情に打つ手のないのが、歯がゆくてならないようだった。それでも、すべて思いどおりにことがはこび、高額の脚本料を手にすることの約束されている商業演劇を避けて、ふたたび民藝に対して筆を執る気持になっていたのは、おのが出自の新劇の持つ真摯な姿勢に共鳴したからだろう。この夜は、ほんだから六本木に出て小幡夫人の友人のやってる酒場、さらに四谷のFにまで足をのばしているが、ほんだを出てからの小幡欣治が芝居のはなしをほとんどしなかったのは、意識してのことだろう。言いたいことを言ってしまえば、あとはさっぱりしてるのがいつもの小幡欣治だった。

それから三日たった四月八日。

小幡欣治に恵比寿の中華料理店に招かれて本間忠良、横澤祐一、内山恵司、丸山博一と、ふかひれの刺身がメインの食事を振舞われている。東宝関係者のなかに私ひとりまじったかたちになったが、東宝現代劇七十五人の会による『熊楠の家』上演に、一役買ったと思われていたのだろう。あとから丸山博一にきいたところでは、この集いの席上、東宝現代劇七十五人の会の『熊楠の家』上演に、正式のお墨つきが出たのだという。だから稽古のスケジュールをふくめた上演の準備活動は、この日を期に本格的なスタートを切ったそうだ。

中国崑劇による木下順二作『夕鶴』が、都民劇場主催公演として東京芸術劇場で上演され、五月一〇日の初日を小幡欣治と観劇している。木下順二、尾崎宏次、倉橋健、清水邦夫、松本典子、内山鶉などと顔をあわせ、終演後小幡欣治と菅野和子に誘われ、ライオンビヤホールで一献しているが、この時点では民藝の次回作についてその後の進展はない。私の関心も、正式にスタートした東宝現代劇七十五人の会の『熊楠の家』のほうがより強かった。

東宝現代劇第一期生（ちなみに二〇名以上いた同期生が『熊楠の家』上演時には九名になっていた）として、三九年間にわたり東宝系商業演劇の舞台で傍役をつとめてきた横澤祐一にとって、『熊楠の家』の南方熊楠は還暦寸前にめぐってきた、生まれて初めての主役だった。期するところ大でないわけがない。資料に目を通し、何冊かの評伝を読み、南方熊楠というはかり知れぬ巨大な人物像を前にして、この知性と激情をあわせ持った傑物をはぐくんだ紀州田辺という土地の風土を体感したくなった。それも一日や二日の通り一遍の取材ではなく、この地で暮して、地味、気候、人気《じんき》の息づかいみたいなものを、この目で見て、身体で感じとりたいと思った。思いたつと決断は早かった。亜子夫人から手渡された何がしかの金子を懐に、整備を終えたブルーバードを田辺にむかって走らせたのである。五月一〇日だった。

伝手があって、昭和天皇が屋上で、

　雨けぶる神島を見て
　　紀伊国の生みし南方熊楠を思ふ

と詠んだ田辺の旅荘ホテル古賀乃井の、独身従業員寮の空室を月五万円で借りることができ、ここを拠点にした。バス、トイレこそついているが、テレビもない殺風景な部屋である。駐車場は南方熊楠夫人松枝の実家である、弁慶ゆかりの闘鶏神社を利用した。毎朝参拝のつど投ずる賽銭が駐車代だ。五月一五日に、出演中の梅田コマ劇場の休館日を利用した内山恵司、丸山博一、山田芳夫、吉田光一、それに東京から下山田ひろの、菅野園子の東宝現代劇七十五人の会の面面に美術の上田淳子の一行が、白浜の南方熊楠記念館に集合、記念館から田辺に出て熊楠関連個所を見学、取材している。公演パンフレットに菅野園子の書いた「神島《カシマ》の風（白浜・田辺取材記）」に、「東京から十一時間運転し、五日前に現地入りした横沢さんはもう来館五度目」とあるから、田辺到着後文字通り日参してたことになる。

菅野園子のレポートによると、執筆にあたって再三再四白浜、田辺を訪れていた小幡欣治がすべて手配しておいてくれたため、取材の行程はとどこおりなくはこばれたようだ。白浜の南方熊楠記念館で、熊楠の蒐集した粘菌、残された膨大な資料に感嘆圧倒されたあと田辺に移動、闘鶏神社に参拝、海をのぞむ高山寺で南方熊楠と、熊楠のよき理解者だった医師喜多福武三郎の墓前に詣で、漁船で特別の許可がなければ国指定天然記念物の自然保護のため上陸禁止の神島に渡り、原生林に身を置く初体験をしている。その後一行は、市内の南方熊楠邸保存顕彰会によって管理保存されている熊楠長女南方文枝邸を訪れている。多少足に不自由があるものの八五歳とは到底見えない文枝は、横澤祐一の顔をひと目見て、

「アア、似てる。雰囲気が父そっくり」

ともらしたそうだ。
東宝現代劇七十五人の会による『熊楠の家』が上演されて、その舞台ビデオ、パンフレット、舞台写真などといっしょに、舞台裏で撮った南方熊楠家の家族四人に扮した役者による記念写真を送られた、南方文枝の横澤祐一に宛てた礼状には、
親子四人様のお写真、まことによろしく、ほんとうの親子の様です、熊弥も私も御一緒させていたゞき光栄の至りです、大切に致します
として、
亡父熊楠も今頃、お芝居になるとは思ってもいなかった事でせう　横澤様、小幡欣治様に御苦労様と御礼申しあげて居る事でせう
と記している。
南方文枝は二〇〇〇年六月に世を去っているが、その年九月に紀伊國屋サザンシアターで再再演された、東宝現代劇七十五人の会『熊楠の家』のパンフレットに、「南方文枝さんのこと」と題した一文を寄せている小幡欣治は、『熊楠の家』の執筆にかかるに際し、「かなり長文の手紙」を文枝に出したことを記し、こうこの稿を結んでいる。
私が一番危惧していたのは文枝さんの御令兄である熊弥氏のことだった。もし「困る」と言われたら、活字の世界だけに閉じ込めてしまうつもりでいたのだが、文枝さんのお手紙は大変好意的で、熊弥氏のことに就いては一言も触れていなかった。「熊楠の家」が陽の

目を見たのは文枝さんのおかげであり、私は今でも感謝している。

「悲劇喜劇」九五年八月号の「インタビュー」で、小幡欣治は共同通信社記者鶴田旭に、
文献をいろいろ読みましたが、長男の熊弥さんのことに触れているものは少ない。民俗学、植物学の人たちにすれば、その分野と熊弥の存在とは直接関係ないから意識的に避けているのでしょうが、僕はその部分、精神を病む息子とその子の面倒をみるため好きな酒を断った父親との関係を避けたら『熊楠の家』は書けないと思った。

と語っている。

横澤祐一が扮装を凝らした父南方熊楠、下山田ひろのの母松枝、そして中原尚子による自身と、秋田完の扮した兄熊弥のならんだ一葉の記念写真を手にした南方文枝の胸のうちには、さまざまな思いが去来したものと思われる。

横澤祐一は紀伊田辺滞在中、熊楠に関連する事柄ばかりでなく、この古い町に住む人たちの暮しぶりを体感するべく、名産の梅干屋、土産屋、食堂、居酒屋、市役所、郵便局など、あらゆる場所に積極的に出入りすることで、親しく口をきく知人も何人かできた。田辺市内ばかりか、串本港、熊野古道、高野山から、なんでこんなものがここにあるのかと単純な疑問を覚えた落合博満野球記念館なんてところにまで足をのばしている。

収穫の多かった二十数日間の田辺滞在だったが、一ヵ月五万円の約束で借りた古賀乃井ホテル独身従業員寮の部屋を引き払うに際し、正味一ヵ月ではなかったからと、三万円に負けても

らっている。稼ぎがいいとは言いかねる役者の身に、差額の二万は有難ったかったが、帰京してのちその寮を紹介してくれたひとが他界したため、香典で差っ引きになってしまった。

一九九五年六月三日付のメモに「東宝現代劇に原稿送る」とある。「読まぬ同士書かぬ同士」を意味する「よまんどしかかんどし」という八代目林家正蔵語彙のタイトルで『熊楠の家』のパンフレットに東宝現代劇一、二期生との交遊を書いたのだが、いま読みかえしてかなり肩にちからのはいった気障な文章に、少しばかし顔の赤らむ思いだ。ばかりかふだん使ったことのない歴史的仮名遣いで書いているのが、どんな意図からか自分でもよくわからない。原稿取扱いの窓口になってくれた美奈瀬杏に「原稿料はいらない」と伝えたのだが、劇団の寄合で「我我はプロの劇団なのだから、甘えてはいけない」と横澤祐一が発言したとかで、高級ウィスキーを贈られて、かえって高くついたのではと申しわけなく思ったのを覚えている。

小幡欣治が自分で演出しない芝居の稽古をほとんど観ないことは再三記したが、東宝現代劇七十五人の会の『熊楠の家』の稽古もまったく同様で、公演準備が正式にスタートした四月八日いらい、どこで稽古してるのか私が訊ねても、

「さあ、どこかな、空いている日の東宝の稽古場借りてるんじゃない」

といった調子で、作者の立場で何度か雷を落した民藝のときとは、まるで様子がちがって、これがいつもどおりの小幡欣治だった。

そんなわけで、初めて稽古を観に行くという小幡欣治に誘われて、私が東宝C稽古場に『熊

楠の家』の通し稽古を観に出かけたのは七月一一日、台風一過の雲ひとつない日だった。

じつはそれより前の七月五日から九日まで、品田雄吉、清水邦夫、松本典子、神吉悦子（拓郎夫人）、それにそれぞれ夫人連れの文藝春秋編集者三人と、家人ともどもバリ島に出かけ、ケチャやバロン、南十字星、雄大なサンセットなどにふれ帰国した九日に、一三通はいっていた留守番電話のなかの一通が小幡欣治からの稽古の誘いだったのである。

そんないきさつがあって、小幡欣治ともどものぞいた東宝現代劇七十五人の会の『熊楠の家』の通し稽古だったが、おなじようにならんで観た一年前の民藝の稽古のときの仏頂面に終始したのとはまるでちがった、至極ご満悦の体を見せられたのである。自分で書いた先刻承知している台詞に、いちいち「そうそう」とうなずくしぐさを見せ、ときに破顔一笑するなど、作者の立場を忘れて、『熊楠の家』の世界に没入してるようだった。二時に始まった稽古がとれたのは、まだ日差しの強い五時をまわった頃だったが、当然のことのようにニュートーキョーでビールをのもうということになった。その日は帝国劇場の西田敏行、上月晃らによる『屋根の上のヴァイオリン弾き』の招待日だったが、東宝の演劇宣伝に急遽キャンセルの電話をいれてニュートーキョー組に参加することにした。横澤祐一、丸山博一、内山恵司、児玉利和、青木玲子、村田美佐子などなどと談笑しきりの小幡欣治はご機嫌そのものの首尾で、やっと自分の意図したとおりの舞台の出来あがる手ごたえを感じるとともに、東宝現代劇七十五人の会への厚い信頼感に、こころよく酔っているようだった。そんな小幡欣治をタクシーに乗せ見送ったあと、横澤、丸山、内山、村田と四谷のFに流れた。ここでもしばし歓談し、横澤祐一と地下鉄に同乗して帰宅したのだが、別れ際祐一から、「奥さんに」と、ウェストのケーキを手渡されている。

「東宝現代劇七十五人の会・第十一回公演」と銘打った、小幡欣治作・丸山博一演出『熊楠の家』は、七月二五日初日、二八日千秋楽の日程で東京芸術劇場小ホール2で上演された。パンフレットに、作者として書いた『熊楠の家』のこと」という文章を小幡欣治はこう結んでいる。

「熊楠の家」は四年まえに書いた作品で、昨年、劇団民芸が米倉斉加年さんが主演して（演出・観世栄夫）良い舞台を作ってくれたが、今度は「東宝現代劇七十五人の会」の諸君がやってくれると言う。現代劇の諸君とは古くからの仲間なので、どんな舞台が出来あがるのか、正直言って、落着かない。

また演出者の丸山博一は、「稽古場で……。」と題して、

菊田一夫先生亡きあと、直接間接に、作品を通して私たちを育んでくれた小幡先生は、仄聞するところに依ると、御家庭に於かれては、熊楠によく似ていらっしゃるとのことです。私の目から見ると、横沢君も熊楠に似てなくもない様な気がします。

と書いている。ふたりの稿を読みくらべて、南方熊楠という人物を介在にした、作者と劇団の親密度が語られているように受取れて、面白かった。

七月二五日。東京芸術劇場小ホール2。東宝現代劇七十五人の会『熊楠の家』初日。小幡欣治夫妻、尾崎宏次、倉橋健、伊藤公一、金子和一郎、横澤祐一夫人、菅野和子などなど知った顔が多く、幕間のロビーのそこかしこで、民藝の舞台との比較が話題になっていた。「民藝のより面白いね」と私の耳もとに囁きかけていくひともいて、なんとなく複雑な思いがしたものだ。終演後近くのメトロポリタンホテルで、小幡欣治、尾崎宏次、菅野和子とビールをのんでいる。のんだ顔ぶれから判断しても、民藝の舞台との比較は俎上にのぼることはなかったように思う。そんなことより、小幡欣治がなぜ盛りあがっているはずの東宝現代劇七十五人の会の初日祝いに出席せず、こちらのほうに顔を出したのだろう。劇団民藝への配慮もさることながら、尾崎宏次への気遣いがそうさせたのだと、いまにして思う。

七月二八日、日曜日。新潟のローカル競馬の勝馬投票券を購入するべく銀座ウインズに出かけ、贔屓の大塚栄三郎騎手の単勝で万馬券をゲット、久久の大勝にご機嫌で、『熊楠の家』の千秋楽の舞台を観劇。打ち上げに出て、小幡欣治についで中村誠次郎と挨拶させられたのだが、なにをしゃべったのか皆目覚えていない。メモには「劇団の芝居のよさということ」とだけ記されている。

東宝現代劇七十五人の会による『熊楠の家』上演は、大きな反響をよんだ。劇団創設いらい一〇年目の快挙だった。

公演期間の短いことなどもあって、新聞の劇評などで取りあげられる機会のなかなかなかったこの劇団だったが、「朝日新聞」八月一日教宏、「東京新聞」津田類、「毎日新聞」Qなど、そろって激賞している。なかでも南方熊楠を演じた横澤祐一には、「狂気に近い学問に対する執着、権力に対する燃えるような抵抗、そして、老年に至った父親の苦悩を見事に演じてみせた」「実に魅力的だ」「一つのことに熱中すると何もかも見えなくなる熊楠の人柄をユーモラスな味わいで描きだし」といった高い評価が与えられている。小幡欣治にも、横澤祐一によって自分の意図した熊楠像が具現化された思いが強くあったようで、青木玲子を通じて一〇万円の祝儀とカメラ一台を横澤に贈っている。「東京新聞」の九六年年末回顧「演劇」は、

今年、最も記憶に残った舞台として、東宝現代劇七十五人の会の自主公演「熊楠の家」（小幡欣治作・丸山博一演出）を挙げる。横沢祐一の素晴らしい主演に加えて、商業演劇の在り方を考えさせてくれたからだ。

大劇場で量産される商業演劇は、観客動員が大前提だ。なじみの人気俳優をそろえて、分かりやすいストーリーを展開する必要もある。だが、その制約の中でも演劇としての感動と充実がなければ、やはり観客の支持を失う。今の商業演劇に、不満と失望を感じることが多すぎないだろうか。

経済環境の厳しさが続いて、観客数の落ち込みが指摘され、公演見直しも検討される現状なら、なおのこと、作品の充実が求められるだろう。その意味で、自主公演「熊楠の家」は、商業演劇で育った作家の優れた戯曲と俳優たちの技術、熱意が見事な成果を挙げ

うることを、あらためて実証して、大きな収穫だった。

と書き出し、六段抜きのスペースの大半が『熊楠の家』の功績で占められている。筆者は庄司正だ。

年があけ一九九七年二月に、劇団東宝現代劇七十五人の会＝「熊楠の家」の舞台成果が、第一八回松尾芸能賞の「研修助成」の対象になっている。

さらに四月、第二二回（一九九六年度）菊田一夫演劇賞の「演劇大賞」が、劇団東宝現代劇七十五人の会による「熊楠の家」の上演成果に対して与えられた。もともと菊田一夫の薫陶を受けた役者集団が、師の名を冠した賞の、それも「大賞」を受賞したのだから、劇団員の喜びも一入だった。ちなみにこの年の菊田一夫演劇賞の「演劇賞」は、江原真二郎、一路真輝、光本幸子、斎藤燐、「特別賞」は中村哮夫が受賞している。授賞式で選考結果報告をした選考委員倉橋健の、

一年前に民藝がやった同じ作品を自主公演でやることは、よほどはっきりした自分たちのイメージがあっての挑戦で、民藝とは違った見事な成果だった。七十五分の一ずつの力をあわせたその成果は大賞にふさわしいと考えた。

というコメントが、この大賞の意義を語りつくしている。

菊田一夫演劇賞、演劇大賞の受賞を記念して、その年の八月二七日から三〇日までの三日間、芸術座で『熊楠の家』の特別公演があった。傍役として出演することで、自分たちを育んでく

れた晴れの舞台での凱旋公演の思いが、劇団員の胸中に去来した。さらに四年後の二〇〇〇年九月一九日から二五日まで、紀伊國屋サザンシアターの、通算三演目になる劇団第一五回公演で、『熊楠の家』は文字通りこの劇団を代表する演目となった。その後も東宝現代劇七十五人の会は、『恍惚の人』『隣人戦争』と小幡欣治作品を上演し、小幡欣治の言う「戦友」としての関係は、二〇一一年二月一七日、小幡が八二歳で世を去るまでつづくのだ。

菊田一夫亡きあとの商業演劇作家のトップとして君臨していた小幡欣治が、戯曲『熊楠の家』の筆を執ったのは、劇作家としてのおのが原点である新劇への回帰の念からであったのは間違いない。人気役者のキャラクターにあわせた、多数の観客を動員できる台本づくりという、強いられた大きな制約を絶えず克服しながらきわめて良質な作品を生みつづけてきた実績を、そうした制約とは無縁の、しかも自分の出発の地である新劇の世界で発揮したいという、これはもう衝動と言ってもいい思いから南方熊楠なる類いまれな傑物にのめりこんでいったのだ。たまたまその新劇にあっても大劇団とよばれる民藝からはなしのあったことに、大きな喜びを感じたことも想像に難くない。こうして完成した傑作戯曲が、劇団という組織のかかえた事情によって、二年間も上演されずに棚上げされたことが、劇作家の自尊心をいたく傷つけるところとなる。依嘱された一流作家の作品が、初日に間にあわないようなことがあっても、完成した台本が二年間上演されずにおかれるなど、商業演劇にあっては考えられない事態だった。しかも上演が決定し稽古にはいった段階で、かつて小幡欣治が若き血をたぎらせた時代の新劇にあっては考えられない、また自分の日常の支えともなっていた商業演劇でも、有り得べからざるような事態が頻発するなど、予想外の展開に翻弄されたまま幕をあけることになる。当初思い描いたものとはかなり距離のある結果に、手放しで喜ぶわけにはいかなかった。

そんな劇団民藝の上演からわずか一年後、東宝現代劇七十五人の会によって自主公演された『熊楠の家』は、民藝公演に託しながら果すことのできなかった小幡欣治の無念を、見事払拭する結果となった。出自である新劇回帰の思いが書かせた『熊楠の家』を、その新劇を代表する大劇団民藝が作者の志に応えかね、商業演劇の傍役集団によって叶えられたというのは、大いなる皮肉だ。だが、東宝現代劇七十五人の会の前身である菊田一夫の創設した東宝現代劇に参集した一、二期生のほとんどが、いったんは新劇を目指し、劇団に籍を置いた経験を持っていた。と言うことは、小幡欣治がかつて身を置いた時代の新劇青年の志は、傍役という立場で商業演劇を支えてきたヴェテラン役者の胸のうちで生きつづけてきたのだ。新劇はもはや死語だという声のある一方で、商業演劇との交流も盛んになり、ジャンルの壁の取り払われたと言われる昨今の演劇事情下にあって、代表的な新劇団が組織であるがための変質を余儀なくされ、商業演劇一筋の傍役集団に失われてしまったはずの新劇固有の魂が維持されていたとは、正直小幡欣治も気づかなかったかもしれない。小幡欣治も東宝現代劇七十五人の会も、ともに四〇年になろうという歳月を、商業演劇という名の「新劇」に心を砕いてきたことになる。

小幡欣治作『熊楠の家』は、現代演劇にあって新劇・商業演劇といった区分けになんの意味もないことを実証する作品となった。それでいながら『熊楠の家』以後、ホームグラウンドであった商業演劇のために一本の作品も書くことなく、残された生涯を劇団民藝のために八本の戯曲を提供することに費した。新劇への見果てぬ夢がそうさせたようにも受け取れるが、実はそうではない。新劇と商業演劇のあいだに横たわっていた壁が取り払われたことによって、新たに生じた現代演劇事情がそうした結果をもたらしたにすぎない。

『熊楠の家』以降、小幡欣治が劇団民藝に与えた八本の戯曲、すなわち『根岸庵律女』『かの子かんのん』『明石原人―ある夫婦の物語―』『浅草物語』『喜劇の殿さん』『坐漁荘の人びと』『神戸北ホテル』『どろんどろん―裏版『四谷怪談』』のすべて、大劇場による一ヵ月公演つまりは商業演劇の上演に耐える作品だ。『浅草物語』以降の五作品など、むしろ商業演劇のほうがふさわしいとまで言っていい。それでいながらこれらの作品が商業演劇の舞台にのることなく、劇団民藝による上演をもっぱらにしてきたのは、無論小幡欣治の意志によるところなのだが、商業演劇の側にも小幡作品を以前ほど簡単には上演できない事情が生じていた。再三記してきたが、商業演劇における小幡欣治の脚本料は最高額にランクされている。経済的な採算を度外視するわけにいかない商業演劇にあっては、それでなくとも高騰のつづく仕込み費用のなかで、小幡欣治の脚本料は許容できる額をこえていた。

こうした当世商業演劇事情は文藝費ばかりか、肝腎の俳優の出演料の面にも波及している。東宝現代劇七十五人の会の『熊楠の家』がすぐれた舞台成果をあげた第一の要因として、南方熊楠を演じた横澤祐一をはじめ、商業演劇の傍役一筋できずきあげた出演者の高い演技力があげられた。それでいながら、『熊楠の家』で主要な役どころを演じた横澤祐一、内山恵司、山田芳夫、児玉利和、三上春樹、山口勝己、荒木将久、演出の丸山博一などなどが、これまで以上に商業演劇の舞台に重用されてきたとはとても言いかねる。一時ほどではないにしろ、ほぼ毎月のように新しい舞台を生んでいる商業演劇にあって、これらの役者たちの演技力は喉から手の出る存在であるはずだ。なのに彼らの舞台姿を目にする機会が極端に減っているのは、彼らの出演料に製作者側が難色をしめすからなのだ。横澤祐一や丸山博一、児玉利和らの舞台出演料がいか程のものか知る由もないが、彼らひとり分のギャラで、テレビや映画で広く世に顔の知られた役者が二人使えるときく。約束されたすぐれた演技力よりも、集客力をもつタレント性が優先するのだ。

新劇と商業演劇のあいだの壁が取り払われたことによって、いままであまり問題にされなかった事象が露呈されてきているようだ。

h

あらためて一九九七年のメモをひらいて気がついたことだが、二月一八日　ホテルニューオータニでの紀伊國屋演劇賞授賞式、三月一八日　ウラク・プラセオの金子信雄さんを偲ぶ会、三月二七日　全日空ホテル松尾芸能賞授賞式、四月二一日　東京會舘菊田一夫演劇賞授賞式、四月二五日　鬼怒川カントリーゴルフクラブ、五月二三日　ホテルニューオータニ紀伊國屋書店七〇周年、六月二日　鬼怒川カントリーゴルフクラブと、パーティとゴルフ場以外で小幡欣治と顔をあわせる機会がなかった。その前年までは月に数回呼び出され、相談にのり、愚痴をこぼされたりしたのが嘘のようだ。要するに『熊楠の家』をめぐる諸問題にけりがついたことがもたらしたもので、それも東宝現代劇七十五人の会による見事な成果に終ったのは喜ばしかった。ゴルフもパーティでのアルコールも忌憚なく楽しめた。

八月九日土曜日だった。

東京芸術劇場小ホール2で、東宝現代劇七十五人の会公演、ニール・サイモン『ジンジャーブレッド・レディ』を観たあと、近くのライオンビヤホールで小幡欣治、横澤祐一、内山恵司、青木玲子、菅野園子、中村誠次郎らと歓談し深夜の帰宅となったのだが、その深夜に食道癌のため築地の国立がん研究センター中央病院に入院中の江國滋の夫人から電話があり、肉身として尊厳死の申し入れをしたがききいれてもらえなかったという。医師としてのプライドが許さないらしい。

江國滋とは東京やなぎ句会結成以前の、彼が「週刊新潮」編集部にいた頃からの三五年に及ぶつきあいで、格別にものを教えられた記憶こそないが、酒好き女好きで、ちょっとした悪事を交えた遊び友達として、得難い存在だった。結局、勢津子夫人から電話のあったその翌日、小沢昭一とふたりで見舞った帰り銀座の老舗の洋食屋で、私たちだけが知っている江國滋のドジな振舞いを語りあっていた頃、息を引きとった。なまじ死に目に会うよりも、しみじみと思い出を語りあうことで供養となる、ひととの別れ方のあることを、この夜私は小沢昭一に教えられたのだ。

江國滋の没後、新潮社から闘病日録『おい癌め酌みかはさうぜ秋の酒』が刊行され、そのPRをかねた小文を、新潮社の小冊子「波」一二月号に寄せたのだが、ゲラを読んだ江國勢津子夫人が書き出しの、

江國滋とまったく面識のなかったある作家が「新潮45」に載った「ガン病棟日録」を読んで、

「自己顕示欲の強いひとだったんだね」

と感想をもらした。

というくだりの「自己顕示欲」なる言葉、さらに彼の性格や行動面をしめすのに、「衒い」「思いあがり」「傲慢」「見栄」「気取り」といった語句を使用したことに不快感をあらわにし、担当編集者の横山正治ばかりか小沢昭一にまでゲラのコピイをファクシミリで送りつけ、判断をあおぐ騒ぎになった。江國滋の自己顕示欲に関しては、彼を知る者なら誰もが感じていたことだし、程度の差こそあれものを書く人間に自己顕示欲のないのはいないので、悪意のあろうはずがないと納得してもらい、一語も文章に手を加えることなく掲載してもらった。じつを申すと、この「江國滋とまったく面識のなかったある作家」というのは小幡欣治なのだ。ちょうどこの時期、小幡欣治は九八年六月劇団民藝によって上演された『根岸庵律女』の執筆を終えていて、正岡子規の『病牀六尺』や『仰臥漫録』にみる、苦痛の闘病生活のなかで快活さを失わぬ不屈の意志に、感ずるところ大だった。そのことは当然ながら、もの書きがわが闘病のさまを作品化するに際しての姿勢にも、自分なりの考えがあったはずで、たまたま私の友人であり、小幡は「まったく面識のなかった」江國滋の、「ガン病棟日録」にはなしが及んでもらした、「自己顕示欲の強いひとだったんだね」という感想をこえて、むしろ批判的だったのが私の印象だった。

もの書きの闘病記執筆にあたっての姿勢について、小幡欣治は『根岸庵律女』のなかで、正岡子規の口を借りてきわめて明快な見解を述べている。「初版の一万部がたった三日で売り切れて、印刷が間に合わん」と言われた中江兆民の闘病記『一年有半』を俎上にのぼせた子規は、河東碧梧桐を相手にこう語っている。

あしも兆民と同じような状況に置かれとるけん、よう分かるんじゃ。……ほんなに偉そうに言うけどな、あしもこないだ、虚子から二十円借りたんじゃ。虚子は黙って貸してくれたけど、借りる方にも貸す方にも、限られた命いうもんが意識の底にあることはたしかじゃ。ま、何万部も売れとる兆民と、二十円のあしとでは比べもんにならんけど、ただな、命《おんな》を売物にするんはようないな。とくに文学者が、命を売物にするんは卑しい。

八月二七日は、菊田一夫演劇賞大賞受賞にちなんだ、東宝現代劇七十五人の会の『熊楠の家』芸術座公演の初日だった。作者の小幡欣治は翌二八日にゴルフをひかえているため姿を見せず、代りに来たという紀久子夫人と客席で雑談している。その翌日のゴルフだが、猛烈な暑さの鬼怒川カントリーゴルフクラブで小幡、中村誠次郎の三人でラウンドしている。帰りは浅草金太郎寿司で一酌、中村誠次郎から小幡ともども商売物のもやし二キロを土産に持たされた。

八月二九日。檜書店の編集者に雑誌「観世」の原稿を銀座のウェストで渡し、その足でビヤホールミュンヘンの地下でひらかれていた『熊楠の家』打ち上げの席に顔を出した。

この席で小幡欣治が九月四日に仕事先の大阪から紀州田辺まで足をのばし、『熊楠の家』の取材で世話になったひとたちに、上演報告をかねた挨拶をしたいと思っているのだがと、横澤祐一に同行を誘っていた。「行きましょう」とすぐに答えた祐一の返事を待って、「よかったら矢野ちゃんもどうかい」と声をかけられたので、喜んで応じたのは言うまでもない。『熊楠の家』にふれる以前から、紀州田辺という土地には格別の興味をいだきながら、訪れる機会を逸していた。私も参加している一九六九年一月発足いらい、月に一度の定例句会をいまだにつづけている東京やなぎ句会の同人には、松尾芭蕉、若山牧水、大町桂月もびっくりという旅の達人永六輔がいて、彼を案内役に津津浦浦の吟行旅行がこれまで、海外の一〇回を含めて一〇〇度を優にこしている。行先のなかにはいわゆる観光地でない、あまりひとの足踏み入れない地方都市などもあったのだが、紀州方面だけはその機会がなかったので、この誘いは千載一遇のチャンスだと思った。この夜の打ち合わせでは、九月四日の午後一時にJRの紀州田辺駅前で大阪から来る小幡欣治と落ちあうことになり、私は横澤祐一とふたり別のルートで行くことにきめた。

横澤祐一にとっては勝手知ったる田辺だが、市内を能率よく動きまわるには車が必要だ。小幡欣治も私も運転できないとあって、運転手役としては現地でレンタカーを借りるより、長期滞在したときのように自分の車で行きたいので同乗しないかと、打ち上げの翌日電話をかけてきた。無論すぐ同意したのだが、そのためには前日の夕方に東京を発ち名古屋で一泊、翌日の午前中に田辺にはいろうということになった。前日の夕方発ちということは九月三日の夕方で、この日は信濃町の千日谷会堂で江國滋の本葬がある。またはなしが横道にそれることになるが、江國滋の死と葬儀に関しては遺族の意向から、小沢昭一、加藤武、私、それに俳人の鷹羽狩行が振回され困惑した経緯がある。あまり思い出したくないことだが、はなしのいきがかり上あえてそれる横道である。

江國滋が危篤状態にあったとき、病院近くにあった東急ホテルのラウンジで、勢津子夫人、次女晴子をかこんで、小沢昭一と私、それに江國滋の親友で東京書房社長木原宏、新潮社の編集者数名で、葬儀など今後の段取りについて打合せをした。こうした席に出たのは師戸板康二のときいらいだが、馴染めないものだ。経験もあり手馴れた新潮社のスタッフにすべてまかせることで、私たちが役立つこともべつにない。ただ遺族を慮って、出来得る限り金のかからない方法でことをはこんでほしいという注文だけつけておいた。その闘病生活ぶりが当人の手記や週刊誌のグラビア、ラジオ番組などで伝えられ、さらには歿後放映予定のNHKテレビ取材も進行していたことなどもふまえて、とりあえず八月一二、一三の両日三鷹法専寺で内輪の密葬をすませ、本葬の日取りのきまるまで、故人の遺志でもあり、外部とくにマスコミ関係にはその死を秘してほしい旨勢津子夫人から要望され、一同了承した。小沢昭一と私のばあい、江國滋と共通の友人、知人、それも報道関係者が多いことを気づかっての勢津子夫人の要望と思われた。

小沢昭一と銀座で食事して帰宅した九時をまわった頃、木原宏からの電話で七時半とかに江國滋が息を引きとるのに立ちあったと報告を受けた。打ち合わせどおりくれぐれもマスコミに漏れぬようとの勢津子夫人の意向をくりかえされ、小沢昭一にもその旨伝えてくれるようにたのまれたので、そうした。小沢昭一は念のため加藤武にも電話しておくと言い、「それにしても今夜の食事はいい供養になったね」とつづけた。小沢昭一とはなし終えてすぐの感じで、私たちの東京やなぎ句会がしばしばゲストに招き、江國滋の私淑していた「狩」主宰の俳人鷹羽狩行から電話があって、「がんセンターに出かけたのだが、入れちがいで間にあわなかった」とのことなので、七時半に死去したと伝え、本葬の日取りのきまるまでマスコミには内聞にするよう依頼した。

その翌一一日から一二日にかけて、小沢昭一と私は江國滋の死をめぐって天手古舞いさせられた。一一日には出かける予定があったのに、とうとう終日在宅するはめになってしまった。朝の電話で、これから出かけるという小沢昭一と江國滋の死を伏せることの再確認をしたあと、鷹羽狩行が「どうやら江國の死去と密葬のスケジュールを嗅ぎつけた読売と日経が動いているらしい。どうしたものか」と電話をかけてきた。ただちに江國家に連絡をとると、連日の疲れから就寝中の夫人に代って電話口に出た作家の長女香織の応答は、一向に要領を得ない。とりあえず小沢昭一の帰宅する予定の夜九時頃まで結論を待とうと鷹羽狩行とはなしあった。午後になってもひっきりなしにかかってくる電話に忙殺されることになるのだが、加藤武の電話では仕事先のスタジオまで押しかけてきた「讀賣新聞」の記者相手に、「知らぬ存ぜぬ」で貫き通し、最後には「怒鳴っちゃったよ」という始末だったらしい。どうやら長女香織の線から日本テレビに流れたのがきっかけのようだが、勢津子夫人から口どめされている以上、親しくしている記者からの電話にも答えようがなく、ほんとうに困った。深夜になってようやく小沢昭一と連絡がとれ、私たちとしては筋を通したのだから、これ以上どうすることもできないというほかになかった。それにしても遺族にとってはこれきりのはなしだが、私たちとしてはこれからもつきあっていかなければならない人たちに、不義理をした結果になったことを、もう少し考えてほしかったと語りあった。余計なことだが、これをきっかけに小沢昭一とかわす深夜の電話が定例になってしまった。なんの用もないのに人の噂や、身近の出来事など、ばかばかしにうつつをぬかしたのが、あれで半年近くもつづいたろうか。

翌一二日の朝刊各紙に江國滋の訃報が載った。朝一番に鷹羽狩行から電話があって、俳句の選にあたっている「毎日新聞」やNHKの担当者からしつこく責められ、「毎日新聞」に対しては「選者をおりる」とまで言ったそうだ。この際勢津子夫人の意向を受けて知らぬと言い通した者同士で、故人の遺志によるという統一見解がほしいと言う。その旨江國家に連絡すると、夫人から鷹羽狩行に電話をかけるとのことだった。この電話は鷹羽の留守電に入っていたようだが、鷹羽狩行の言によれば「そのままテープで毎日新聞やNHKにきかせたいくらい明解なもの」だったそうだ。

その晩の法専寺での仮通夜には、かなりの人が集って「密葬でもなんでもねえじゃねえか」と小沢昭一がつぶやいている。密葬でこの寺の住職は江國滋を江口滋で通してしまった。お清めをかねた本葬打ち合わせの席には、江國家から夫人、香織夫婦、次女晴子の四人、小沢昭一、大西信行、塩田丸男、私、それに新潮社から横山正治、初見國興ら数名が出て、本葬の段取りについて協議した。こうしていろいろとあった末にきまった、九月三日千日谷会堂での江國滋本葬である。

その江國滋の本葬の日、礼装がわりに着ていたスーツを家人に持ち帰ってもらい、田辺にむかう横澤祐一のブルーバードを待った。時間つぶしにJR信濃町駅構内のレストランで、永六輔、大西信行の食事につきあいながらビールをのんだのだが、店内に焼香帰りの小林信彦、髙橋呉郎、山本益博らを見かけている。四時に迎えにきてくれた横澤祐一は、「長いですから、のみながら眠ってください」と、缶ビールにウィスキー、つまみなどを車内に用意してくれていたのだが、まさかひとに運転させながらのむわけにいかない。途中台風の影響で東名高速から一旦迂回しながら、九時前に名古屋に着いた。横澤祐一馴染みの店で一酌して疲れを癒し、なんとか言う温泉センターで仮眠、翌朝七時に出発している。

車が御坊にさしかかったあたりで、

「時間がありますから、道成寺に寄りますか」

と言われて「行きたい」とすぐに答えた。舞踊の大曲の舞台を訪れるのは無論初めてである。横澤祐一は何度か来ているらしい。名所旧蹟に似合わぬ殺風景な光景のなかに佇む道成寺には参詣するひとも見当らず静かなものだ。それよりなにより舞台でお馴染みの、あの釣鐘がない。恥しながら道成寺の境内には釣鐘のないことを知らなかった。

田辺には正午過ぎに着いた。駅前で一時という約束にはちょうどいい時刻である。約束の時

間きっかりに列車からおりてきた小幡欣治は、ふたりを見つけるといきなり、

「祐ちゃん、腹へってるんだ、めし喰いたいんだよ」

と口をひらいた。意表をつかれたかたちの横澤祐一が、「それじゃ」と言いながら急遽思いついたにちがいない店に案内しようとするのを制して、

「いいんだいいんだ、そこでいい」

と駅前の小汚い居酒屋風のうどん屋を指さした。いかにもせっかちな小幡欣治だ。その店の扉をあけると、コの字型のカウンターだけの店内では、すでに焼酎でできあがっている労働者風が四、五人いて、なかのひとりがスーツにネクタイ姿の小幡欣治を見て、

「社長、仕事くださいよ」

と声をかけた。見ず知らずのひとにたやすく声をかけるあたりが、この町の気風かもしれないが、かけられた小幡欣治は泰然と、

「いやあ、うちもこのところ資金ぐりが苦しくてね」

と答えてみせた。

田辺駅前で、そそくさとうどんの昼食をとった、小幡欣治と私を乗せた横澤祐一の車は、小高い山の頂きで眼下に海をのぞむ高山寺の、南方熊楠と熊楠のよき理解者の医師喜多福武三郎の墓所を訪ねた。墓地に抜ける坂道のとば口でととのえた手桶の水で墓石を洗い、花に線香をそなえる横澤祐一の手際のいい仕事ぶりを、ただ黙って眺めているだけの私に、

「矢野ちゃんは、あんまり墓参りしねえな」

と小幡欣治はささやいたが、ことほど左様で、墓参りというのが大のにが手。これまで自分の家の墓も満足に参ったことがない。信心ぶかい小幡欣治の目には、信じ難いものとうつったようだ。それでも、よく晴れわたり、かわいた空気のなかに身を置いて、巨人の墓前でかたどおり手をあわせると、なんとなく爽やかな気分に襲われるから不思議だ。

墓参りをすませて、ホテルはなよにチェックインしたのは四時頃であったか。夜、横澤祐一の選んだ店で食事するため呼んだタクシーに乗りこんだ小幡欣治は、

「祐ちゃん、君の車とちがって大きいから楽だね」

と言って祐一をくさらせた。夫人の運転で利用していた自分の車に較べても、横澤祐一のブルーバードの室内は狭く感じたようだ。店の近くで車をおりたところで、ばったり穂積隆信に出くわしている。何本かの小幡作品に出演してるし、横澤祐一とも親しい間柄だが私は初対面だった。地人会だったかの公演で田辺にきているとのことで、いっしょに食事と誘ったのだが、これから所用があるとかで、翌日のむ約束をしてその場は別れた。その店での晩めしではビール一本しかのまなかった小幡欣治だったが、戻ったホテルの自分の部屋では、一一時までに三人でウィスキー一本あけ、大いに語った。語ったといっても仕事のはなしはほとんどしないで、もっぱら人の噂に終始した。翌日の昼過ぎには大阪に戻らねばならない小幡欣治は、穂積隆信への楽屋見舞いを横澤祐一に託しながら、

「会っちまったら、知らんぷりはできねえもんな」

と苦笑してみせた。

翌九月五日は快晴に恵まれた。朝食後、三人で田辺市役所に出かけ、『熊楠の家』に関していろいろ世話になった人たちに挨拶したのち、熊楠長女の南方文枝宅を訪問している。品のいい老婦人の、こぢんまりと落ちついた住居の佇まいのそこかしこに、巨星の息づかいみたいなものが、半世紀をこした時間のなかに、なお染みこんでいるような気にさせる。

南方邸を辞した小幡欣治を田辺駅まで送ったあと、天気もよしどこかドライブしようということになり、横澤祐一は何度も出かけているという、高野山か那智の滝のどちらがいいかと問われた。どちらも知らない私としては、高野山はこれから訪ねる機会もありそうなので、一も二もなく那智の滝を所望した。串本を抜け、那智の滝と熊野古道近辺をまわる長時間のドライブは快適だった。帰途は白浜温泉で一浴して、いったんホテルに戻り、タクシーを呼び昨夜食事した店で穂積隆信を交えた一酌となった。人なつこいひとで、高名な国文学者の一族だとこの席で知ることになる。夭折した女性プロデューサー吉田史子の葬儀を手伝った際、香典泥棒の被害にあい、警視庁によばれ香典泥棒常習犯の顔写真を沢山見せられ、判定をせまられ閉口したはなしには腹をかかえた。

翌る九月六日、前日とはうってかわって厚い雲がどんよりと空をおおうなか、午前九時三〇分に白浜の南方熊楠記念館を訪れている。横澤祐一には勝手知ったる馴染みの場所だが、私は無論初めて。祐一とすっかり親しくなっている館長や館員の何人かと名刺を交換したが、収蔵展示されている膨大な資料に圧倒された。とくに細密をきわめたスケッチ、これまた細かく小さな文字や記号で、紙片一面埋めつくされた大量のメモには感嘆するほかにない。記念館を最後に田辺訪問の目的のすべてを達し、あとは一路帰京のドライブというわけで、

「高速にはいる前、和歌山城を見て行きましょう」

というすすめに、どうせ寄るなら開催していない紀三井寺競馬場をのぞきたいと思ったが、私ほどには競馬に関心の強くない横澤祐一を無理に誘うこともないと、口にしなかった。閉鎖されてもう何年にもなるから、いまや跡かたもないとしたら、少しばかしこころ残りがしないでもない。

名古屋を過ぎたあたりから、土砂降りになった。とっぷりと日が暮れ、あたり一面漆黒の世界に、白く引かれているはずの路面の車線も見えない。車体をたたきつけるまさに轟音のなかで、前を行く車のテールランプをひたすら追いながら、じっと凝視したままステアリングに手を置いている横澤祐一の真剣きわまる横顔を見るともなしに見つめる視線を感じたものか、

「眠ってくださってて結構ですよ」

などと言う。冗談じゃない。こんな状態で呑気に居眠りなんぞできるもんですか。足柄のパーキングエリアまで一気に突っ走り、熱い珈琲で一息ついて、だいぶ雨足の弱ったなか高速をおりて、家まで送りとどけてもらったのは、午前零時をまわっていた。

あれからもう一六年以上になるのだが、ふたたび紀伊を訪れる機会に恵まれていない。ここ数年紀伊出身作家辻原登の作品を何本か読んで、あの地方の風土特有の不思議な魅力にとりつかれてる気味がある。もう一度訪れたいと念じているのだが、そのときは往復ともに、のんびりと列車の旅など楽しみたいと願っている。

i

小幡欣治をかこむ「うれしい会」というゴルフのグループがあって、年に二、三回のコンペを楽しんでいる。小幡没後もつづいているこのコンペ、二〇一三年一〇月一八日、千葉県成田の大栄カントリー倶楽部で第三七回が行なわれている。この日の参加者は九名とややさみしかったが、一〇月二〇日現在の全会員の名を、ここは礼儀にのっとってハンデ順に列記すれば、小川甲子、佐原正秀、鈴木正勝、小西良太郎、北村文典、鳳蘭、木村隆、神山久子、今村節子、松田隆男、児玉利和、丸山博一、鷹西雅裕、鹿内寛子、高橋志麻子、横溝幸子、鷹西京子、美奈瀬杏、矢野誠一、横澤祐一となる。元タカラジェンヌ、演劇団体役員、役者、演出家、評論家と、演劇人ばかしの集まりだ。

「うれしい会」という命名に関して言えば、〇二年六月二四日、小幡欣治のホームコースである鬼怒川カントリークラブでの第一回から、〇四年九月二四日、大栄カントリー倶楽部での第五回までは「小幡杯争奪戦」と称していた。この第五回の表彰式を、演劇関係者がよく利用して、故人となった社長の曾根崎武男もコンペに参加していた有楽町のビヤホール、バーデンバーデンで行なった際、たまたま準優勝した小幡欣治が「うれしいね、うれしいね」と連発したことから、当人が「小幡杯争奪」の呼称を嫌がっていたのも考慮して、次の第六回から「うれしい会」でいくことにして、こんにちに至っている。

この「うれしい会」に毎回出場していた小幡欣治最後の参加は、〇八年一一月二八日大栄カントリー倶楽部での第二一回で、それ以後はプレイには参加せず、表彰式をかねたバーデンバーデンでの打ち上げにだけ顔を出すようになった。毎度ブービー争いを演じている私と横澤祐一を、

「君たちはいっこうに上手くならないね」

とひやかしていたのがなつかしい。

小幡欣治が肺浸潤に冒されているとは、当人の口からきいていたが、好きなゴルフをやめてからの五年間で病状は日ましに悪化してたのだろうか。つねに恵命我神散なる漢方薬を服用、ゴルフのプレイ中でも「ちょっと具合がよくない」と途中リタイヤしたり、始まったばかりの宴席で、「悪いけど今日は失敬する」とタクシー呼んで帰宅するなど、体調管理には万全の注意を払っていたひとなのに、医者通いのほうは怠っていたようだ。

五三年の長きにわたる小幡欣治とのつきあいで、最後に交した会話は電話によるもので、世を去る四二日前になる二〇一一年一月八日のことだった。

一〇年一〇月に、結果遺作となってしまった『どろんどろん―裏版「四谷怪談」』が劇団民藝によって上演されたあと、「はなしがあるので会ってのみたい」との意向を受けて、何度か

仕事場や自宅に連絡をとったのだが、「ちょっと体調がすぐれないので」と先のばしにしたまま、年をこしてしまった。数多いる酒友のなかでも顔をあわせる機会の少なくない、それこそ月に一度や二度は酒酌みかわしていたひとと、数ヵ月も会わずじまいという例はあまりなく、毎年頂戴してた年賀状もこなかったことなどあって、年始の挨拶をかねた様子うかがいの電話だった。

「絶対ご内聞に願いたいんだけど、じつは明日から世田谷の三宿病院に入院することになって……」

と打ち明けられたのには、やはり驚いた。検査入院みたいなものなので、くれぐれも他言無用に願いたいし、見舞も遠慮してほしいと、いつに変らぬ口調で告げられたのでは、そうするほかにしかたなかった。

ここでまたまた私事を記すことに、躊躇する気持が多分にあるのだが、小幡欣治の病状にもかかわりのあることなので、諒としていただきたい。

近くの診療所で受けた、二〇〇八年の成人検査で撮ったレントゲンの左肺部分に疑わしい影が見つかって、早川書房の早川浩社長の伝手で早川清文学振興財団評議員の関谷透医師、出版健康保険組合健康管理センター院長の坪井良真ドクターを紹介していただき、やはり肺癌を疑うと診断されたのが〇九年三月一九日のことだった。坪井ドクターはその場で、築地の国立がん研究センター中央病院に電話をかけ、呼吸器科の浅村尚生ドクターの診察を予約してくれた。

四月二日に受けた浅村尚生の診断によると、左肺尖末梢に早期癌と疑わしい、一四ミリ径のGGO（すりガラス陰影）を認めるということで、半月ほど前に区役所から「後期高齢者医療保険証」の送られてきた私の年齢を考慮すれば、日本人男子の平均寿命に達する四、五年間放置しても問題ないから、その間検査をつづけ様子を見る選択肢もあるが、いままでどおり仕事をつづけるため早い時期に手術するのもいいとのことだった。私もいろいろ逡巡を重ねながら残された仕事をするのは本意でないので、一刻も早い手術をお願いしたような次第だった。

通院による事前の検査を重ねて、六月一日手術ときまったわけだが、手術はもとより生まれて初めての入院を、お世話になった早川浩、打合せの予定があった都民劇場事務局、ゲラの出る日とぶつかる「讀賣新聞」、「文春新書」、「新潮45」の担当者以外、誰にも知らせなかった。六日に事なく退院して、八日から連日の劇場通いと、以前とまったく変らぬ生活に戻ったわけだが、劇場で顔をあわせる同業の友人たちから訊ねられるままに手術したのをはなしたこともあって、小幡欣治にも報告するべく仕事場に電話したのが、正確な記憶ではないが六月一〇日前後だと思う。

肺浸潤と診断されていた小幡欣治は、私が手術の報告ついでに「年齢を考えれば数年間放置しておいても別に問題ない」とも言われたと告げると、

「俺も、まったく同じこと言われてるんだ」

と明るく笑い、後日の酒席を約して電話を切ったのだが、すでに病状はかなり進んでいたのだ

ろう。

小幡欣治が、二〇一一年一月九日、世田谷の三宿病院に入院する数年前から、紀久子夫人の体調も思わしくなかった。足腰が弱って、付き添いがなければ外出もままならぬようだった。小幡欣治がいろいろ伝手を求めて病院を選び、医師の診断に同席するなど、はたで見ててもよくつとめていた。東宝現代劇の女優だった若い紀久子夫人を得て、当然訪れる自分の老後の面倒をみてもらうつもりだったのに、順序が逆になってあてがはずれたと、冗談めかしていたものの、愛妻家として夫人の病状には、ことのほか気をつかっていた。その間、小幡欣治自身も周囲から検査を受けるようすすめられていたにもかかわらず、仕事最優先で日を送っていた結果が一月九日の三宿病院入院となったわけである。日頃人一倍体調管理に神経使っていたひとが、入院を決意するには、相応の自覚症状があったものと思われる。長男聡史からきいたところでは、入院時の診断で肺癌の症状は「もう手遅れ」と宣告されたそうだ。晩年の傑作戯曲何本かは、冒された病との深刻な葛藤の上で生まれたのだと知って、言葉も出なかった。

朝方小幡欣治に電話して、「明日から入院するけどご内聞に」と伝えられた一月八日は、三越劇場・新派公演『日本橋』の観劇日だった。劇場で木村隆や横溝幸子など小幡欣治と親しい人と顔をあわせたが、無論入院のはなしはしていない。その夜帰宅して、横澤祐一の留守番電話に「明日小幡欣治と三人で行く予定だった、浅香光代の芝居は取りやめにしたい」とメッセージをいれている。

その時分の浅香光代は、毎年正月に浅草の５６５６会館で、女剣劇の自主公演を催すのが恒例になっていた。なにせ浅草で一世を風靡した女剣劇の一方の雄として君臨した浅香光代だ、受けた喝采忘れ難く、なつかしの名舞台を再現して、毎年正月の一〇日間ほど５６５６会館にお目見得するのだ。日本舞踊浅香流の家元とあって、自身の振付、夫君世志凡太の構成になる舞踊ショー『雪月花』を併演し、この正月公演の売物にしていた。『雪月花』は、得意の殺陣が加わる古典、新作混合の舞踊ショーで、伴奏音楽こそテープを用いていたものの、衣裳や鬘には贅をこらし、関東近隣からバスを仕立ててやってくる、高齢の団体客を喜ばせていたが、手本がかつて長谷川一夫が西川鯉三郎振付で上演した、東宝歌舞伎の『春夏秋冬』にあるのは明らかだった。ばかりか、いつの間にかこの『雪月花』、『春夏秋冬』とタイトルを変えている。

この浅香光代正月公演には、毎度東宝現代劇七十五人の会から何人かが出演していたこともあって、小幡欣治は例年欠かすことなく５６５６会館に足をはこんでいた。彼にとってこれがその年の初芝居だったかもしれない。そんなわけで私も毎年小幡のスケジュールにあわせて観劇するようにしていたが、その日には東宝現代劇の面面も顔を出すのがつねになっていた。芝居を観た帰りは、浅草に何軒かある馴染みの店のどこかで新年会もどきの酒席となるのがきまりで、その場所をきめるのも小幡欣治だったが、店が浅香光代に漏れないよう格別の気をつかっていたものだ。それというのが、みんなで一杯やっているのを嗅ぎつけた浅香が現われて、勘定を払っていってしまったことがあって、以来このような配慮をするようになったのだ。小幡欣治が酒場の勘定を他人に払わせたのを見たことがない。

そんな小幡欣治が二年ほどつづいて、肝腎の浅香光代公演のほうは観ないで、終演後の新年会にだけ顔を出していた。プレイに参加せず、成績発表をかねたバーデンバーデンでの打ちあげにだけ出席していた、ゴルフの「うれしい会」と同様になっていたわけで、いまにして思うと病状のすすみ具合のとらせた行動だったかもしれない。一年前の二〇一〇年のときもそうで、浅香光代のマチネがはねて、小幡欣治の顔を出すはずの新年会まで時間をつなぐべく、横澤祐一と、劇団民藝の前田真里衣の三人で、半分近く出来かかっているスカイツリーから長養山春慶寺の鶴屋南北の墓まで足をのばし、「なつかしや本所押上春慶寺　鶴屋南北おくつきところ」と刻まれた宇野信夫の歌碑を見ながら、「あまり上手い歌じゃないね」なんて失礼な口をたたいたものである。結局この夜、新年会会場に予定されていたへそには、「行けなくなった」との小幡欣治からの電話がはいっていた。その翌年になる一一年一月八日に私のいれた留守番電話をきいた横澤祐一は、ひとりで一一日に５６５６会館に出かけ、『一本刀土俵入』と『春夏秋冬』を観たのだが、浅香光代の身体的衰えを感ぜざるを得なかったそうだ。結局、この年の公演を最後に、浅香光代は５６５６会館の正月公演を取りやめている。

小幡欣治作品に初めて浅香光代が出演したのは、一九七五年九月、東京宝塚劇場『にぎにぎ』で、演出も小幡自身だった。出演者に植木等、藤岡琢也、金子信雄、園佳也子らが名を連ねた、「役人の子はにぎにぎをよく覚え」の川柳に取材した喜劇だったが、浅香の起用がきまってなお、小幡には多少危惧するところがあったようだ。浅草の興行街が女剣劇に引導を渡し、引退を余儀なくされた二代目大江美智子、不二洋子、中野弘子、神田千恵子などの座長連中をよそに、女優に転じ、テレビ番組のキャスターをつとめるなど不死身の活躍ぶりは承知してたが、浅草の女剣劇出身というレッテルが、東宝系の大劇場演劇の品格の邪魔になるのではと、杞憂の念をいだいたようだ。有楽町で偶然出くわした立ち話で、浅香光代の評価に関して意見を求められたのを覚えている。

浅香光代は『にぎにぎ』で、小幡欣治の期待に応えてみせた。永年浅草の舞台に君臨してきたキャリアは、有楽町の大劇場でも通用するところをしめしたのだ。藝達者ぞろいと言われる東宝の傍役陣のなかにはいって、異色の存在となり得たのも、舞台というものを知りつくし、いま自分の演っていることが客にどう受けとられているかを、瞬時に判断することのできる技《わざ》の持ち主だったからだと言える。ただ、時としてその技がいささかの面倒を引き起したというのも、それだけ個性の強い女優であることの証明かもしれない。

小幡欣治作・演出、喜劇『かえる屋　越中富山萬金丹』の初演は、一九八三年二月、東京宝塚劇場だった。主演は浜木綿子、東宝演劇部を背負って立つ看板女優だ。ほかに園佳也子、増田けい子、深江章喜、横澤祐一、大和田伸也、穂積隆信、浅香光代、金子信雄の名が『東宝70年　映画・演劇・テレビ・ビデオ　作品リスト』に掲載されている。小幡一家と言っていいほど、小幡欣治作品ではお馴染みの顔ぶれである。好評裡に二月二八日千秋楽を終えたこの公演は、その翌月そっくりそのまま名古屋の中日劇場に移される。既に一ヵ月間上演されてる舞台とあって、さしたる手直しもなく、演出者として舞台稽古と初日の舞台を見届けた小幡欣治が、帰京してから三日ほどした深夜だった。名古屋の浜木綿子から、涙ながらの訴え電話がかかってきたのだ。なんでも、浜と浅香光代のふたりの芝居で幕になるシーンの浅香の演技が、小幡が帰京してからすっかり変って、浜木綿子が喰われてしまうというのだ。東京宝塚劇場でも、中日劇場の初日でも、なんの問題もなかった場面が、演出者の目の届かなくなったとたん、恣意に委ねた大芝居によって浅香光代に攫《さら》われてしまったというのだ。片や宝塚。此方女剣劇。育ちからして水と油ということは、最初からわかっていた。むしろ、それのもたらす意外な効果を期待しての配役だった。だが、ざっかけない浅草の芝居小屋で、思うがままの舞台をつとめてきた百戦錬磨のつわものにとって、スター街道を歩かされてきた苦労知らずを手玉に取るなど、なんの雑作もないことだった。浜木綿子からの電話を受けた小幡欣治は、翌日予定されていたゴルフをキャンセルして、名古屋にむかっている。

事件というほど大袈裟ではないこの小事で、浅香光代の小幡欣治への信頼度は俄然増すことになる。浜木綿子を喰ってしまった浅香光代の演技を、「俺の作品の意図とはちがう」という観点から批判され、喰われた側の浜木綿子を慮る気配の無かったことに、作家としての、演出家としての良心を感じ、打たれたようだ。かねてより自分の生まれ育った浅草と縁がふかい浅香光代の、あけっぴろげで伝法な人柄を好ましく思っていた小幡欣治も、この小騒動をきっかけにより一層親密感をいだいたらしく思われる。小幡とふたりで浅草でのんでいるとき、突如「彼女余暇だったらよび出そう」と浅香に電話したことが何度かあったし、一度などふたりして吉原ソープランド街の真ん真ん中に住んでいた浅香を訪ねて、歓待されたものだ。こんなとき、定評のある話術できかされた藝界ゴシップには一品ものが多いのだが、感心させられるのはけっして自分をかざろうとしないことで、中村歌右衛門と市川右太衛門をとりちがえ、成駒屋をしくじったはなしなど、まさに抱腹絶倒ものだった。

はなしを一月九日の小幡欣治入院に戻したい。

私のメモをひらくと、小幡欣治が入院すると伝えられてよりの一週間ほど、整理しなくてはならない雑事が多く、連日のように観劇予定の劇場をキャンセルしている。そんな雑事のひとつに、二〇〇八年五月に出した岩波新書の『人生読本　落語版』の文章表記について、ある読者からいちゃもんとしか言いようのない指摘をしつこく受け、何度か書簡のやりとりをしたため、なかなか原稿を書く時間がとれない事情もあった。そんなわけで、正直小幡欣治の病状にまで気がまわらなかった。

横澤祐一が小幡欣治の入院を知ったのは一月一三日というから、入院五日後のことだ。松川清が電話で知らせてくれたそうだ。東宝現代劇七十五人の会の松川清は、言ってみれば小幡欣治の秘蔵っ子だった。自分と同じ生粋の浅草っ子というのもあったが、なにごとにも控え目なその人柄を小幡は愛して、目をかけていたように思う。ほとんどの小幡作品に出演していて、小幡の意向を他の仲間に伝えるメッセンジャー役もよくつとめていた。稽古を終えて、現代劇の連中を引き連れてのみに行こうとする際など、

「松川、すぐニュートーキョー行って、席確保しといて」

と小幡に命じられるのがつねだった。こんなとき横澤祐一が、

「先生、松川だってもう六〇過ぎてるんですよ。うちにはもう少し若いのもいるんですから」

と窘め気味に言うと、

「ああ、そうか、そうだった」

と答えるのだが、翌日はもう、

「おい、松川」

とやっていた。

松川清は、小幡の入院を横澤に知らせていらい、連日病室を見舞っていた。そんな様子をうかがっていた横澤祐一は、一月二一日に松川と連絡をとり、翌日松川と同道して小幡欣治を見舞うことにした。

その翌二二日土曜日。待ちあわせた場所で松川清と落ちあった横澤祐一は、「きょうは誰にも会いたくない」との小幡の言伝をきかされる。やむなく二人は、入院いらい使われていないはずの小幡の仕事場の、空気を入れかえ、ごみを出すなど掃除するべく恵比寿にむかった。松

川がいつも預かっている鍵で仕事場にはいり、清掃し終えて出ようとしてるところに、子息聰史をともなったやつれ加減の小幡欣治がはいってきた。病院に断っての外出だろうが、「誰にも会いたくたい」というのは、久し振りに仕事場をのぞくための口実だったかと、そのときは思った。聰史がお茶を淹れて、小幡が持参した饅頭をひろげたのだが、その数たるや四人ではとても喰いきれるものじゃなかったという。酒呑みの小幡欣治だが、私とちがって甘いものにも目が無くて、浅草に出たときなど、きまって雷門で人形焼を買うのにつきあわされたものだ。この席で小幡は、

「俺、肺癌なんだ」

と横澤祐一に告げたそうだ。仕事場からの帰り際、

「じつはこれから女房の見舞に行く」

の小幡の一言で、二人は紀久子夫人も入院していることを知り、自身の見舞を断ったことや、饅頭の量が異常に多かったのが、夫人見舞のためとわかり、納得が行ったそうだ。

つごう四〇日間に及んだ小幡欣治の入院生活だったが、聰史にきいたところでは、「病院はとてもよくしてくれた」そうで、病状によっては帰宅を許され、家族水入らずで過ごした時間も何日かあった。それでも病室での小幡欣治は、勝手気儘に振舞っていたらしい。京都菊乃井のなにそれが食べたいと言い出したかと思うと、こんどは関鯖を買ってこい。魚屋へ行ったが売切れなので、近海ものの鯵を求めてくると、

「これじゃない」

とにべもない。そう広いわけではないが個室なので、複数の見舞客があっても充分対応できる。なのに不自由な身体をいといながら見舞にきた夫人を、

「松川が弁当を喰う場所がない」

と僅か五分で追いかえしたこともあったらしい。

四〇日間、とうとう一度も見舞うことができなかった。一月八日に、明日入院すると伝えられて以来のメモをたどってみると、連日のように外出しているが、限られた時間内に観劇をふくめた用件をすましていて、なかなか三宿病院に足がむけられなかった。

一月二九日土曜日に、「紀伊國屋サザンシアター、民藝『ファッションショー』面白くなし。菅野和子、木村隆と小幡欣治の件、お茶のみながらはなす」の記述がある。二月一日に横澤祐一と電話ではなしたところでは、すっかり病人の気分になってしまった小幡欣治から、いっこうに治そうという意志がうかがわれないので、困っているという。二月三日、新橋演舞場『ペテン・ザ・ペテン』の幕間に、木村隆と小幡の病状についてはなしている。

二月一〇日木曜日の朝だった。小川甲子からの電話で、たったいまゴルフ「うれしい会」の鈴木正勝から、小幡欣治が三宿病院で朝食後容態が急変したとの連絡があったと伝えられた。すぐ西東京市保谷の横澤祐一に電話したら、祐一はただちに病院にかけつけるという。私もそうしたかったが、その日のうちにファクシミリで送信しなければならない待ったなしの原稿を

かかえて、どうにもならない。夕方になって祐一からの電話で、容態はもち直し小康状態を保っており、家族もつきそっているので帰ってきたと知らされている。翌一一日には雪が降った。一二日、一三日と寒い日がつづき、一三日のメモは、結果四日間家にこもったことになるのに、予定した仕事がまったくはかどらないのを嘆き、「小幡欣治の病状案じられるが、誰からも連絡なし」と記している。

二月一六日水曜日。時間ぎりぎりまで仕事をして、『サド侯爵夫人』を観るべく、渋谷のシアターコクーンまで出かけた。終演が一〇時半で、深夜一二時近くの帰宅になったが、家人に、「父が重篤になりました」と小幡聰史の電話があったことを伝えられた。あとになって聰史にきいたところでは、あらかじめ重篤になったら知らせるよう何人かの名の記されたメモが託されていて、なかに小林俊一や私の名があったという。時間を気にしながら横澤祐一に電話すると、連日病院に泊まりこんで付き添っている松川清のはなしでは、相当ナーバスになっていて、昏睡は投薬のせいでもあるらしいとのことだった。祐一は、とにかく明日病院に行くと言ったが、あいにく私は一日中身動きとれない状態で、とても見舞に行けそうにない。悔いにならなければいいがと思った。

二〇一一年二月一七日木曜日の私のメモには、

白水社和氣　原稿渡し

やなぎ句会　五〇〇回

小幡欣治　逝去

と三行あるだけだが、一日の時間の流れはいまでもはっきり順序だてて思い起すことができる。

朝一番という感じで木村隆から電話があって、やはり昨日小幡欣治重篤の連絡がはいったという。なにしろ今日は一日中身動きとれない状態で、携帯電話も持たない身とあって、出先の電話を借りるなり、公衆電話を見つけるなりして連絡すると答えるしかなかった。同様の趣旨を横澤祐一にも伝え家を出て、神保町三省堂二階の喫茶室で白水社編集部の和氣元と落ちあったのが、お昼頃であったか。

ニューサイエンス社発行の季刊雑誌「四季の味」に、二〇〇七年七月から一一年四月まで一六回連載した「昭和の味散策」を、白水社が『昭和食道楽』と改題して刊行してくれるので、その原稿（と言っても掲載誌からコピーしたものだが）を渡して、今後の作業について打ち合わせる。和氣元とは雑誌「新劇」に「都新聞藝能資料集成　大正編」を連載中、その時分住んでた茅ヶ崎まで原稿を取りにきてくれていらいだから、もう三〇年をとっくにこすつきあいになる。白水社から出してもらった五冊ほどの著作も、すべて担当してくれた。この日の三省堂喫茶室で会っていた時点で、すでにもう定年退職していたが、嘱託として井上ひさしや小沢昭一の仕事にもかかわりをつづけていた。小幡欣治に書き下しの評伝を依頼したのも和氣元で、いろいろのいきさつがあって実現に至らなかったことに痛恨の思いをいだいていたが、その小幡がいま重篤の病床にあることは、無論私の口から伝えている。

和氣元と別れたその足で、近くの岩波書店を訪ねている。

毎月一七日は東京やなぎ句会の月例句会の日で、二月一七日は一九六九年一月の発足第一回いらい四二年五〇〇回をむかえるのだ。東京やなぎ句会の歴史と言うと大袈裟だが、その概要は、一九九九年三月、『友あり駄句あり三十年』にまとめられ、日本経済新聞社から刊行された。さらに二〇〇九年七月には、岩波書店から『五・七・五　句宴四十年』が発行されている。二月一七日は五〇〇回四二年ということで、岩波書店が柳の下の泥鰌よろしく『楽し句も、苦し句もあり、五・七・五　五百回、四十二年』を刊行したいという意向を受けて、第五〇〇回句会は書店の会議室で開筵し、句会実況を録音し掲載することになったのだ。

句会の前に、これも掲載される「五百回・四十二年を振り返る」という座談会があるので、岩波書店にはいったのは午後三時を廻った頃だったが、神保町の公衆電話から横澤祐一と木村隆の携帯に連絡をとったところでは、小幡欣治の病状にその後の進展はないとのことだった。

座談会と五〇〇回の句会出席者を五〇音順に、括弧内に俳号をそえて列記すれば、宗匠の入船亭扇橋（光石）、永六輔（六丁目）、大西信行（獏十）、小沢昭一（変哲）、加藤武（阿吽）、柳家小三治（土茶）、矢野誠一（徳三郎）、それに紅一点の書記山下かおるで、大阪在住の桂米朝（八十八）は欠席だった。その年の七月に上梓された本から、編集子による句会構成メンバーの説明文を引くなら、

扇橋師匠・小三治師匠は、五代目小さん門下の兄弟弟子。大西・小沢・加藤の三氏は麻布

中学・早稲田大学の同級生であり、矢野氏は麻布の後輩、永氏は早稲田大学の後輩に当たる。大西・小沢・加藤・米朝の各氏は、正岡容門下であるなど、青年時代から縁の深い間柄である。

ということになる。この五〇〇回の定例句会の時点で、物故した同人が四人いて、世を去った順にあげれば神吉拓郎（尊鬼）、三田純市（道頓）、江國滋（滋酔郎）、永井啓夫（余沙）で、さらに二〇一二年師走に小沢昭一が彼岸に渡って、だいぶさびしくなったが、いまでも毎月一七日に集まって五・七・五などやっている。

五〇〇回記念の座談会にしても、つづいて行なわれた定例句会にしても、いざ始まってしまえば句作は二の次三の次に、毎度毎度お馴染みの莫迦ばなしや人の噂（と言って悪口がほとんどだが）に興じるのがいつもどおりで、この日も結果そうなった。

兼題が「如月」二句。席題は「菜の花」「春の川」「西行忌」各一句で計五句投句する。私は、

如月や熱き紅茶にチョコレート

が客で細かく点を稼いでくれたが、総合成績三位に終った。変哲小沢昭一が唯一天に抜いてくれた、

途中下車して訪れり春の川

なる句は、小幡欣治がどこかに取材旅行に出かけた際、わざわざ途中下車して求めてきた農家

自製の煎茶を土産に貰ったのを思い出し投句したものだ。

　句会が終り、会場の岩波会議室には二台の電話機があって外線通話が可能なのもわかってい たが、まだ在室者がいるのに電話するのがためらわれ、そのまま岩波書店をあとにした。帰途の地下鉄の都営三田線春日駅で、南北線への乗換通路の途中にあった公衆電話から木村隆の携帯電話に連絡をとったところでは、見舞客が多勢つめかけていたが小幡欣治の容態は重篤がつづいているとのことだった。帰宅してすぐ横澤祐一に電話をかけると、たったいま家族と連日つきそっている松川清を残して三宿病院から帰ってきたという祐一は、医者の今晩がヤマという言葉を伝えてくれた。とにかく明日なるべく早く病院に行くから、むこうで会おうと言って電話を切っている。

　酒をやる句友がひとりもいなくなってしまった東京やなぎ句会とあって、この日は岩波で出してくれたビールを二本のんだだけなので、ひとまず一杯やるべく用意をしているところに横澤祐一からの電話があり、九時二〇分に息を引きとったと、いま松川清から連絡があったと伝えられた。「残念です」と言っただけで多くを語ることなく祐一の電話は切れた。ウィスキーだったか焼酎だったか、とにかく強いアルコールを胃の腑に入れながら、通夜、葬式の段取りも、遺体がどうなっているのかも訊かずにいたことに気がついて、ふたたび祐一のところに電話をかけると、夫人が出て、「いま病院のほうに行きました」という。しかたなく酒ののめない家人相手に、ながかった小幡欣治との交誼のあれこれを、とりとめもなくしゃべりながらの寝酒となってるところに、おそらく携帯からだろう祐一からの連絡があって、遺体は明朝八時に小幡家に戻るという。翌る朝は朝食はいらないと家人に伝えて、床についたのがすでにその翌日になっていた。

二月一八日金曜日。

朝、「讀賣新聞」文化部塩崎淳一郎からの電話で追悼文を依頼されている。結局とった朝食をすまして、小幡家弔問のため家を出る頃には、朝方降っていた雨もやんでいた。これまでに目黒区碑文谷の小幡欣治宅を訪れたのは、一度しかない。ゴルフ帰りの宴席で、小幡欣治が尾崎宏次から贈られたドライバーの使い勝手が悪いので、「よかったら使ってくれないか」というはなしになって、頂戴するべく横山清二の車で立寄ったきりなのだ。そんなわけで、出かける前に地図をひらいて、東急東横線学芸大学駅からの道順を頭のなかにたたきこんだ。余談になるが、その貰ったクラブでたまたま私が小幡のボールをオーバードライブしようものなら彼氏真底くやしがったものである。方向音痴ではないはずだが、学芸大学駅で降り見当つけた方向に足をすすめているのに、なかなか目的の地番にたどりつかない。道を訊ねるのに格好な店も見当らず思案していると、むこうから東宝現代劇の菅野園子がカートを挽きながらやってきた。弔問を終えての帰り道だったが、わざわざ玄関先までつきそってくれた。

ひとりベッドに横たわっている小幡欣治と久久の対面をすることができた。おだやかな死顔を見つめていると、半世紀を優にこす交誼での、あのこと、このことがとめどなく思いめぐらされて、「走馬灯のよう」という表現がけっしてありきたりのものではないのが、実感される。あらためて長男聰史から聞いた小幡欣治の最期は、いかにもこのひとにふさわしいものに思える。つめかけていた大勢の見舞客が去って、親族と松川清だけが残ったタイミングを見はからったように、静かに、消えるように息を引き取ったそうだ。

桐ヶ谷斎場で執り行なわれる、二月二三日通夜、二四日告別式の次第は、すべて渡辺保の手で準備万端ととのわれていた。小幡欣治は「俺の葬式の段取りは渡辺保にまかせるよう」聰史に言い置いていたという。東宝演劇部在籍時代の渡辺保が関係者の葬儀を、手際よく取り仕切っていたのを目にしていたうえでの判断だろう。私も一九九三年二月青山葬儀場での戸板康二本葬で、文藝春秋編集者ともども渡辺保が、葬儀社相手の交渉に際して、戸板家を気づかっての事のすすめ方の要領の程に感嘆させられたのを覚えている。

二月二〇日は日曜日だった。

朝、大村彦次郎よりの電話で大野靖子の死を伝えられ、小幡欣治のことをはなしあっている。小幡、大村ふたりのあいだには格別深い交遊はなかったが、小幡浅草、大村日本橋とともに下町育ちで、吉原と浅草の生き字引き作家吉村平吉を通じて、いろいろの会合で顔をあわせていたから、思い出すことも少なからずあったようだ。午前中、「讀賣」にたのまれた小幡欣治の追悼文の下書きをしたあと、小幡の弔い合戦をするべく銀座ウィンズで若干の馬券を購入、その足で渋谷へ出て、東急ホテルで開かれた蜷川幸雄の文化勲章を祝う会に出席する。会費一万円。会では早川浩夫妻、水落潔、木村隆、三田和代、香寿たつきなどと歓談、挨拶を交わしているが、当然小幡欣治のことも話題にのぼっていたはずだ。「悲劇喜劇」編集長今村麻子に、「追悼小幡欣治」の五月号から「小幡欣治の歳月」を連載したいと申し入れ、了承されている。

二月二三日、桐ヶ谷斎場、小幡欣治　龍光院文博欣道居士　通夜。

銀行に寄って、両替した新券を裏面を上にして香奠袋におさめる。あとになって木村隆だったか横澤祐一だったかに、不祝儀の際は新券を用いてはいけないこと、用いるなら四隅の一角を小さく折込まなければならないことを教えられた。いい年齢をしてそんなことも知らないのかという顔をされたが、祝儀にせよ不祝儀にせよ、こうしたことにあまり積極的になれない私は、これまでにも不用意に忌み言葉を口にするなど、しきたり上のしくじりを重ねているかもしれない。斎場にはかなり早く着いたが、すでに喪章をつけた木村隆、横澤祐一ら、東宝現代劇、劇団民藝の面面がそろっていた。

お清めの席で、小川甲子、菅野和子、丸山博一などと、小幡欣治生前のあれこれを語りあい、あらためてその人柄を偲んだのだが、小林俊一からきいた炎座時代の小幡欣治のはなしには、初めて知ったことが多かった。初めて知ったと言えば、東宝演劇部時代の中根公夫が秋元松代や蜷川幸雄を担当する以前は、もっぱら小幡欣治の仕事に携わっていたそうで、「正直小幡時代のほうが仕事は楽だった」と言っていたが、とてもよくわかる。斎場をあとに不動前駅まで歩きながら、もう少しはなしたい気分という渡辺保に誘われ、木村隆と駅前のイタリアレストランに席をとりワインをのんだ。渡辺保の葬儀につくした労をねぎらうと、渡辺は渡辺で東宝時代とはすっかり勝手がちがってしまった、昨今の葬儀の段取りになにかと戸惑うことも少なくなかったと打ちあけた。

翌二四日の告別式には多くの演劇関係者が参列している。納棺された小幡欣治との最後のお別れを司葉子や横澤祐一にすすめられた林与一が、「いや、ここでお別れするから」と居場所を動こうとしなかったのが、印象に残っている。こうした際には、いつもそうしているように見えた。花に埋まった小幡の棺の縁につかつかっと歩み寄った浅香光代が、

「先生ッ」

と絶叫するや、涙声ふりしぼって、

棒ッ切れを振り廻してする茂兵衛の、これが、十年前に、櫛、簪、巾着ぐるみ、意見を貰った姐さんに、せめて、見て貰う駒形の、しがねえ姿の、横綱の土俵入りでござんす。

と、長谷川伸『一本刀土俵入』幕切れの名台詞を、臆することなく朗朗とうたいあげてみせた。浅香光代のやりそうなことで、思わず横澤祐一と顔見合わせてしまったが、けして悪い感じはしなかったし、手をあわせながら貰い泣きしてるひともいた。

骨揚げから精進落しをすませた参列者のなかに、小幡欣治の炎座いらいの畏友、もやし屋の誠ちゃんコト中村誠次郎の姿のないのが、やはりさびしかった。数年前に小幡と私と三人でのむ約束をして、集合場所であるへそで待っていたのだが、かなりの時間がたっても現われない。

「きっと、忘れちまったんだろう」とすませていたが、じつはへそに行く前に別の店で時間つなぎの一杯をやっていて倒れた。脳出血で、救急車ではこばれて即入院。小幡欣治が見舞ったときは意識もしっかりしていて、「なにかやりたいことあるか」と訊ねると、即座に「おまんこ」と答えられて、「俺、嬉しかったよ」と言っていたものだ。その後転院をくりかえし、そのつど見舞っていた小幡は病状が一向に回復しないことに心を痛めていた。葬儀に代理で参列していた夫人と、小林俊一がはなしあっているのを垣間見て、横澤祐一と「誠ちゃんは小幡さんの死んだこと、わかっているのかね」と案じたのだが、たしかめるすべもない。

まだ陽の高いさなか桐ヶ谷斎場を出て、こういうときの習いで昼酒かわしながらの小幡追悼の二次会とあいなった。この時間、準備中だの仕度中の札ぶらさげた店の多いなか、恰好な蕎麦屋を見つけてはいりこんだ。かつてはひとつ町内に一軒や二軒必ずあった蕎麦屋と寿司屋が、最近では高級店と回転寿司や立喰蕎麦に二分されてく傾向なのに、この不動前近くのかなり広い蕎麦屋には、色川武大流命名に従えば「町蕎麦」独得の風情があって悪くない。木村隆、横澤祐一、丸山博一、菅野園子に、失礼ながら名前を失念してしまった東宝現代劇の女優陣数名が加わって、蕎麦焼酎の蕎麦湯割で献盃を重ねた。

それぞれがそれぞれの帰途についたのは、火点し頃になっていた。私は、不動前から目黒を経由してそのまま南北線に乗り入れるから、王子まで一直線だ。ひとりになって、七歳上の小幡欣治から受けたものに、あえて教えさとされた感じが皆無だったことを、いまさらのようだが考えていた。こちらがまったく意識することなく、ごくごく自然に影響を受けていたわけで、こんなひとは私の周辺にいなかった。

東大前から、喪服姿の何人かが乗りこんできたのだが、なかに白いハンカチを目にあてたままのご婦人がいた。小幡欣治の死にあたって、私は涙をこぼしていない。小幡欣治ばかりでない。これまで肉親をふくめて何人もとの別れに出会ってきたのに、そのことで涙を流した経験が私にはない。子供の頃から泣き虫で、いまでも芝居や映画や、ときにはテレビや読書の最中、思わず涙ぐむのがしょっちゅうなのに、人の死では泣いたことがない、というより泣けないのは、自分が少しく無情な人間に思われてきて、ちょっと困った。

j

「追悼　小幡欣治」と銘打たれた「悲劇喜劇」二〇一一年五月号から連載をはじめた「小幡欣治の歳月」の第五回の原稿に取りかかろうとしていた七月の一〇日だったか。木村隆から電話があって、小幡欣治の新盆なので横澤祐一を誘って墓参りがしたい、ついては八月一四日の日曜日をあけておいてくれないか、という。異存などあるわけなく、すぐに横澤祐一に電話をかけると、

「あなた、小幡先生は東京の人でっせ。東京やったらお盆は七月、もうじきですがな」

日本橋久松町生まれという生粋の東京っ子横澤祐一だが、恩師菊田一夫をしくじって、いっとき島流しよろしく大阪に追われていた頃の名残か、大阪弁まがいのアクセントでこう言われた。墓参りが苦手なくらいだから、そういうしきたり風習のたぐいにも疎いのだが、なるほど言われてみればその通りで、帰省ラッシュで東京が静かになる八月のお盆休みは、盆は盆でも旧盆なのでありました。

とまあいろいろあったが、旧盆さなかの八月一四日、下谷龍泉寺に小幡欣治の墓参りをすることになった。日曜日とあって、恒例よろしく銀座ウインズで若干の馬券を購入した足で、地

下鉄日比谷線三ノ輪駅に出たのだが、ホームにはすでに木村隆と松川清が待っていた。樋口一葉ゆかりの龍泉寺は真言宗の名刹だが、いっこうに商売っ気がないようで、必要な品は一切外で調達しないことには、ちゃんとした墓参りができない。そんなわけで、供える花は横澤祐一が日暮里の花屋で求め、線香と点火用の蠟燭とマッチは、小幡の愛煙したキャビンとともに松川清が用意してくれていたので、すべてが手際よくはこんだ。ふたりとも芝居も上手いが、墓参りも上手い。

龍泉寺をあとに、行きつく先はと申せば大好物だった小幡欣治も通いなれたる日本堤は土手の中江の桜鍋。こればっかりは墓参りをするときめたときからのお約束である。まずはビールで献盃のあとは、桜鍋つつきながらの懐旧談となるしかけだが、この中江で酒酌みかわすたんびに小幡欣治は、

「馬肉を喰うと不思議に馬券が当らない」

とこぼしていたのを思い出した。連戦連敗中だった私めのこの日求めた馬券も、見事はずれていた。桜鍋のたたりというより、ここは小幡欣治に殉じたのだと、以て瞑すことにした。

中江を出て、向いのガソリンスタンドわきにある、名ばかりで貧弱きわまる見返り柳にお義理の挨拶をすまして、もはやひやかす気力も体力も失せてしまった身どおしの吉原散策の果にたどりついたのは、ここも小幡なじみの酒亭へそだった。これからも毎年、このメンバーで命日か盆には小幡さんの墓参りをしようなどと、語りながらの酒となったのだが、口ばっかしで

この日以来墓参りを欠かしている。横澤祐一や松川清は、折を見て龍泉寺詣でしているらしく、昨二〇一三年の三回忌にあたる二月一七日は日曜日なので、多分親族の方が集まるだろうと遠慮して数日置いて出かけたら、やはり墓前は花で一杯だったときいている。

おなじく二〇一三年の一二月八日。小沢昭一の一周忌ということで、向島の黄檗宗弘福寺で法要が営まれたのに出席し、墓前に詣でた。

墓参りというのは、究極死者との対話で、死者との対話ならべつに墓前に額ずかずとも、いつでも自分ののぞむときにできるし、そうしてきたというのが、墓参りに積極的になれない私の無理やりこじつけた理屈みたいなものだ。

それにしても二〇一一年二月一七日に小幡欣治を、その翌一二年一二月一〇日に小沢昭一と、私にとって格別に大切なひとと相次いで別れを告げることになったのには、やはりこたえた。一九二八年生まれの小幡、二九年生まれの小沢が、ともに送った八三年という歳月は、言い換えれば昭和という時代をまるごと生きた、あるいは生かされた人生だった。私にもそういうところがあるのだが、時系列のより明確な西洋暦年を、いったん元号に転換しないと、自分の生きてきた時代がよく見えてこないもどかしさを、ふたりともよく口にしていた。そして、宿命的に背負わされた「昭和」という時代に、ことのほか固執していた。とくに元号の変った一九八九年以降、その傾きがいっそう強くなったように思われた。

これから先、べつに墓所を訪れなくても小幡欣治と小沢昭一との対話を、何度も何度もくりかえすことで、ふたりは私にとってよき先達でありつづけてくれる。その対話だが、やはり昭和について語りつくすことになりそうだ。

かあてんこうる

小幡欣治について「讀賣新聞」に寄せた二つの文章。

1　二〇〇七年二月五日付

第14回読売演劇大賞　芸術栄誉賞　審査評

戦後史に刻むべき名作群

1958年に芸術座でロングランされた『人間の条件』に先立ち、当時は群小劇団などと蔑《べっ》称《しょう》で呼ばれていた炎座が上演した『畸型児《きけいじ》』の時代から、この作者の作品に親しんできたことを思うと、劇作家小幡欣治50年間の軌跡に、そのまま観客としてつきあってこられたわけで、このことは仕合わせであったという以上に、私の誇りでもある。

『あかさたな』『春の嵐』『三婆《ばば》』『菊枕』『鶴の港』『女の遺産』『和宮様御留』『遺書』などなど、書き連ねていけばきりがない戦後商業演劇史に記録されるべき名作群。さらに小幡欣治が「戦友」とよぶ東宝現代劇七十五人の会で再演され、高い評価を得た『熊楠の家』につづき、『根岸庵律女』『かの子かんのん』『明石原人』『浅草物語』『喜劇の殿さん』と、劇団民藝によって上演された6作品のすべてがすべて、現代演劇水準を高くこえるものであることには、心底感嘆するばかりだ。

小幡欣治が一貫して追求してきたのは、有名無名を問わず、時代と対峙《たいじ》しながら生きざるを得なかった人たちのありようだが、その姿がときに哀《かな》しく、そして滑稽《こっけい》にさえうつりながら、けっして声高に叫ぼうとはしないあたりが、この作家の真骨頂だと私は思っている。

2　二〇一一年二月二三日付

追悼・小幡欣治

時代との対峙に温かい視線

七つ年上だった小幡欣治《おばたきんじ》とは53年の付き合いだった。こんなにいろいろと教えられた年上の友人もそうないが、教えられたというのは、彼を失った今そう感じているので、当人にはそんな意識は全くなかったはずである。

世話になった恩は忘れず、世話したことは覚えていないのが、小幡欣治の人とのつながりの基本にあったし、そうした姿勢は、彼のすべての作品の底流をなしていたように思う。

「蟻部隊《ありぶたい》」で劇作家デビューして以来、「あかさたな」「三婆《さんばば》」「菊枕」「隣人戦争」「熊楠の家」「喜劇の殿さん」、そして書き納めになった「どろんどろん」などなど、数え上げれば際限がない傑作群を通して、この作者が一貫して追求してきたのは、有名無名を問わず、時代と対峙しながら生きざるを得なかった人たちのありようだった。おのれの道を往《ゆ》く、あるいは往かされた人たちの、時に滑稽にすらうつる喜び、哀《かな》しみ、怒り、嘆きを、静かに見守る温かいまなざしが、いつもあった。

小幡欣治が家族同様の愛情と信頼を寄せていたのは、自らが戦友と称していた東宝現代劇の面々だ。両者の関係には、他人の抱くなまじの友情や信義の、入り込む余地がなかった。

小幡欣治を畏敬することでは人後に落ちなかった、故榎本滋民の呼び方にならって、お別れのあいさつとしたい。

小幡の兄《あに》さん　ながいことありがとう

あとがき

久し振りに浅草に出て、所用をすませた足で、フジキッチンで食事をし、そのあとへそに流れた。二軒ともに小幡欣治や小林俊一の愛用していた店で、当然のことながら店の主人やおかみと、ふたりの思い出ばなしになったのだが、へそではもやし屋の誠ちゃんと親しまれていた小幡欣治の幼馴染み中村誠次郎が世を去ったのを知らされた。小幡欣治の葬儀のとき、代理できていた中村夫人にその後の容態などききそびれていたのだが、もしかすると小幡の死を知らぬまま後を追ったのかもしれない。

『小幡欣治の歳月』の初校のゲラに手を入れながら、そろそろ「あとがき」を書かなければと思案していたとき、米倉斉加年の訃を伝えられた。小幡欣治『熊楠の家』の劇団民藝上演をめぐって生じた米倉・小幡の確執の顚末は、本稿に記したとおりだが、依頼された米倉斉加年の追悼文を書きながら、あらためて役者と劇作家の個性のぶつかりあいから生じる、これもドラマと言っていいような、心理的葛藤と政治的行動のもたらすものの空しさについて、思いをめぐらさずにはいられなかった。

たまたま本稿中に登場させていただいた二人の死にふれて、私のなかのひとつの記憶のかたまりが、しゃぼん玉よろしくどこかへとんでいって、消えてしまったような気分に襲われている。


小幡欣治が世を去った三日後に開かれた「蜷川幸雄の文化勲章を祝う会」の会場渋谷東急ホテルで、顔をあわせた「悲劇喜劇」編集今村麻子に「小幡欣治の歳月」の連載を、私のほうから申し入れている。べつに気取ることでも、自慢することでもないが、けっして短くはない物書き渡世で、自分から「書かせてくれ」と頼んだ仕事はたしかこれが初めてである。当人から入院を知らされて、とうとう一度も見舞うことなく別れてしまった心残りが、なんとしても小幡欣治のことを書かねばという昂った気持ちから、ほとんど咄嗟にとった申し入れを心よく許諾してくれたことに感謝している。結果論だが、小幡欣治の劇作家としての出発の地が、「悲劇喜劇」の戯曲研究会であったことを思えば、私はこれ以上にないお膳立に恵まれた。

そんなわけで、準備期間なしの脈絡にとらわれない見切発車的執筆になったため、長く書き過ぎたという思いと裏腹に、書き残したことも多多あるのに気づかされている。月刊誌連載ということもあって、少なからずあった重複部分を整理し、若干の誤謬を訂正した以外新しく手を加えることはほとんどしなかったが、私の悪癖でしばしば横道にそれてしまったことへの反省がまったくないわけではない。だが、個人的なものであっても忘れ難い記憶は、書けるときに書いておかないと悔いの残ることに気づかされる年齢に私もなっている。ご海容のほどを願う次第だ。

これまで好んで評伝、人物誌のたぐいのものを書いてきたが、そのつどでき得る限りの文献調査や取材につとめてきた。一九九六年に刊行した『戸板康二の歳月』のときと同じように、この『小幡欣治の歳月』を書くにあたっては、そうした調査、取材をまったくと言っていいほどしなかった。親しく、近い場所で過ごすことのできた私自身の歳月が、それをしなかった、しないですんだ、いちばんの理由であるのは言うまでもない。ただ、そのため若干恣意に委ねた記述に流れたきらいのあるのを、認めるに吝かではない。とくに言いわけのできない故人に対するくだりには格別に配慮したつもりだが、受け取り方によっては不快の念をいだかれるむきもあるかと思う。いたし方のないことだろう。

執筆中はもとより、上梓にあたってもなにかとお世話になった「悲劇喜劇」編集今村麻子さん、二〇〇九年の『舞台人走馬燈』につづき心よく出版を引受けてくださった早川書房早川浩社長に、感謝の気持ちをこめて厚く御礼申し上げます。

二〇一四年　鴻雁来賓

矢野誠一

『小幡欣治の歳月』は『悲劇喜劇』二〇一一年五月号から二〇一四年三月号まで三十五回にわたり連載されました。

小幡欣治《おばたきんじ》の歳月《さいげつ》

二〇一四年十二月 十 日 印刷
二〇一四年十二月十五日 発行

著 者 矢野《やの》誠《せい》一《いち》
発行者 早川 浩
発行所 株式会社 早川書房
郵便番号 一〇一 - 〇〇四六
東京都千代田区神田多町二ノ二
電話 〇三・三二五二・三一一一（大代表）
振替 〇〇一六〇・三・四七七九九
http://www.hayakawa-online.co.jp
定価はカバーに表示してあります

Printed and bound in Japan

印刷・株式会社亨有堂印刷所　製本・大口製本印刷株式会社

ISBN978-4-15-209507-7 C0074

乱丁・落丁本は小社制作部宛お送り下さい。
送料小社負担にてお取りかえいたします。

岸田國士Ⅰ

紙風船／驟雨／屋上庭園ほか

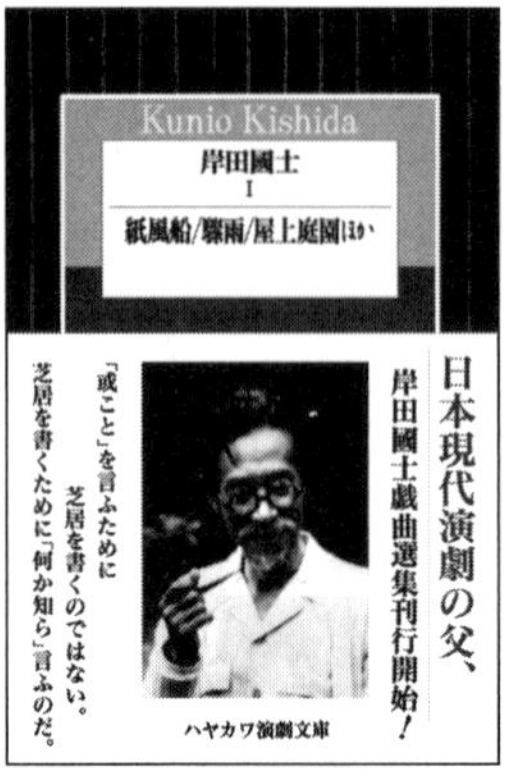

現代演劇の父、岸田國士の戯曲選集刊行開始！　劇に何が語られているかを問うことは、かならずしも劇それ自身の美を問うことではない。劇が劇であるためにまず何よりも大事なのは、劇の言葉である。つまり劇的文体。岸田國士はこれを「語られる言葉の美」といい、「非」劇の言葉こそ問題なのだと明言した。解説／今村忠純

ハヤカワ演劇文庫

岸田國士Ⅱ

古い玩具／チロルの秋／牛山ホテルほか

岸田のデビューは築地小劇場開場と同年の一九二四年。演劇の実験室、民衆の見せ物小屋、新劇の常設館を提唱し、当分の間は翻訳劇のみを上演すると表明した築地小劇場に対して岸田は、外国劇上演のおぼつかない翻訳技術を明らかにした。「対話させる術」を無視した生硬な翻訳文体やそら恐ろしい誤訳となって現れた、そのことを手厳しく指摘していたのである。解説／今村忠純

ハヤカワ演劇文庫

岸田國士III

沢氏の二人娘／歳月／風俗時評ほか

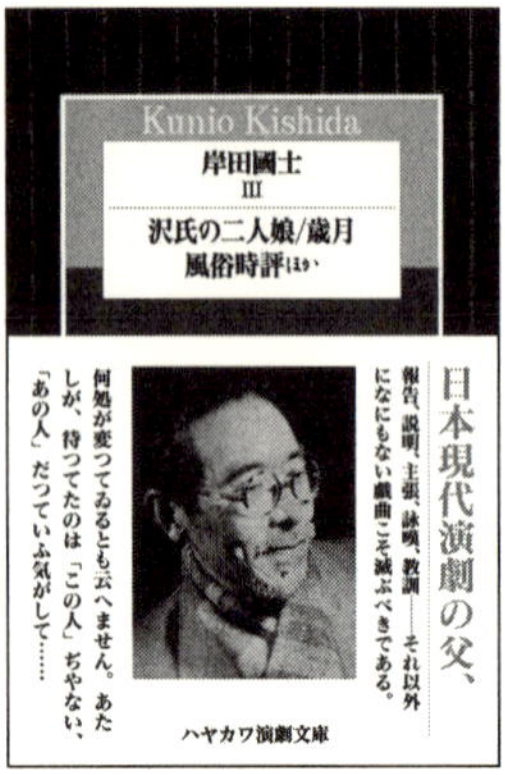

演劇における戯曲は、音楽における楽譜にあたる。俳優は、演奏家である。劇作家が、いわば「語られる言葉」という楽譜を提供し、これを舞台の上で聴衆の耳を通して実際に「語られる言葉」の世界に移すのは「声」という楽器をもった俳優である、と岸田國士は断っていた。岸田國士にとってあるべき劇とは、「劇のための劇」であり、そのための「語られる言葉の美」だったのだ。解説／今村忠純

ハヤカワ演劇文庫